U0919209

玉米少女
欧茨梦魇故事集

[美国] 乔伊斯 · 卡罗尔 · 欧茨 著
周嘉宁 译

Joyce Carol Oates

译林出版社

图书在版编目(CIP)数据

玉米少女：欧茨梦魇故事集 / （美）欧茨（Oates, J. C.）著；周嘉宁译. —南京：译林出版社，2015. 11
（文学新读馆）
书名原文：The Corn Maiden and Other Nightmares
ISBN 978-7-5447-5549-8

Ⅰ. ①玉… Ⅱ. ①欧… ②周… Ⅲ. ①短篇小说-小说集-美国-现代 Ⅳ. ① I712. 45

中国版本图书馆CIP数据核字（2015）第146257号

书　　名	**玉米少女：欧茨梦魇故事集**
作　　者	[美国] 乔伊斯·卡罗尔·欧茨
译　　者	周嘉宁
责任编辑	许　昆
原文出版	The Mysterious Press, 2011
出版发行	凤凰出版传媒股份有限公司 译林出版社
出版社地址	南京市湖南路1号A楼，邮编：210009
电子邮箱	yilin@yilin.com
出版社网址	http://www.yilin.com
经　　销	凤凰出版传媒股份有限公司
印　　刷	江苏凤凰通达印刷有限公司
开　　本	880毫米×1230毫米　1/32
印　　张	10.125
插　　页	2
字　　数	184千
版　　次	2015年11月第1版　2015年11月第1次印刷
书　　号	ISBN 978-7-5447-5549-8
定　　价	39.00元

译林版图书若有印装错误可向出版社调换
（电话：025-83658316）

献给

乔纳森·桑特洛费尔

目录

玉米少女[①]

一个关于爱的故事

四月

你们这些混蛋！

你们问为什么为什么，这就是为什么，她的头发！

我是说*她的头发*！我是说太阳底下它是丝绸般的浅金色，玉米穗似的，在阳光照耀下仿佛要燃起火花。她冲我微笑的眼睛里，带着一些紧张和期盼，好像她不知道（但是谁又知道呢？）裘德的愿望是什么。我是“无名的裘德”，我是天眼大师。你们这些混蛋别想用粗鲁的眼睛审视我。

那是她的母亲。我看见她们在一起。我看见她母亲弯腰吻她。万箭穿心。我心想*我要让你知道我*。我没法宽恕。

---

① 玉米少女祭祀综合了魁北克、波尼族和印第安黑脚人部落的传统祭祀仪式。在祭坛上杀死玉米发色的少女，以祈求好收成。

好吧。更明确些。你们这些混蛋写的报告上。大概会留一栏给医学专家写死因论断。

混蛋,你们毫无头绪,不是吗。不然你们就会明白这些报告毫无用处,没法告知你们真相,或者“事实”。

为什么为什么我整夜都坐在电脑边咔嗒咔嗒穿越星系敲个不停,因为天眼大师在我生日那天(三月十一日)允诺了我的愿望。如果你是大师,你的愿望迟早都会成真。

他命名我为“无名的裘德”。我们是虚拟世界里的双生儿。

这就是为什么六年级去自然历史博物馆考察时,裘德从一群咯咯傻笑的孩子间开溜,聚精会神地观看展示玉米少女祭祀的奥尼贾拉展览。本次展览有图解,不建议十六岁以下儿童观看,除非有家长陪同。你穿过拱门,走进照着日光灯、摆着布满尘埃的陈列柜的房间,注视着玉米少女的发辫、扁平的面孔、失明的眼睛,她张着嘴,一副永远诧异的表情,远甚于恐惧,正是这幅画面强有力地进入裘德心中,如同射入玉米少女心脏的箭头,这就是为什么。

因为这是一场尝试,看看上帝是否应允,这就是为什么。

因为没有人阻止我,这就是为什么。

门徒

我们绝没料到裘德是认真的!

我们绝没料到结果会是这样。

我们绝没料到……

……就是没有！

绝没的意思是……

……绝没！

没有违抗……

……

（裘德说禁止说出那个名字。）

裘德是天眼大师。她在学校一直是我们的头儿。裘德特别酷。

五年级，裘德教我们怎么吸S吸到嗨。裘德从哪儿弄来的S，我们都不知道。

七年级，裘德给我们X。像大孩子似的。她是从高年级的神秘朋友那儿弄来的。

你嗨了的时候爱所有人，但是秘密在于，从根本上来说你压根不在乎。

这感觉妙极了！嗨了的感觉就如同飘浮在斯凯特思奇尔的上空，往斯凯特思奇尔走读学校或者你自己家扔一颗炸弹，看着你的家人火烧火燎地从房子里冲出来，尖声喊救命，而你只是微微一笑，因为你毫发无损。这就是嗨。

没有其他人知道的秘密。

裘德家的色情录像带。

裘德的外祖母特拉赫恩夫人，她是位名人的遗孀。

我们喂养的野猫。酷！

裘德的医生开给她的利他林和安定片。裘德只是假装服用。她卫生间里的存货够吃几年。

我们喂玉米少女吃哈根达斯法国香草口味冰淇淋。

玉米少女立刻就打着哈欠睡着了。冰淇淋的味道好极了！只碾碎了一粒药，半勺。这是魔法。我们简直不能相信。

裘德说你无法相信自己拥有的魔法，直到有人教你如何施展。

玉米少女以前从未去过裘德家。但是裘德打从三月开始就对她很友好。她告诉我们说天眼大师在她生日时允诺了她一个愿望。而我们都被算在她的愿望里。

我们的计划是建立信任。

我们的计划是为玉米少女做准备，因为终有一天魔法时刻将会到来，（裘德预言）如同照亮黑夜的闪电，一切变得清晰。

就是这样。我们时刻准备着，等待魔法时刻的到来。

特拉赫恩家有一道后门。我们都从那儿进来。

玉米少女是走进来的！玉米少女用自己的两只脚走进来，没人胁迫她。

裘德说她是自愿的。

但奥尼贾拉印第安仪式并非如此。玉米少女不是出于自愿，而是被绑架的。

敌人部落绑架了她。她再也回不到家人身边。

玉米少女会被安葬，她将在阳光的照耀下躺在玉米种子里，身上覆盖着泥土。裘德告诉我们这么一个老套的童话故事是为了博我们一笑，而不是让我们问为什么。

裘德不喜欢我们问为什么。

玉米少女从未受到威胁。我们对她敬畏、尊重，又友善。

（不过我们还是要稍稍吓吓她。裘德说没有别的办法。）

她星期二和星期三放学回家时会经过 7-11 超市。裘德知道这是为什么。通常在那附近晃荡的都是高中生。抽烟的大孩子。那儿是州际高速公路边破落的小商场。地毯零料店，美发美甲沙龙，中餐外卖铺和 7-11 超市。背后都是垃圾桶，一股腐烂味。

野猫藏在垃圾桶背后的灌木丛里。那儿像片森林，没人会去。

（除了裘德。她总去喂猫，她说这些野猫是她的图腾。）

裘德让我们在 7-11 超市里散开走，这样就没人看见我们在一起了。

四个女孩在一起会惹人注意。

一两个女孩就没人留意。

我们走后门，没有人看见。

很久以前，用人们都住在山脚下。他们得爬山才能到达高门大道的大房子。

历史悠久的斯凯特思奇尔庄园。裘德与她的外祖母住在那儿。它出现在电视里。出现在报纸上。出现在《纽约时报》的头版。这幢房子被称为十八世纪荷兰美式风格庄园。我们从没听说过这个。我们从没见过房子的正面。我们只去过裘德的房间和其他几个房间。还有地下室。

从高门大道看不清特拉赫恩家的房子，它周围有十英尺高的石墙。墙又旧又破，却还是看不到里面的情形。但是如果开车经过，能透过铁门飞快地看一眼。

我猜想现在一定有很多人开车经过。

高门大道**不准停车　不准停车　不准停车**。斯凯特思奇尔不欢迎陌生人，除非是来购物的。

人们称它为特拉赫恩庄园。占地面积十一英亩。但是后面有捷径。我们带玉米少女回来时，走的是后门。这儿有大片的树林。大部分是野生的，如同丛林。有可供攀爬的石台阶，得小心谨慎。那是山脚下一条布满荆棘的古老便道，被混凝土石板切断了，但是能绕过石板。

没人想得到这条后路。从小商场走过来只要三分钟。

没人想得到！高门大道的大房子伫立在山坡上，庄园陡峭的后路直抵州际高速公路。

裘德告诫说，我们必须对玉米少女敬畏、尊重、友善、坚定。玉米少女绝不能猜到自己的命运。

郊区单身母亲，钥匙女儿

“玛丽莎。”

第一反应是哪里不对劲,房间里没开灯。

第二反应是太安静了。

“玛丽莎,宝贝……”

她的声音已经开始失控。她的胸口已经像是夹着一块钢板。

她踏进黑暗的房间。发誓绝对不会超过晚上八点。

她梦游般关上身后的门,打开一盏灯。意识到自己像是正通过监视器注视着自己,举止格外正常,尽管周围环境已经发生变化,不同寻常。

母亲得学着不慌张,保持清醒。孩子始终看着呢。

“玛丽莎?你……你在家吗?”

如果玛丽莎在家,她会开着灯。玛丽莎会在客厅里做作业,把电视机开得很响。或者把音响开得很响。玛丽莎独自在家的时候不喜欢安静。

她说安静让她焦躁。她说她会冒出些可怕的念头,想到死。她说她会听到自己的心跳。

但是房间很安静。厨房也很安静。

莉亚打开更多的灯。她还是在观察自己,她的举止依然很平静。她从客厅通过走廊看到,玛丽莎房间的门敞开着,里面漆黑一片。

有可能——有可能!有那么一个模糊绝望的瞬间,她觉得玛丽莎一定是在床上睡着了……但是莉亚查看过了,床上没有她单薄的身影。

浴室里没人。门半开着，里面也是漆黑一片。

不知怎么的，房间看起来不那么熟悉了。好像家具被挪动过。（她之后就会发现并没有被挪动过。）很冷，有风，像是有扇窗没有关。（所有窗都关着。）

“玛丽莎？玛丽莎？”

母亲的语调里带着讶异，几乎要恼怒起来。如果玛丽莎听到，她会知道自己惹了麻烦。

厨房里空无一人。莉亚把食物放在桌上。没有注意到袋子慢慢倒了下来。几乎没留意一罐酸奶打翻了。

玛丽莎的最爱，草莓口味。

太安静了！母亲开始发抖，理解了为什么女儿讨厌安静。

她走过一个个房间，在这间一层楼小公寓屈指可数的房间里唤着玛丽莎？宝贝？她的声音尖利昂扬，像一根扯紧的电线。她失去了时间概念。她是母亲，她有责任。十一年来，她从未弄丢过她的孩子，每个母亲都害怕弄丢自己的孩子，一次突发的身体意外、一次盗窃、一次偷盗、一次暴力绑架。

“不可能。她在这儿。就在某处……”

她又在房间里走了一遍。没有什么玛丽莎可待的房间！她再次大力打开浴室的门。打开衣柜的门。衣柜一扇扇的门。跌跌撞撞……撞到肩膀……碰到玛丽莎的写字椅，弄痛了大腿。“玛丽莎？你躲起来了吗？”

好像玛丽莎在这种时候还会躲猫猫。

玛丽莎十一岁了。她已经很久没有躲起来等妈妈把她找出来，兴奋地咯咯乱叫。

她会抗议说她不是一位粗心大意的母亲。

她有工作。单亲妈妈。她女儿的父亲已经从他们的生活中消失了，他既不支付赡养费，也不给孩子生活费。这怎么会是她的错呢，她得要赚钱养活孩子和自己，而她的女儿需要特殊教导，因此她没让她念公立学校，送她去了斯凯特思奇尔走读学校……

他们会指责她。在小报上抨击她。

拨 911，你的生活就变成公众谈资。拨 911，你的生活就不再属于你自己。拨 911，你的生活就会永远改变。

郊区单身母亲。钥匙女儿。

南斯凯特思奇尔十一岁的失踪儿童。

她会抗议说事情根本不是这样的！不是。

七天里有五天不是这样的。

只有星期二和星期四晚上她要在诊所工作到很晚。是从圣诞节过后，玛丽莎回家才面对空荡荡的公寓。

不。这种状况不理想。或许她是应该雇佣一个临时保姆，但是……

她要抗议，她只能工作到那么晚，没有其他选择，她的轮班时间变动了。星期二 / 星期四她从早上十点半工作到晚上六点半。这些夜晚，她七点十五分到家，最晚七点半也能到了。她发誓是这样的！大多数晚上是这样。

这怎么会是她的错呢，大班吉桥从尼雅克方向过来的交通很堵，然后九号公路往北从塔瑞城、沉睡谷到斯凯特思奇尔限行，外加九号公路正在修路。还在下倾盆大雨！铺天盖地的暴雨！她失魂落魄地想要哭泣，为她的生活变成这样而愤怒，眩目的车前灯照进她的眼睛里，像激光一样刺透她的大脑。

但是通常来说，她最晚八点也到家了。

在拨 911 之前她努力思索：估算。

玛丽莎通常四点前就到家了。她最后一节课下午三点十五分结束。玛丽莎走路回家，五个半街区，大约半英里，穿过一个住宅区。（没错，第十五大街是条大马路。但玛丽莎不需要往那里走。）她跟同学一起回家。（是这样吗？）玛丽莎不坐校车，私立学校的学生没有校车，而且玛丽莎住得离学校很近，因为莉亚·班特利为了离斯凯特思奇尔走读学校更近，搬到了荆棘崖公寓。

她可以解释！在她为丢失孩子焦虑的间隙她可以解释。

或许那天放学后学校里有特殊安排，运动会、唱诗班排练，玛丽莎忘记跟莉亚说了……也有可能玛丽莎去了朋友家里。

她在房间里，站在电话旁边，像是在等待铃声响起，努力回想刚刚的念头。如同想要用手指抓住水流，努力回想……

朋友！没错。

玛丽莎的同班同学叫什么……？

当然，莉亚要打电话！她虚弱，心烦意乱，但是在让警方介入前，她要打几个重要的电话，她不是一个歇斯底里的母亲。她可以给玛丽莎的老师打电话，她知道她的名字，她可以从那儿问到其他几个女孩的名字，然后她很快可以打电话找到玛丽莎，这样就没事了。而玛丽莎朋友的母亲会道歉，我以为玛丽莎事先跟你打过招呼，问过她能留下来吃晚饭吗。太抱歉了！莉亚会如释重负地笑笑，轻快地说，你知道这些孩子有时候就是这样的。再好的孩子也一样。

不过：玛丽莎在学校里没有朋友。

在这所新的私立学校念书有一个问题。她过去在公立学校有朋友，可是很难在斯凯特思奇尔走读学校交朋友，这儿大部分学生家里有权有势，富裕。非常有权有势，非常富裕。而可怜的玛丽莎太天真，容易轻信，抱有希望，如果其他女孩想要伤害她，她很容易就会受到伤害。

女孩间令人费解的卑劣行为从五年级就开始了。

到了六年级愈演愈烈。

“她们为什么不喜欢我，妈咪？”

“她们为什么取笑我，妈咪？”

在斯凯特思奇尔，住在高门大道山脚下或者萨米特街东面的都是工人阶级。玛丽莎问这是什么意思？不是每个人都要工作吗？阶级是什么意思……像学校里的班级一样吗？教室？

但是莉亚不得不承认：就算玛丽莎去了一个没听说过的同学

家，她也不会待那么久的。

不会超过下午五点。不会待到天黑。

不会不打电话给莉亚。

“她不是那种孩子……”

莉亚又查看了一遍厨房。水槽是空的。没有解冻的炸鸡块。

星期二 / 星期四晚上玛丽莎负责准备晚餐。玛丽莎喜欢做饭，妈咪和玛丽莎喜欢一起做饭。今晚她们要吃鸡肉什锦菜，这是她们最爱一起做的菜。“番茄，洋葱，胡椒，卡真粉。米饭……”

莉亚大声说。安静让人紧张。

如果我今晚直接回家。

高速公路边的 7–11 便利店。回家路上她在那儿停了停。

收银台后面那位有着一双悲伤大眼睛的中年印第安男人会为她作证。莉亚是常客，他不知道她的名字，但他看起来有点喜欢她。

日用品，一盒纸巾。番茄罐头。两捆六罐装的啤酒，冰的。他以为莉亚有个丈夫。丈夫爱喝啤酒。

莉亚发现自己的手在发抖。她需要喝一杯，好让自己的手不要再抖。

“玛丽莎！”

她三十四岁。她的女儿十一岁。莉亚家里所有人都知道，包括她的父母，她已经“和平离婚”七年了。她的前夫，一位医学院的退学生，消失在了南加州某处；他们九十年代初期在大学里相遇，一起住在伯克利。

想要找到这位前夫/父亲已经不可能了，他的姓也并不是班特利。

她知道别人会问起他。别人会问起很多事情。

她可以解释：十一岁已经不需要找保姆了。十一岁已经能够独自回家了……十一岁可以对自己负责……

她从冰箱里摸出一罐啤酒。打开，一饮而尽。冰凉的液体让她的头立刻痛了起来：双眼间冷冰冰的痛点像块硬币。*你怎么能这样！在这种时候！*在她还没有彻底想清楚前，她不想恐慌，也不想拨911。有什么东西正直视着她，可能是某种解释？

心急如焚的单身母亲。平价公寓。

十一岁的走失儿童。“学习障碍”。

跌跌撞撞的莉亚在房间里又走了一遍。她在找……她把打开的门摔得更开。绝望万分地跪在玛丽莎的床边往底下看。

找到了——什么？一只袜子。

好像玛丽莎真会藏在床底下似的！

玛丽莎那么爱她的母亲，绝不会想要让母亲担心，难过，受到伤害。玛丽莎比实际年龄看起来更小，她从不叛逆，发火。在玛丽莎心中做坏事就是早晨忘记叠被子。或者在浴室水槽上方的镜子上留下水渍。

玛丽莎问妈咪：“我是不是也像其他姑娘一样有一个爸爸，他知道我吗？”

玛丽莎盈着眼泪问：“为什么她们取笑我，妈咪？我很迟钝吗？”

公立学校的班级人太多，玛丽莎的老师没有足够的时间和耐心来看护她。因此莉亚让她上了斯凯特思奇尔走读学校，那儿的班级最多只有十五个学生，玛丽莎会得到老师的特别照顾：但是她还是做不好算术，她被取笑，有人说她“迟钝”……甚至那些被她当成朋友的女孩也取笑她。

“她可能跑了。”

莉亚不知从哪儿冒出这样的念头。

玛丽莎从斯凯特思奇尔跑了。离开了妈咪辛苦工作想要给与她的生活。

“不可能！绝不可能。”

莉亚又吞了一口啤酒。这是一种自我治疗。她的心脏依然迅速地跳动着，突然漏了一拍。感谢上帝不要让她昏厥……

“哪里？玛丽莎会去哪里？绝不可能。”

以为玛丽莎会离家出走真是太可笑了。

她太害羞，太被动。对自己太没有信心。其他孩子，尤其是那些大孩子威胁她。因为玛丽莎非同一般地迷人，她是个漂亮的孩子，一头丝绸般的披肩金发，被她骄傲的母亲梳到发亮，有时候母亲帮她编精巧的辫子。玛丽莎常常吸引意想不到的目光，但是玛丽莎很少意识到这点，也不知道别人怎么看她。

她从没独自坐过公交车。从没独自看过电影。很少独自进商店，莉亚几乎都陪着她。

警方会怀疑的第一种可能性大概就是：玛丽莎离家出走了。

“她可能在隔壁邻居家里。”

莉亚知道这不可能。她和玛丽莎与邻居们的关系不错，但是他们从不串门。这儿不是那种公寓楼，几乎没有其他孩子。

不过莉亚明白。母亲必须从邻居那儿寻找孩子的下落。她用了十到十五分钟在荆棘崖挨家挨户地敲门。焦虑地对着陌生人惊讶的脸微笑。尽量让自己听起来不那么绝望，歇斯底里。

“不好意思……”

她回想起一段噩梦般的记忆，几年前当她与后来变成玛丽莎父亲的情人刚搬到伯克利的时候，也有一个心急如焚的年轻母亲敲过他们的门。他们正在吃饭，莉亚的情人开的门，他的语气几乎有些恼怒；莉亚跟在他身后，当时她还非常年轻，金发碧眼，高高在上，她注视着这个年轻的菲律宾女人一边眨着眼睛想把眼泪收回去，一边问他们，*你们见过我女儿吗*……莉亚只记得这些了。

现在轮到莉亚·班特利敲别人的门了。在吃饭时间打扰陌生人。对打扰表示抱歉，用颤抖的声音问，*你们见过我女儿吗*……

莉亚两年前出于经济考虑搬来这棚屋似的公寓楼，每间寓所的门都直开在房子背面，正对停车场。这儿灯火通明，空旷，纯实用性，非常丑陋。公寓楼里没有门廊。没有室内楼梯，没有前厅。甚至连闲谈两句的会客处都没有。这儿不是漂亮的能眺望哈得孙河的独户公寓社区，这儿是南斯凯特思奇尔的荆棘崖公寓。

紧挨着莉亚家的几户邻居都表达了同情和担忧，但是帮不到她。他们没有见过玛丽莎，当然她也没有去拜访过他们。他们向莉亚保证说会留个神，并且建议她拨911。

莉亚继续敲门。她的大脑里开启了某种机制，她一定要敲遍这幢公寓楼里的每扇门才能停下来。她离开自己在一楼的寓所越远，得到的同情就越少。有一位房客隔着门问她想要干吗。还有一个中年男人带着副醉鬼潮红愤怒的面孔，打断了她犹豫不决的问询，说他从没见过任何孩子，不认识任何孩子，没时间说孩子的事。

莉亚失魂落魄地晃回自己的寓所。激动地发现她走的时候门半掩着。房间里面的每盏灯都亮着。她几乎以为玛丽莎肯定是在家了，在厨房里。

她急忙跑进去。“玛丽莎……”

她的声音急切，可怜。

厨房当然是空的。寓所也是空的。

莉亚又冒出一个狂热的新念头：她回到外面，去停车场查看停在不远处的车。尽管她知道车锁着，而且里面是空的，她还是往里看。又查看了后座。

我疯了吗？我怎么了……

但她还是在看。她还有一种迫切的冲动，想要钻进车里沿着第十五大街开去斯凯特思奇尔走读学校，看看教学大楼里有没有人。不过大门肯定锁起来了。通往后面的停车场……

她要开去范布伦路。她要开去萨米特街。她要沿着斯凯特思奇尔小小市中心的精品店，新奇餐馆，高价古董店和时装店一路开过去。经过加油站,快餐店,小商场一路开到高速公路。

指望看见——什么?她的女儿在雨中行走?

莉亚回到寓所,以为她听到了电话铃声,但是电话并没有响。她再一次情不自禁地查看了房间。这回更仔细地检查了玛丽莎的小衣柜,把她悬挂整齐的衣物推到一边。(玛丽莎总是过分整洁,莉亚没有想过到底是为什么。)她看着玛丽莎的鞋子。多么小的鞋子!她努力回想早晨玛丽莎穿了什么……好几个小时前的事情了。

她早上帮玛丽莎编辫子了吗?她应该没时间。但她爱怜地帮她梳理。或许她太以自己漂亮的女儿为傲,现在遭到了惩罚……不,这太荒谬了。你不会因为爱自己的孩子而遭到惩罚。她把玛丽莎的头发梳到发亮,然后用贝壳蝴蝶结发卡帮她扎了起来。

"太漂亮了!妈咪的小天使。"

"哦。妈咪,我不是的。"

莉亚的心跳停止了。她不明白为什么孩子的父亲要抛弃她俩。她非常内疚,这是她作为一个女人和一个母亲的错。

然而她总是克制自己想要拥抱玛丽莎的冲动。十一岁的女孩已经不再喜欢母亲莫名其妙、无意识的拥抱。

别人警告莉亚说感情外露会让孩子不舒服。当然,莉亚并不需要警告。

莉亚回到厨房又拿了一罐啤酒。她不会都喝完的,她只想在拨 911 前再喝两口。

她的寓所里没有比啤酒更烈的东西了。这是她成熟生活的准则。

不喝烈酒。不留男人过夜。不对女儿暴露妈咪的情绪。

她明白：她会被指责。因为她确实有过错。

钥匙孩子。工作母亲。

她要付给保姆的钱差不多相当于她在诊所当助理赚得的税后工资。这不公平，也不可能。她做不到。

玛丽莎没有同龄的其他孩子那么聪明，但她也不迟钝！她读六年级，并没有落后。她的老师说她“有进步”。而她的态度也很鼓舞人心。班特利太太，你的女儿很努力！真是一个可爱、有耐心的孩子。

跟她的母亲不一样，莉亚心想。她的母亲一点也不可爱，在很长一段时间之前就已经失去了耐心。

“我想要报告一起儿童失踪案……”

她排练着言语，震惊于它们的斩钉截铁。她希望自己的声音听起来不要含糊不清。

玛丽莎在哪儿？她不可能不在房间里。如果莉亚再看一看……

玛丽莎知道：锁好大门，独自在家的时候要插好安全门栓。（妈咪和玛丽莎一起练习过很多次。）玛丽莎知道如果妈咪不在家，不管谁敲门都不要开。不要马上接电话，让电话转入留言机，听听是不是妈咪打来的。

玛丽莎知道：绝不让陌生人靠近她。不要跟陌生人讲话。不要跟陌生人上车，也不要跟认识的人上车，除非是女人，或者妈咪认识的人，或者班里同学的母亲。

不管怎么样玛丽莎都知道：放学以后直接回家。

不要去任何大楼、任何房子，除非是同班同学或者学校里的朋友的家……即便是这样，还是得事先告诉妈咪。

(玛丽莎会记得吗？能指望一个十一岁的孩子记得那么清楚吗？)

莉亚彻底忘了；她想好给玛丽莎的老师打个电话。莉亚能从弗莱彻小姐那儿打听到玛丽莎朋友们的名字。警察会指望她知道这些。然而她优柔寡断地站在电话机旁边，思考她是否要给这个女人打电话；因为如果她打了，弗莱彻小姐就会知道出事了。

莉亚双眼间的疼痛在扩散，头痛欲裂。

四岁大的玛丽莎会爬到莉亚身边的沙发上，用她的额头抚平莉亚的"愁纹"。湿漉漉的吻亲在妈咪的额头上。"亲亲就没有了。"

被孩子看到自己的"愁纹"，妈咪的自尊心受到了打击。但是她笑起来，索要更多的吻。"来吧，宝贝。亲亲就没有了。"

这变成了她们之间的老规矩。一次皱眉，一副苦相，一脸悲伤的神情——不管是妈咪还是玛丽莎都会要求，"亲亲就没有了"。

莉亚翻阅着电话号码本。弗莱彻，有好多个弗莱彻。没有一个的首字母看起来是对的。玛丽莎的老师叫什么——伊芙？伊娃？

莉亚拨了一个号码。电话录音里传来一个男人的声音。

又试了一个号码，一个男人接起电话。礼貌地告诉莉亚打错了：这儿没有叫“伊芙”或者“伊娃”的。

莉亚觉得这太无望了。

她应该打给医院的急诊间，如果孩子过马路时被车撞了就会送到那里……

她又摸出一罐啤酒。她现在得喝快点。趁着警察还没有来。

治疗师称之为自我药物治疗。她是从高中开始的。这是她的秘密，家里没有人知道。尽管她的姐姐艾薇尔可能猜到一点。一开始莉亚还跟朋友一起喝，后来她就不再需要朋友了。醉酒不是为了鼓舞情绪，而是为了获得平静。让她不那么焦虑。不那么厌恶自己。

我必须漂亮。更漂亮。

他说过很多次她很漂亮。那个将要当玛丽莎的父亲的男人。莉亚很漂亮，他爱她。

他们打算一起住在北加利福尼亚俄勒冈的某个海边小镇。这是他们的梦想。同时他是个受不了压力的医学院学生。她则选择了比较简单的道路，念护士学校。但是她怀孕的时候退学了。

之后他还是会说她很漂亮，然而他不爱她了。

爱情消失。人们前进。

然而玛丽莎还在。玛丽莎是他们爱情的结晶。

只要莉亚能够再次找回自己的女儿，她愿意放弃男人，所有男人。

如果她没有在下班回家的路上耽搁！如果她直接回家。

她知道：她必须要告诉警察回家前去了哪里。为什么她回得那么晚。她必须承认，她回家晚了。她的生活会像旧裤子的口袋般翻在外面。所有私密的、珍贵的东西都被粗鲁地暴露在外面。

几个星期，几个月来，只有这一个晚上……她行为反常。

但是她也去了7-11便利店。晚上这儿很热闹。这不算反常，莉亚常常光顾这个离荆棘崖公寓两个街区的便利店。收银台的印第安男人会对警察说她的好话。他会知道她叫莉亚·班特利，她的女儿走丢了。他会知道她就住在附近，第十五大街。他会知道她是个单身母亲，没有结婚。她买过的数不清的六罐装酷尔斯啤酒是自己喝的，而不是给她丈夫。

他当然见过她和玛丽莎在一起。因此他会记得玛丽莎。害羞的金发女孩，有时候编着辫子。他会同情莉亚，他过去没有理由同情她，只能用自己谨慎的方式爱慕她，她闪亮的金发，她美国式健康的容貌。

莉亚喝完了啤酒，把罐子扔在水槽下面的垃圾桶里。她想过要把所有罐子都扔到门外的垃圾桶里，因为警察可能会搜查房间，但是没时间了，她已经拖延了足够长的时间等待玛丽莎回家，等待一切回到原来的样子。*她心想，为什么我不能为了玛丽莎打这个电话？为什么我会觉得付出这样的代价不值得？*她拿起话筒，拨了911。

她气喘吁吁，像是刚刚跑完步。

"我想要——我想要——报告一起儿童失踪案。"

孤独的狼群

我注定有特殊的命运。我注定！

他生机勃勃地活在他自己的头脑里。她生机勃勃地活在她自己的头脑里。

他是个前理想主义者。她是个坚定的现实主义者。

他三十一岁。她十三岁。

他高大／瘦长／肌肉瘦弱，五英尺十英寸（他的纽约州驾驶执照上标着“5′11”），体重一百五十五磅。她四英尺十一英寸，八十三磅。

他私底下自以为是。她公开自以为是。

他是一位代数老师／斯凯特思奇尔走读学校的“计算机顾问”。她在斯凯特思奇尔走读学校上八年级。

他在学校的正式身份是兼职雇员。

她在学校的正式身份是无例外全额学费学生。

兼职雇员意味着没有医疗／牙科保险，每小时的工资比全职员工要少，没有获得终身职位的可能。而无例外全额学费意味着没有奖学金资助或者学费延期。

他是纽约市北面八英里处，哈得孙河岸上斯凯特思奇尔的新居民。她自一九九二年两岁时搬来与孤寡的外祖母同住，是多年的老居民。

对她而言，他当面是卓尔曼先生；其他时候则是Z先生。

对他而言，她没有明确的身份。斯凯特思奇尔走读学校里不同年龄的女孩中的一员（从小学到高中），他为她们提供计算机指导，以及私人辅导。

即便是有着一头又直又长的玉米穗似的头发的六年级学生玛丽莎·班特利，他也没法立刻想起来。

他称她们为孩子。声音里拖着勉强的热情；或者重重的讥讽。那些孩子们！

取决于是哪个星期，哪一天。取决于他的心情。

她用轻蔑发颤的声音称她们为其他人。

她们是外来者。即便是她那一小帮跟班，她也不得不承认她们是失败者。

在斯凯特思奇尔走读学校校长办公室他的私人档案里记录着数目可观的证书/推荐信，与好学生之间沟通良好。容易不耐烦。不善于团队合作。有不同寻常的幽默感。（不近人情？）

斯凯特思奇尔走读学校校长办公室她的私人档案里（一九九八年至今）的记录由不计其数的部分组成，不同寻常的家庭背景（外祖母/合法监护人特拉赫恩太太，女校友/赞助者/学校理事（退休），高智商（测试结果149，161，113，159，年龄6，9，10，12），才华卓越，学业表现不稳定，孤独的孩子，爱交际的孩子，与同班同学缺乏沟通，天生领导者，反社会倾向，课堂活跃分子，课堂捣乱分子，过度活跃，冷淡，具有“幻想”天赋，沟通技巧贫乏，不成熟倾向，表达流利，被新事物激发想象力，容易厌倦，阴郁，早熟，运动协调能力差，五岁时被诊断出注意力缺陷障碍 / 服用利他林效果显著 / 副作用，七岁时诊断出阅读障碍，特别辅导效果显著 / 副作用，五年级优秀学生，成绩不理想 / 七年级英语不及格，二〇〇二年十月因“威胁”同班女生被停课一周，三天后复课 / 监护人起诉学校 / 心理咨询获得良好效果 / 副作用。（文件夹外面是校长手写的字，挑战！）

他皮肤黝黑，带点浅褐色。她皮肤苍白蜡黄。

他星期一 / 星期二 / 星期四在学校，除非他要为其他老师代课，一般来说大概五星期代一次。她一星期五天都在学校，斯凯特思奇尔走读学校是她的地盘！

她对斯凯特思奇尔走读学校又恨又爱。又爱又恨。

（她的老师注意到她常常从教室“消失”，过了一会儿又“重返”。绷着脸 / 傲慢，没有任何解释。）

他是一匹孤独的狼：十九世纪初移民到美洲的德裔犹太人的重孙。华尔街股票代理商克里瑞、马克科克、梅斯和卓尔曼公司合伙人的儿子和曾孙。她是纽约州最高法院法官伊莱亚斯·特拉赫恩唯一的外孙女，但是他在她出生前就死了，对她来说他还不如下巴前突、戴着假发的乔治·华盛顿上将亲近，这位上将被美化过的肖像挂在学校的圆形大厅里。

他的脸上有很多痣，并不至于毁容，但他发现人们会盯着这些痣看，仿佛等着它们自动消失。

她的皮肤很容易起怒气冲冲的青春痘。它们被诊断为神经性皮疹，也因为她总是用指甲去抠。

他正在失去浓密的黑发，他还没有意识到自己曾经以它为傲。发际线从太阳穴后移，因此他把头发留到了衣领。她有一头蓬乱细软的浅铁锈红色头发，像蒲公英种子般围绕着瘦削憔悴的脸庞。

他是米卡尔。她是裘德。

他原本叫迈克，但是这世界上实在有太多该死的迈克了！

她原本叫朱迪斯，但是——朱迪斯！让人想要呕吐！

孤独的狼对群体不屑一顾。天生的贵族不在乎钱，也不在乎家庭纽带。

他被卓尔曼家族疏远。几乎。

她被特拉赫恩家族疏远。几乎。

他的笑声短促迷人，略带讥讽。她的笑声尖利，从鼻子里发音，常常像打喷嚏一样吓到自己。

他的口头禅是接下来呢？她的口头禅是无聊！

他知道：青春期少女经常爱上她们的男老师。但仿佛在他身上从没发生过，也无关紧要。米卡尔·卓尔曼生活在自己的世界里。

她憎恶同龄的男孩。她憎恶几乎所有男人，不管什么年纪的。

午餐时间，当一群八年级男生拿着自助餐盘吵吵闹闹地经过时，她亮出一把修甲刀，猛然打转来暗示阉割：知道这是什么意思吗？她的跟班们红着脸咯咯乱笑。

男生很少注意她。她学会像翻面的纸牌一样隐形。

他在铁盔甲里——对有些旁观者来说有点趾高气昂。（除了独处时。他看着饥荒、战乱、灾难的照片会落下滚烫的眼泪。早年他在纽约上东区犹太人聚居地父亲的葬礼上失控大哭，吓坏了他周围的人和他自己。）

她已经差不多四年没有哭过了。上次是她从自行车上摔下来，割破右膝盖，缝了九针。

他独自住在一套装修简朴的三居室寓所里，在塔瑞城北部哈得孙河边一片叫做河滨高地的独户公寓社区。除了年迈的外祖母可有可无的陪伴，她独自住在高门大道 83 号特拉赫恩庄园主翼几间装修精美的房间里；这幢三十居室庄园的其余部分都出于经济原因关闭了。

他不知道她住在哪里，正如他也不太清楚她是谁。她知道他住在哪里，距离高门大道 83 号三英里处。她不止一次骑车经过河滨高地。

他开一辆不那么新的金属蓝本田思威，纽约牌照 TZ6063。她知道他开一辆不那么新的金属蓝本田思威，纽约牌照 TZ6063。

实际上他并不总是那么自以为是。实际上她并不总是那么自以为是。

他希望能对自己满意。他希望能对全人类满意。他不愿意承认人类是无望的，放弃吧。他更倾向于认为我能改变他人的生活。

他是个在二十八九岁遭受打击挫折的理想主义者。这些都是可敬的陈词滥调。这些陈词滥调都是他挣来的。他二十五岁左右到三十岁之前在曼哈顿、布朗克斯和扬克斯的公立学校教书，短暂的休整之后，他回到哥伦比亚大学攻读计算机专业的硕士，提高学历，然后又回来教书，因为他古板的理想主义缠着他，如同毛衣磨破的肘部打上去的补丁，他知道在对金钱的追逐上他永远也比不上他的父亲，他在哈得孙河域的斯凯特思奇尔谁都不认识，他能够做兼职教孩子们计算机，他在这儿会受到尊重，或者不管怎么说他的隐私会受到尊重，他不是个有抱负的私立学校老师，并不谋求终身职位，几年后他会继续前进，但是现在他安心于这个职位，他有自由喂养我的老鼠，他是这样说的。

很多时候她对自己不太满意。私底下。

自杀想象对于青春期的孩子来说很常见。如果只是幻想的话就不能算是精神疾病。

他也有过这样的幻想。事实上一直持续到他二十多岁。现在不会了，这就是喂养我的老鼠对米卡尔·卓尔曼的功效。

可以说她的自杀幻想都是卡通式的。从大班吉桥/乔治·华盛顿大桥上往下跳，出现在晚上六点的新闻里。房顶上炽热的火球。(斯凯特思奇尔走读学校？这是她唯一能去的房顶。)如果吞五六片迷幻药，心脏会爆炸(或许)。吞一把巴比妥酸盐，会睡着，然后陷入昏迷，再也醒不过来(或许)。吃药的话总有可能会呕吐，醒来发现自己在急诊室里被洗了胃，或者醒来大脑已经损伤了。还有刀,剃刀刀片。血流在浴缸里,温暖的水涌流。

十三岁生日前夜,她感觉糟透了,但是她的新朋友/导师天眼大师(不是在南极,那就是在阿拉斯加)告诫她说,裘德,仇恨自己太无聊了。还不如去仇恨周围其他人。

可她从没有哭过。真的真的从没有哭过。

裘德·欧的恐惧管道像是枯竭了。酷!

管道让她想起阴毛,她第一次看到这个词是在聊天室里,她查了查词典,发现阴毛是个下流的词语,指那些长在她两腿间某处又卷又皱的毛发。还有她的胳肢窝,她一直不肯用除臭剂,直到外祖母不断唠叨。

特拉赫恩外祖母已经半瞎了,但嗅觉却很灵敏。特拉赫恩外祖母最善于念叨念叨,你也可以说这是这个老女人第八个十年中最了不起的本事。

Z先生!或许他也嗅了她的胳肢窝,她希望他不要嗅她的裆部。

Z先生在计算机教室里沿着走廊回答孩子们的问题,大部分问题非常低级/愚蠢,她很想抓住他的眼神,与他交换一丝知悉的笑容,但是Z先生从来不看她,接着当他在她身边停下看她屏幕上的问题时,她又害羞得要命,血直往脸上涌,她听到自己幼稚而虚张声势地嘀咕我猜我搞砸了,卓尔曼先生,是吧?她用手掌一侧擦擦鼻子,开始咯咯直笑,而性感/冷酷的Z先生和她保持着六英寸的距离，完全没有笑意，就连戏谑的指责都没有，像是根本没有听到从这个八年级女生天真的嘴里冒出来的 F 开头的词语。

事实上，Z 先生听到了。肯定。

如果她们说什么污秽或者有暗示性的话，绝不要笑，绝不要纵容她们。

不要触碰她们。

也不要让她们触碰你。

他们之间 (隐秘的) 关联。

他靠近她，在她的键盘上打字。解决了问题。告诉她，她做得很好。不要气馁！他仿佛不知道她叫什么，但这大概只是假装的，是他的幽默感。接着他又朝下一只举起的手走去。

她依然觉得他们之间有 (隐秘的) 关联。

正如她第一眼在七年级的走廊里瞥见玉米少女就知道。丝绸般的金色的玉米穗似的发辫。害羞，惊慌。

一个新来的女孩。完美。

有一天早上，她早早来到学校，看到玉米少女的母亲开车送她到人行道边。那是个面容姣好的女人，有着同样的浅色金发，她朝女孩微笑着，匆匆靠过来亲吻。

有些关联如同激光般洞穿你的身体。

有些关联，你就是知道。

她发了电子信息给 Z 先生说，你是大师，Z 先生。这不像是裘德·欧会做的，因为电子空间里的任何信息都永远不能被抹去。但是 Z 先生没有回复。

要回复一条电子信息太他妈的容易了！但是 Z 先生没有。

Z 先生没有如她所愿与她交换一个知悉的笑容 / 眨眼。

无视她!

像是他根本不知道她是她们中的哪个。

像是他把她和她手下那些其他人混淆在一起。

于是她心里的某种东西变了,如同一把生锈的钥匙,她平静地想,你会为之付出代价的,混蛋 Z 先生,还有你的子孙后代。

她想过要报告联邦调查局一个可疑的恐怖分子, Z 先生的皮肤像阿拉伯人一样黑,贼眉鼠眼。尽管他可能是个犹太人。

事后他或许还能模糊地回忆起你是大师, Z 先生,但他当然删除了。要删除一条电子信息太容易了。

事后他或许还能模糊地回忆起这个在电脑旁扭扭捏捏的女孩,头发蓬乱,睁大的眼睛呆滞无神,散发着一股叫人吃惊的没有洗干净的肉味 (这在斯凯特思奇尔走读学校不常见,在斯凯特思奇尔富裕的郊区也不常见),那会儿才一月 / 二月,他当时还不知道这就是裘德 · 特拉赫恩。他没有特别辅导的学生,有时候他几天里要见超过一百个学生,他不可能知晓她们每个人,他对此也没有兴趣。然而几天后他又在计算机教室里撞见这个女孩和她的一个胖朋友正一起翻垃圾桶。但是他也没特别留意,她们尴尬地咯咯笑着跑了,好像被他开门撞见裸体一样。

但是他记得：正是这同一个蓬发女孩有一天放学后大胆地坐在他的电脑旁，对着屏幕皱眉头，理直气壮地把键盘敲得咔嗒作响，仿佛这电脑是她自己的，这次他严厉地对她说“不好意思？”而她畏头畏脑的样子，仿佛以为他要打她。于是他开玩笑说：“你就是著名的黑客吧？”——他知道对于未成年人这种鲁莽/莫名其妙的行为开开玩笑是最友善同时也最聪明的策略，对质或者让她尴尬都不是好主意。尤其不能这样对待女孩。而这个瘦小的女孩把身体蜷起来，像是要把自己变得更小。薄纸般的皮肤，短短的上嘴唇包不住她的门牙，一副啮齿动物般防备的神情，贼头贼脑，焦虑不安，却还有点吸引人。她的眼睛像沙砾般没有颜色，潮湿，睁得大大的。眉毛和睫毛稀疏，几乎看不见。她是如此普通，而她并不漂亮的眼睛毫不掩饰地瞪着他……他为她感到抱歉，可怜的孩子。大胆，神经质，但不出一年，她就会彻底落在同班同学后面，没有男孩会看她第二眼。他肯定猜不到这个胆小的女孩是一个有声望和权势的家族唯一的后代，但他可能猜到她的父母已经离婚很久，或许也已经与她分开很久。她结结巴巴地给出些站不住脚的解释，*我只是想要查点资料，卓尔曼先生*。他大笑着挥挥手让她走了。他有一种情不自禁的冲动，想要伸手揉揉那团蓬乱飞扬的头发，就好像揉一只小狗的脑袋，既出于慈爱，又出于惩罚。

但是他没有碰她。米卡尔·卓尔曼没有发疯。

101条斑点狗

你觉得她还有气儿吗?

有啊!当然!

上帝啊,如果……

……她在呼吸,看到了吗?

玉米少女睡在烛光边。吃了镇定剂以后张大嘴睡着。

我们吃惊地看着她。玉米少女,在我们手上!

裘德把她的发卡取下来,于是我们可以梳理她的头发。又长又直的浅金色头发。我们一点也不嫉妒玉米少女的头发,因为现在它是我们的了。

玉米少女的头发向四周散开,仿佛她正在坠落。

她在呼吸,是的,能看到。如果把蜡烛移到她的脸庞和喉咙旁就会看到。

我们为玉米少女铺了床,裘德称之为棺材。铺了美丽的丝绸披肩、织锦床罩、苏格兰开司米毯子和鹅绒枕头。都是裘德从房子关闭的客翼拿来的,她容光焕发。

我们笨手笨脚地脱去玉米少女的衣服。

你可以不假思索地脱去自己的衣服,但是帮另外一个人脱衣服可不容易,哪怕是一个平躺着的四肢沉重的小女孩。

玉米少女被脱光以后,我们很难不咯咯乱笑。很难不大笑着哼哼……

比起我们来，她更像是一个小女孩。

我们突然为她感到害羞起来。她贴住肋骨的胸部很平坦，乳头小得像种子一样。两腿之间我们看得到的地方也没有长毛。

她很冷，睡着了还不停发抖。她的嘴唇发灰。牙齿打战。双眼紧闭，但能看到一弯眼白。因此你（几乎！）担忧玉米少女是不是在睡眠中瘫痪，监视着我们。

裘德为玉米少女准备了安定。她还把可待因和氧可酮碾成了粉末以备不时之需。

裘德说我们要给玉米少女“施洗”。但可能不是今晚。

我们揉搓玉米少女冰冷的手指，冰冷的脚趾，冰冷的脸颊。我们突然不羞于触碰她了，我们想要触碰她，触碰她，触碰她。

裘德摸着玉米少女瘦小的胸口说，有一颗心脏正在里面跳动。一颗真正的心脏。

裘德低声说。周围安静得能听到心脏跳动的声音。

接着我们用丝绸、织锦和开司米羊绒把玉米少女盖起来。又在她脑袋底下垫了一只鹅绒枕头。裘德用指尖把香水洒在玉米少女身上。她说这是一种祝福。玉米少女会睡啊睡，睡很长时间。等到她醒来时，她就只记得我们的脸了。她朋友们的脸。

我们把玉米少女藏在客翼底下地下室的储存间里。在这幢大房子遥远的角落。房子的这片区域已经关闭了，而地下室更远，裘德说没人会到这儿来。

就算喊破了喉咙也没有人会听到。

裘德大笑，把手罩在嘴上，像是要大声尖叫。但是传来的只是窒息的咳嗽声。

特拉赫恩庄园关闭的房间里没有暖气。地下室冷得像冬天。但这本来就是一场核爆大屠杀，没有电可提供给我们的取暖设备。但是我们有蜡烛。

抽屉里有老特拉赫恩太太存放着的芳香手工蜡烛，礼品商店的收据上说是一九九四年买的。

裘德说，外祖母不会想念它们的。

裘德对外祖母的态度很有趣。有时候她还挺喜欢她的，其他时候她则骂她是老蝙蝠，说操她的，她一点不关心裘德，她只担忧裘德会不会让她难堪。

我们在裘德的房间里看电影时特拉赫恩太太在楼下叫过她。她很少上楼来看裘德，因为楼梯实在不好走。房子里有一部真的电梯（我们见过），但是裘德说她小时候玩得太多，把电梯弄坏了。裘德回她话说，就是些学校里的朋友，丹尼斯和安妮塔，你都见过的。

有时候特拉赫恩太太见我们在楼下跟裘德玩，她会彬彬有礼地问我们玩得好吗，她黏糊糊的嘴咧开一个不情不愿的微笑，但是她根本没听我们在说什么，她也永远记不住我们的名字。

裘德在放的是《101 条斑点狗》，是一部她早就看厌了的旧电影。（裘德有一千部已经看厌了的电影！）这是一部小孩子看的电影，我们都看过，但是玉米少女没看过。她盘腿坐在电视机前的地板上，吃放在膝头碗里的冰淇淋，我们已经吃完了，就在等她，裘德问她要不要再来一点，玉米少女迟疑了一会儿说，好的，谢谢你。

我们都分到了更多哈根达斯法国香草口味冰淇淋。但是玉米少女吃的冰淇淋跟我们的不太一样！

她的眼睛闪闪发光，非常高兴。因为我们是她的朋友。

一个六年级的女生，跟八年级的人交朋友。还被邀请到特拉赫恩庄园。

裘德在学校里对她好了很长一段时间。微笑，打招呼。裘德有办法像眼镜蛇一样用眼睛操控你，或者让你挪不开目光。你很害怕，又有点兴奋。

她在 7-11 便利店买了一罐可乐和一包玉米片。她正在放学回家的路上，不知道我们有两个人跟踪了她，还有一个人跑到前面等着。她微笑着看到非常友好的裘德。裘德问她她的妈妈在哪儿，她说她妈妈在河对岸的尼雅克做助理护士，天黑前不会回家。

她笑着说她妈妈不准她吃垃圾食品，但是她妈妈不会知道的。

裘德说妈妈们不知道的事情不会让她们伤心。

裘德告诉我们，玉米少女祭祀是一种古老的奥尼贾拉印第安仪式。我们在学校学习了有关北美土著人的知识，但是我们没有学过奥尼贾拉印第安人，裘德说他们已经灭绝了两百年。易洛魁人消灭了奥尼贾拉人，适者生存。

玉米少女是我们的秘密。我们预先就知道这将是我们最珍贵的秘密。

裘德和玉米少女单独走在前面。丹尼斯和安妮塔殿后。走过商店背后的垃圾桶时，我们赶了上去。

裘德问玉米少女要不要去她家玩玩，玉米少女说好的，但是她不能待很久。裘德说一点也不远。裘德假装不知道玉米少女住在哪里（但是她知道：第十五大街和范布伦路交叉处的破公寓），差不多走十分钟就到了。

我们走了后门。没人看见。老特拉赫恩太太在她房间里看电视，也不会看见。

即便她看见了，她也不是真的看见。隔得那么远，她看不清。

客翼是这栋房子里相对新的区域。能俯瞰一个游泳池。但是游泳池上盖着油布，裘德说已经很多年没人用过了。她还记得踩进浅水区的感觉，那是很久以前，像是其他人的记忆。

裘德说客翼从没用过。这幢房子大部分地方都没有用过。她和她的外祖母只使用一小部分房间就够了。有时候特拉赫恩太太一连几个星期都不离开房子。她对教堂里发生的事情感到生气。要不就是牧师说了什么冒犯的话。她不得不解雇了为她驾驶"豪华轿车"的黑人司机。她还解雇了二十年来为她做饭和打扫家务的黑人女佣。生活必需品会配送到家里。食物大多是微波炉加热的。特拉赫恩太太有时去市区会会老友，在乡村妇女俱乐部、哈得孙河谷老友会，或者斯凯特思奇尔园艺俱乐部。但她从不邀请朋友来家里。

你爱你的妈妈吗？裘德问玉米少女。

玉米少女点点头，有点尴尬。

你妈妈真是个大美女。她是个护士吧，我猜？

玉米少女点点头。能看得出来她很以母亲为傲，却不好意思说出来。

你爸爸呢？裘德问。

玉米少女皱了皱眉。她不知道。

你爸爸还活着吗？

不知道。

你最后一次见到你爸爸是什么时候？

忘记了。那会儿她还太小了……

他住在这附近吗，还是在哪里？

加利福尼亚，玉米少女说。伯克利。

我妈妈也在加利福尼亚，裘德说。洛杉矶。

玉米少女犹豫地笑了笑。

你爸爸大概跟我爸爸是朋友，裘德说。

玉米少女疑惑地看着裘德。

在地狱里，裘德说。

裘德大笑着，像往常一样露出闪亮的牙齿。

丹尼斯和安妮塔也大笑起来。玉米少女微微咧着嘴，不知道要不要跟着一起笑。她举到唇边的勺子越来越慢，她的眼皮耷拉下来。

我们把玉米少女从裘德的房间里抬出来。走过一条走廊，穿过一扇门，来到被裘德称为客翼的地方，这儿又冷又不透气。我们走下客翼的楼梯，来到通往储存间的地下室。

玉米少女一点也不重。我们三个人要比她重得多。

储存间外面的门上挂着一把锁。

安妮塔和丹尼斯六点就得回家吃晚饭。太没劲了！

裘德则几乎整晚都跟玉米少女待在一起。看管。守夜。蜡烛的火焰和芬芳让她很兴奋。她的瞳孔因为迷幻药而放大。她说除非不得已，她不会把玉米少女的手腕和脚踝绑起来。

裘德有一台宝丽来相机，她会把玉米少女躺在棺材里的模样拍下来。

第二天早晨玉米少女不会去学校，而我们则如常出席。没有人看到我们，因此也没有人会想到我们。

裘德说他们会以为她碰到了坏人。我们可以帮帮他们。

记住，玉米少女是我们的客人。这不是绑架。

玉米少女在四月棕枝主日前的星期四出现在裘德面前。

爆炸新闻

拨 911，你的生活就不再属于你自己。

拨911,你就变成了乞丐。

拨911,你就被剥光了。

她在路边等他们。晚上八点,心急如焚的母亲在南斯凯特思奇尔第十五大街荆棘崖公寓外面的大雨中等待警察的到来。警察刚从巡逻车里出来,她就冲上前去哀求,她焦躁万分,努力保持冷静,但声音尖利,帮帮我,求求你帮帮我,我的女儿失踪了!我下班回家发现女儿不在,玛丽莎十一岁,我不知道她去哪儿了,过去从没发生过这样的事情,求求你帮我找到她,我担心有人带走了我的女儿!——白人女性,三十岁出头,金发,没有戴帽子,呼吸里有股浓烈的啤酒味。

他们会询问她。他们会重复他们的问题,而她会重复她的回答。她平静下来了。她尽力平静。她开始哭泣。她开始愤怒。她知道她说的话都被记录了下来,她说的每个字都有公开记录。她将面对电视镜头,记者把话筒像权杖一样伸到她跟前。她会看到自己笨拙地结结巴巴地念着台词,扮演失踪儿童/哀求的母亲的角色。她会看到电视屏幕多么巧妙地从她焦虑憔悴的脸和布满血丝的眼睛,切换到笑容天真的大眼睛玛丽莎,有一头闪亮金发的甜美的玛丽莎,十一岁,六年级,镜头在三张玛丽莎的照片前挨次停留,这是她母亲提供的:接着,当心急如焚的母亲继续讲话时,你会看到"私密"——"专属"的斯凯特思奇尔走读学校肃穆的砂石建筑正面,然后你会看到南斯凯特思奇尔第十五大街晚上险恶的交通状况，有一个不动声色的旁白女声解释说，十一岁的玛丽莎·班特利常常自己走回这间空荡荡的公寓，开始为她自己和母亲准备晚餐（她的母亲在尼雅克医院工作，晚上八点前不会回家）；接着你会看到荆棘崖公寓的建筑背面，在大雨里又矮又丑，像是军队的营房，一些胆大的房客好奇地站在那儿盯着警察和拍摄队伍看；随后你又再次看到失踪少女的母亲莉亚·班特利，三十四岁，显然是个粗心大意的母亲，这个满怀愧疚的母亲公然哀求。如果有人看到我女儿，如果有人知道玛丽莎的情况……

下一条新闻，拖拉机在新泽西公路上翻车，十一部车辆连环相撞，两位司机死亡，八位伤者被救护车送往纽瓦克医院。

太羞耻了！但是我只希望玛丽莎能回来。

爆炸新闻！新闻如此激动人心，四月的星期四晚上十点之前，四家当地电视台都在播出失踪的玛丽莎的故事，而且只要事情有进展，只要观众依然对此保持高涨的热情，就不断在节目间隙报道。但这确实不是什么“新”闻，每个人之前都见过。所谓的“新”不过是特定的演员和及时披露的细节，像是悬疑电影故弄玄虚的规矩。

心急如焚的母亲引起人们的注意是件好事，在纽约北部富足的哈得孙河谷郊区，失踪 / 诱拐儿童的案件相对来说很少，这片社区的暴力犯罪也很少。这强烈引起了警方的关注，并且与相邻塔瑞城、沉睡谷、利文斯顿的警署合作。这也强烈引起了媒体的报道，到处都是玛丽莎·班特利的肖像，公众热心参与搜寻工作。这就是所谓同情心泛滥。全民参与。别人告诉莉亚说，在高犯罪率的地方，你不可能得到这样的响应。

“这真让人感激。谢谢你！”

她并没有挖苦的意思。她布满血丝的眼睛里闪烁着泪花，她只希望别人能相信她。

这也对这位心急如焚的母亲有利，如果她的女儿是被诱拐的，而不是自愿选择离家出走，这将是斯凯特思奇尔历史上第一桩诱拐案。

这非同寻常。当真是件新鲜事。

“但是她没有自己跑开。玛丽莎不会自己跑开的。我尽力解释了……”

发生在富足的哈得孙河谷郊区的另一桩新鲜事是，这个孩子放学后可能失踪的时间与记录上母亲汇报失踪的晚上八点十四分之间，有“大段”神秘的/可疑的时间延迟。最警觉的当地电视台对戏剧化的可能性充满警惕。斯凯特思奇尔警方对于是否考虑控告班特利女士不置可否，班特利女士没有危害儿童的犯罪记录。

也不知道这同一家电视台是怎么知道这位心急如焚的母亲在警察到她家里时显示出“微醺”的迹象，警察局里的人不应该泄露消息。

太羞耻了！我想死。

如果我能用自己的生命换回玛丽莎的。

一个小时又一个小时，一天又一天。尽管每个小时都很难熬，像是硬吞下喉咙的石头。而日子变成了不可记述不可预测的持续时间，痛苦到无法坚持，只能化作单个的小时甚至分钟。她意识到有一个巨轮正在旋转，而她被卷在轮子里，无助，处于悬浮的惊恐状态，但她热切配合轮子的每一次旋转，或许它能把玛丽莎带回来。她开始感觉到或许真的有上帝，仁慈的上帝而不仅仅是公正的上帝，她要用自己的生命交换玛丽莎的。

大部分时间她都保持平静。表面上的平静。她相信自己很平静，她没有变得歇斯底里。她给在华盛顿斯波坎的父母打了电话，这逃不掉。她给在华盛顿特区的姐姐打了电话。她没有从他们震惊怀疑的声音里听出指责、控诉和反感来；但是她知道这一切早晚会发生。

我有过错，我知道。

这对我来说不重要。

她知道自己必须得他妈的平静！回答他们无礼的问题，反复回答，当她面对他们的质疑和疑虑时，她只能像盘错乱的磁带般循环播放答案。她回答警官的问题时绝望得像个溺水的女人，紧紧抓住一根破绳子，把自己拽进已经漏水的救生艇。她不知道，她立刻就告诉他们她不知道玛丽莎的父亲在哪里，他们在过去的七年里都没有联系，她最后一次见他是在千里之外的加利福尼亚伯克利，他对玛丽莎漠不关心，他对自己的女儿毫无兴趣，因此她真的不相信，也无法相信这个男人有任何诱拐玛丽莎的可能性，她也不想把他牵扯进来，不想用哪怕最含蓄的方式去指责他……而他们依然继续询问她。这是一场审问，他们觉得她有所隐瞒，她有吗？她隐瞒了什么，为什么？直到最后她听到自己用残破挫败的声音说，好吧，我告诉你们他的名字，我所知道的他最近的住址，还有过了那么长时间肯定已经弃用的电话号码，好吧，我告诉你们：我们从未结婚，我孩子不跟他姓，他甚至假装怀疑玛丽莎是否是他的孩子，我们只不过是住在一起，他对婚姻不感兴趣，你们现在满意了？

她的羞耻，她从未告诉过她的父母。也没有告诉过她的姐姐。

现在他们都要知道莉亚可悲的秘密了。这又是一桩打击，与另一桩相比稍微小一些。他们会看不起她，并且知道她是个骗子。现在她得在他们自己从媒体上发现前给他们打电话。我对你们说了谎，我从来没有跟安德鲁结过婚。没有结婚，也没有离婚。

接下来，他们需要确切知道她女儿失踪那天，她晚上六点半离开尼雅克医院以后去了哪里。现在他们知道她是个骗子，是个绝望的女人，现在他们嗅到了血迹。他们要跟踪这头受伤的野兽回它的巢穴。

起初莉亚对时间含糊其词。一位母亲处于女儿失踪的打击中，对于时间含糊不清也是很自然的。

她告诉他们她从尼雅克回家的时候被堵在路上。大班吉桥，九号公路，在修路，又下雨，但是没错，她在公寓附近的 7-11 便利店停下来，像往常一样买了点东西……

就这些，她就停了一次？

是的。她就停了一次。7-11 便利店。收银台的营业员能认出她来。

这是一个问题，一次试探，肯定与莉亚·班特利的男性朋友有关。如果她有的话，那么他认识玛丽莎。遇见过玛丽莎。或者只不过是瞥见过玛丽莎。

失踪女孩的母亲有没有任何男性朋友可能会对女孩感兴趣。可能会“诱拐”她。

因为玛丽莎可能自愿上了一辆熟人的车。是吗？

莉亚依然平静地坚持说没有，没有人。

她现在没有男性朋友。没有正式的恋爱。

她没有“见”任何人？

莉亚生气，发起火来。什么意思？“见”是什么意思？

她口风很紧，言之凿凿。然而讯问者仿佛知情。特别是那位女侦探。莉亚布满血丝的眼睛里有一种躲闪，这是一双内疚难过的母亲的眼睛。即便当莉亚不耐烦和挑衅地说话时，她的声音还是在颤抖。我告诉你！上帝啊，我已经告诉过你了！

停顿了一会儿。房间里的气氛非常紧张。

停顿了一会儿。讯问者们等着她说下去。

莉亚被告知,她必须完整诚实地回答警官的问题。这是一次警方调查,如果她撒谎,她很可能被指控妨碍公务。

如果她撒谎。

众所周知的说谎者。

公之于众的、羞耻的说谎者。

于是又一次,莉亚听到自己嘶哑的声音。她听到自己说,好吧,是的。她没有直接从尼雅克医院去7–11便利店,她先见了一个朋友,是的,他是个亲近的男性朋友,与妻子分居了,对未来还不确定,他是个特别注重隐私的男人,她不能公布他的身份,况且他和莉亚也并不是真正的恋人,是的,他们做爱了……

他们只做过一次。一次。

星期天晚上,上星期天晚上他们做爱了。

这是他们第一次做爱。莉亚也不是很确定……她也不知道是否……

她现在几乎是在哀求了。血仿佛都涌上了她浮肿的脸。

警官等待着。她正用一叠纸巾擦眼睛。没有任何出路!她生出厌恶的感觉,如同一头闯进屠夫的斜槽走投无路的牛,她知道自她拨打911起,她的一部分生活就已经终结了。

这是对你的惩罚,弄丢了女儿。

莉亚当然得向警察提供男人的名字。她别无选择。

她啜泣着,崩溃了。达维特会对她很生气。

达维特·斯杜普,医学博士,医院主管。他是斯杜普大夫,她的上司。她的雇主。他是个善良的男人,脾气却不好。他不爱莉亚·班特利,她知道;莉亚也并不爱他;但是他们在一起找乐子,他们相处得不错,两个人都是独生子女的父母,两个孩子年纪又相仿,两个人都在感情中受过伤害和欺骗,对新的感情关系非常警惕。

达维特四十二岁,他已经结婚十八年了。他是个负责的丈夫和父亲,在医院也是个严谨的好医生,他担心别人过早发现他和莉亚在一起的事情。他还不想让妻子知道莉亚。他更不想让莉亚在医院的同事知道。他害怕八卦,害怕捕风捉影。他害怕任何私人生活的曝光。

莉亚知道,这下完蛋了。

他们之间什么都还没有发生,就已经完蛋了。

他们会羞辱他,那些警官。他们会讯问他有关莉亚和她失踪女儿的事情,他认识那个孩子吗,对她了解多少,他是否曾在母亲不在场的时候见过那孩子,他跟那孩子单独相处过吗,他有没有用车捎带过孩子,比如说这个星期四?

或许他们还会想要查看一下他的车。他会允许搜查,还是会坚持索要许可证?

达维特二月份从自己家里搬出来,住在尼雅克的一间公寓里,就是星期四晚上下班后莉亚去的那间公寓。她一时兴起拜访了他。达维特或许也很期待她,但是不确定。他们正在一段浪漫关系的初始阶段,为彼此的存在而兴奋,但并不确定。

这间公寓。玛丽莎去过吗?

没有!当然没有。

她用颤抖的声音告诉警官,达维特几乎不认识玛丽莎。他可能见过她一次。但是他俩没有在一起待过,肯定没有。

莉亚大约在达维特的公寓里待了半个小时。

可能四十分钟。

没有。他们没有做爱。

不完全是。

他们各自喝了一杯。他们亲热了一会儿,说了会儿话。

他们的交谈真诚而严肃!有关医院,有关他们的孩子。有关达维特的婚姻,还有莉亚自己的。

(这下要被揭穿了,莉亚让达维特·斯杜普以为她结过婚又离婚了。此时这个谎话听起来多么无足轻重。)

莉亚还在结结巴巴地说着,达维特绝不会做出这样的事情!不会对玛丽莎,不会对任何一个孩子。他自己就是一个十岁男孩的父亲。他不是那种人……

女侦探直接问莉亚"那种人"是什么意思?她觉得她能辨认出"那种人"吗?

达维特,原谅我!我别无选择。

我不能对警察撒谎。我不得不对他们说到你。我太抱歉了,达维特,你能理解吗,我必须帮助他们找到玛丽莎,我别无选择。

玛丽莎依然没有找到。

“诱拐儿童的人是不能用常理判断的。他们所做的事情都出于自己的理由。我们只能追踪他们。我们会尽力制止他们。但我们无法理解他们。”

而且，“当这类事情发生的时候，人们很自然想要找个靶子。班特利小姐，你最好现在不要看电视和报纸了”。

一位斯凯特思奇尔警探如此直率地告诉她，她无法相信他也可能会严苛地评判她。

她收到无数电话和电子邮件。有人看见金发的玛丽莎·班特利坐在一辆车里在奥尔巴尼下了纽约高速公路。有人看到她在西休斯顿街上跟两个“嬉皮士”在一起。一位斯凯特思奇尔居民在几天后回忆，曾经看见“这个梳小辫儿的漂亮金发女孩”在距离她家不远的 7-11 便利店停车场钻进了一个拉丁男人破旧的货车。

玛丽莎依然没有找到。

……飞速杂乱而不连贯的时间如同投映在薄屏幕上支离破碎的电影，即便服了安定，她也只能睡两三个小时，而且她不再做梦，像被人用棒子在头上猛击了一下，她昏昏沉沉地醒来，口腔干渴，心脏在胸口跳得像是什么断了翅膀的东西。

她常常在意识像一口脏水向她喷来的那一秒前醒来，我的女儿不见了，玛丽莎失踪了，有一种庄重的感觉，像祈祷者迷失在时间里。不管将会发生什么。现在都还没有发生不是吗？

你见过我吗？

斯凯特思奇尔的马路上突然到处都是十一岁的玛丽莎·班特利微笑的肖像，如同一夜间开放的黄水仙。

商店的橱窗里。公告板，电线杆。斯凯特思奇尔邮局前厅，食品市场和公共图书馆的醒目位置。建筑物外面的围栏上，虽然浸润了四月的雨水，却依然一目了然。

自四月十日起失踪。斯凯特思奇尔学校 / 第十五大街区域。

斯凯特思奇尔警察局还迅速建立了一个玛丽莎的网站，放置了更多这个失踪金发女孩的照片，有更具体的描述，背景信息。任何有关玛丽莎的消息，请拨打这个号码联系斯凯特思奇尔警方。

一开始没有公布奖赏。星期五晚上一个匿名的捐赠者（斯凯特思奇尔著名慈善家，退休了）挂出了一万五千美元的奖赏。

据媒体报道，斯凯特思奇尔警方正夜以继日地工作。他们顶着巨大的压力，调查一切可能的线索。报道说这片区域已知的恋童癖、性侵犯者、性骚扰犯正在接受讯问。（具体的信息当然是保密的。但是机警的小报已经从不具名来源处得到消息称，警察拜访了斯凯特思奇尔一位六十岁的居民，这位退休音乐老师在一九八七年有过轻微性犯罪记录。他拒绝与记者交流，也不愿被拍照，因此小报在封面刊登了他位于阿姆威尔环路的住宅的正门照片，上面还有一行刺目的标题，当地性侵犯者被警察盘问：玛丽莎在哪里？）

荆棘崖公寓的每个住客都被讯问了，有的还不止一次。尽管并没有出示搜查许可证，许多住客还是跟警方合作，让他们搜查了自己的公寓和汽车。

斯凯特思奇尔走读学校附近以及玛丽莎·班特利放学回家路上的店主也都被讯问了。年轻人时常出入高速公路边小商场里的7-11便利店，几位店员看了失踪女孩的照片，严肃地对警官摇摇头说他们没有见过她，他们觉得玛丽莎·班特利最近没有来过超市，或许从来没有来过。“每天有那么多孩子……”然后他们又被问到了莉亚·班特利，她的照片也拿给他们看了，最年长的店员小心翼翼地说，是啊，他认识这个女人，她是个友善的母亲；比其他大部分客人都要友善，但他也说不好星期四她有没有带着女儿在店里出现过。“每天有那么多客人。很多人都看起来很像，尤其是金发的。”

警探讯问了些年轻人，大部分都是斯凯特思奇尔高中的，有些已经毕业了，常常在小商场玩。他们大多数人一靠近警察就浑身僵硬，迅速地摇摇头说他们没有见过这个失踪的金发小女孩，就算见过也想不起来了。一个把头发染成电光蓝、左边眉毛上有颗闪亮钉子的漂亮女孩对着照片皱皱眉头，终于说她可能见过玛丽莎，

“是跟她母亲在一起？什么时候，可能不是昨天，因为我昨天没去那儿，可能是上个星期，我不记得了”。

斯凯特思奇尔走读学校被围攻了。电视台的人在前门，记者和媒体摄影师堵住所有的出口。玛丽莎失踪后第二天，危机辅导师把学生分成小组谈话，教室的气氛很紧张，像是刚刚经历了一次剧烈的地震。有一些父母不让孩子去学校了，但校方不建议如此：“斯凯思奇尔走读学校没有危险。玛丽莎的事情没有发生在校园里。类似的事件也绝不可能发生在校园里。”学校宣称安全保卫措施已经加强了，新的保卫措施从星期一开始实行。玛丽莎·班特利所在的六年级，孩子们都很压抑、紧张。指导老师说完以后，问大家还有没有什么问题，教室里鸦雀无声，直到一个男生举手问，会不会有一支搜救小队“就像电视里的那样，一群人在树林和田野里搜索，直到找到尸体？”

并不是在指导老师找八年级学生谈话以后，而是这天更晚些时候，一个叫安妮塔·埃尔德的八年级女孩犹豫地来找她的老师。安妮塔是个体格魁梧的女孩，平均成绩只有C，很少在班级里说话，经常因为奇怪的健康原因而请假。大家都怀疑她吸毒，但她没有被抓到过。上课时如果她被老师叫到，就会流露出一种愠怒挑衅的神情。而现在她用焦虑颤抖的声音说，她可能前一天看到过玛丽莎·班特利，在第十五大街和三一路的路口，放学以后爬进了一辆迷你旅行车里。

“……我起初不知道是她，现在才觉得是，我根本不认识玛丽莎·班特利，但我估计肯定是她。噢上帝啊，我没有阻止她真是太糟糕了！我当时离她很近，足以叫住她，‘别上车！’我看见那个司机凑过身来，像是把玛丽莎拽了进去。是个男人，他的头发很黑，两边有点长，但我没看清他的脸。迷你旅行车是银蓝色的，牌照上有TZ6……我只记得这些了。”

安妮塔盈着眼泪。她显然在颤抖，这段记忆让她很难过。

到那时为止，斯凯特思奇尔的警探已经讯问了所有学校工作人员，除了米卡尔·卓尔曼，三十一岁，计算机指导老师，兼职雇员，星期五他不在斯凯特思奇尔走读学校。

喂养我的老鼠

这是一种丑陋的表情。这是一种男子汉的丑陋，最丑的丑陋。这让他微笑。

喂养我的老鼠。独自。

在拘留所

星期四下午他结束了这个星期的最后一节课就从斯凯特思奇尔走读学校独自驾车走了。他开着小巧的本田迷你旅行车沿着哈得孙河一路往北开，河边的风景如此养眼，让人不由得思索为什么还要在意那些无足轻重的东西。为什么还要在意那些伤害你的人，或者盈着眼泪指责你伤害了他们的人。

他的后备箱里扔着旅行袋、背包、几本书、徒步靴和充足的旅行食物。他喜欢轻装旅行。他一离开斯凯特思奇尔就不再思虑那里的生活。那对他真的不重要，不过是一份能提供他自由的工作。喂养我的老鼠。

斯凯特思奇尔有个女人，一个已婚女人。他明白她的暗示。她在婚姻中感觉孤独，渴望摆脱这种孤独。她经常没有预兆，心血来潮地邀请他。来吃晚饭吗，米卡尔？今晚？这次他接受得有点犹豫。他不想看到她眼中的失望。他能感觉到自己对她的爱怜，也能体恤她的伤痛、怨念、困惑，她是他在斯凯特思奇尔走读学校的同事，他常常见到她跟其他人在一起，卓尔曼知道他们之间关系不错，但是他不想与她或者其他任何女人有感情纠葛，现在不是时候。他三十一岁，不再天真了。他越来越多地为喂养我的老鼠而活着。

这种态度太傲慢了，不是吗？自私。别人不止一次地告诉他。他过度地活在自我世界，并且为自己而活。

他没有结婚，他怀疑他永远不会结婚。一想到孩子他的心就一沉：二十一世纪初，将新的生命带入这个世界的不确定和痛苦中！

他更喜欢自己的私密生活。这是一种天真的生活。每天早晨沿着河跑步。徒步，登山。他不打猎或者钓鱼，他没有必要毁灭生命，强壮自己。大部分时候他的身体都感觉不错。他只是一个普通的徒步者。他没有跑马拉松的耐力或者意志力。他并不狂热，他只想独处，愉快地感受身体。或者体会痛苦的边缘。

二十五岁左右的一个夏天，他独自去葡萄牙、西班牙和摩洛哥北部背包徒步。他在丹吉尔体验到了吸毒的幻觉，这是孤独的极致，这次经历让他震撼和兴奋，他回家以后打算重振自我。迈克尔，现在是米卡尔。

喂养我的老鼠意味着自由，意味着他并没有像她有点希望的那样去她家拜访。他也没有打电话。他用这种方式让那个女人知道他不想恋爱，他也不会恋爱。

为此，她和她的丈夫无法为米卡尔·卓尔曼提供关键几个小时的不在场证明。

四月十一日星期五傍晚五点十八分，他沿着陡峭的徒步路线回到车里，碰巧看见前面的停车场里停着一辆纽约州警车，他不会想到他们是来找我的。即便他看到两名穿制服的警官正从他迷你旅行车的后窗玻璃往里望，停车场里这辆孤零零的车停在徒步道脚下，它是这天最早停进来的，这场景并没有让他警觉。他非常自信，毫无负罪感。

“嘿。你们想干吗？”

他几乎天真地与警察搭讪，他们现在瞪着他，朝他走过来了。

之后他回想起警察的动作是多么快速准确。一个大叫“是米卡尔·卓尔曼吗?”,卓尔曼还没来得及回答,另一个就厉声说:“把手放在我们看得到的地方,先生。”

手?他的手怎么了?他们要他的手干吗?

他的T恤和卡其布短裤里面都汗湿了,他的头发黏在脖子后面。他在徒步道上滑倒了一次,左膝盖擦伤了,一阵阵抽痛。他已经不再像在早晨新鲜干净的空气里那般生气勃勃。他向前伸出手去,手掌以一种恼怒的哀求姿态举着。

这些男人想要他干吗?这肯定是个误会。

……看着迷你旅行车的后座。他同意他们进行一次快速搜查。行李箱内部。仪表盘上的柜子。搞什么,他根本没什么要藏的。他们在找毒品吗?私藏的武器?他注意到他们看见车里两本平装书时的神情,那是他几星期前扔在后车窗边的,罗斯的《垂死的肉身》和奥维德的《爱的艺术》。第一本的封面上是莫迪里阿尼画中活色生香地斜倚着的裸女,胸口粉色的乳头非常扎眼。另一本的封面上是一个古典裸女,大理石般的白色皮肤,完整匀称的身体和空洞盲目的眼睛。

禁忌

大声说出玉米少女的名字是禁忌。

没有得到裘德的允许触碰玉米少女是禁忌。

因为只有裘德是祭司。其他人都不是。

禁忌是什么意思，就是如果你不遵守，就得死。

裘德拍了玉米少女躺在棺材里的宝丽来照片。手臂交叉放在她平坦窄小的胸口，玉米穗似的头发像苍白的火焰般散开。有些照片里，裘德躺在玉米少女旁边。我们拍下她的笑容，她的眼睛闪亮，瞳孔放大。

她说这是拍给后人看的。做个记录。

大声说出玉米少女真正的名字也是禁忌；斯凯特思奇尔到处都在说这个名字！斯凯特思奇尔到处都贴着她的脸。

失踪女孩。疑遭诱拐。万分紧急。

裘德说，自己捏造事实太容易了。

但是我们觉得裘德也很吃惊。这长久以来只是裘德·欧的一个主意，现在却变成了事实。

朱迪斯！

特拉赫恩太太喊，一副牢骚的老妇腔，我们只好结队来到她臭烘烘的卧室里，她被支撑在那张巨大的古董黄铜床上像个古怪的女皇般看电视，正播放着斯凯特思奇尔走读学校失踪女孩的镜头。她咆哮着，姑娘们！看看你们那个小同学发生了什么！你们认识那个可怜的女孩吗？

裘德咕哝说，不，外婆。

好吧。我想你也不会跟一个智障孩子在同一个班。

裘德咕哝说，不，外婆。

好吧。这回你知道绝不要跟陌生人说话了吧，朱迪斯！有任何人对你行为不轨，或者在周围看见任何可疑的人，都要告诉我。答应我！

裘德咕哝说，好的，外婆，我知道了。

丹尼斯和安妮塔也咕哝说，我也知道了，特拉赫恩太太。她似乎也期待她们的回答。

接着特拉赫恩太太把裘德叫到自己的床边。用苍老干瘦的手握住裘德的手。我知道一直以来我不是一个好外婆。作为一个法官的遗孀，我有很多事情要花时间去办。但我是你的外婆，朱迪斯。我是唯一一个关心你的亲人。我希望你知道？

裘德咕哝说，是的，外婆，我知道。

我们所知道的那个世界

消失了。

我们是仅有的幸存者。

……恐怖袭击。核战。火灾。

纽约城是一个裂洞。乔治·华盛顿大桥被冲进河里。华盛顿特区不见了。

她们告诉玉米少女。玉米少女在狂热中相信了。

我们反复说着这些裘德让我们记住的话。我们所知道的那个世界已经消失了。现在没有电视。没有报纸。没有电。我们是仅有的幸存者。我们必须勇敢,其他人都死了。所有的大人都死了。我们所有人的母亲都死了。

玉米少女张开嘴想要尖叫,但是她没有力气。她的眼睛里盈着泪水,涣散失焦。

我们所有人的母亲。太刺激了!

只有蜡烛还亮着,如此庄严。照亮夜晚。

我们告知玉米少女必须要限制食物供给。因为现在没有商店了,整个斯凯特思奇尔都摧毁了。食品市场摧毁了。道路摧毁了。商店摧毁了。

裘德知道,为了维持狂热,玉米少女只能吃一点点东西。因为裘德不想把她的手腕和脚踝绑起来,看起来太惨了。裘德不想捂住她的嘴巴,不想吓到她。那样玉米少女就会怕我们,不会相信和喜欢我们,把我们当成她的保护者。

我们必须对玉米少女敬畏、尊重、友善、坚定。她绝不能猜到自己的命运。

玉米少女的食物大部分是流质的。水、澄清果汁,比如苹果汁、葡萄汁。还有牛奶。

除了白色食物,玉米少女禁止吞下任何其他食物。包括任何有骨头和皮的食物。

这些食物都是柔软、易碎、入口即化的。白软干酪,原味酸奶,冰淇淋。玉米少女并不像电视里说的那样是个智障,但裘德说她也不算聪明。我们喂给她的食物都是速冻的,她好像也不知道。

当然,食物里精心混合了磨成白色粉末的镇定剂,好维持她的狂热。

奥尼贾拉祭祀仪式的玉米少女必须以狂热的状态进入另一个世界。而不能处于惊恐中。

我们轮流用勺子把小份食物送进玉米少女的嘴里,她像个婴儿似的吮吸。太饿了,玉米少女啜泣着想要更多。没有了,没有了!她们告诉她没有更多食物了。

(我们喂完她以后都饿得不行!丹尼斯和安妮塔回家大吃一顿。)

裘德说她不希望玉米少女排出固体的排泄物。为了祭祀,她的肠子必须干净清透。我们得把她带到储存间外面排泄,把她扶到蛛网密布的地下室角落里的厕所,裘德说在很久以前,古老的七十年代,这儿曾经是个"娱乐室"。

我们只带玉米少女去了两次厕所,半扶着她,摇摇晃晃,她的脑袋耷拉在肩膀上。其余时间玉米少女都用裘德从一个废弃的暖房里拿来的壶。这是一个好看的墨西哥陶壶,玉米少女蹲在上面,我们扶住她像扶着一个笨拙的婴儿。

玉米少女的尿！滚烫，冒泡。有一股与我们自己完全不同的刺鼻气味。

玉米少女像一个大婴儿般变得虚弱并且全心全意地相信别人。即便当她哭着说她想回家，她想妈妈，妈妈在哪儿，她想妈妈，她的哭泣也是婴儿的哭泣，没有丝毫力量或者恼怒。

裘德说我们的妈妈都死了，没有她们，我们也必须勇敢。裘德抚摸着她的头发说，她跟我们在一起很安全。看到了吗，我们比她妈妈保护她保护得更好。

裘德用手机拍下玉米少女坐在棺材上、脸上布满泪痕的照片。玉米少女面容惨白，而棺材的颜色华美优雅。玉米少女太瘦了，她的锁骨从裘德为她穿上的白色棉布睡裙里支楞出来。我们不怀疑裘德。裘德想要对玉米少女做的事情我们不会反对。

裘德说，在奥尼贾拉仪式上，玉米少女缓慢地挨饿，她的肠子被清空、净化，她被活生生地绑在祭坛上，祭司将一支圣箭射入她的心脏。然后用圣刀把心脏挖出来，祭司以及部落里的其他人用嘴唇触碰心脏，以此得到庇佑。接着心脏和玉米少女的尸体被带去田野，埋葬在泥土里，向太阳晨之星，以及月亮夜之星致意，乞求它们对玉米丰收的祝福。

我们想知道玉米少女会被杀死吗，但是我们不能问裘德，因为裘德会生气。

我们私下说，裘德可能会杀了玉米少女！我们想到这儿就发抖。丹尼斯微笑着，咬着自己的大拇指，因为她嫉妒玉米少女。不是因为玉米少女有丝绸般漂亮的头发，而是因为裘德如此关心玉米少女，裘德不可能如此关心丹尼斯。

我们离开玉米少女的时候她就呜咽。我们吹灭蜡烛，把她留在黑暗里。我们说我们得巡视房子。我们说我们得查看火灾和“燃气泄漏”。因为我们所知道的那个世界已经到了末日，现在没有成年人了。我们就是成年人。

我们是我们自己的妈妈。

裘德关上门，锁上挂锁。从里面传来玉米少女含糊的哭泣。妈咪！妈咪！玉米少女在哭，但是没有人听得见，踏上通往一楼的台阶，就什么都听不见了。

外界

恨恨恨你们这些混蛋。玉米少女是裘德·欧最完美的报复。我们看到我们的仇恨在斯凯特思奇尔走读学校像滚烫的岩浆，从走廊冲进教室、咖啡厅，活活烧死了我们的敌人。即便是大多数时候对我们还不错的女孩，谁叫她们看低我们，远远低于那些驰骋学校的热门帮派，还有男生——所有男生。以及老师，有些老师完全不关心我们，他们应该去死。裘德说 Z 先生“侮辱”了她，现在他是

“攻击目标”了。

有时候这画面太有冲击力，比迷幻药还管用。

外界觉得失踪的斯凯特思奇尔女孩或许是被绑架的。正等待着赎金通知。

也有人觉得失踪女孩是一起“性侵犯”的受害者。

母亲莉亚·班特利出现在电视上，向带走她女儿的人哀求说，请不要伤害玛丽莎，请放了我女儿，我太爱她了，她用嘶哑的声音哀求，像是哭得太多，眼睛都憔悴了，因此裘德不屑地瞪着这个女人。

现在没那么火辣了吧，班塔—里太太！没有那么漂亮了吧！

裘德那么恨莉亚·班特利让丹尼斯和安妮塔很吃惊。我们都有点可怜那个女人。她让我们想到如果我们失踪了，我们自己的母亲会怎样，尽管我们恨自己的母亲，但我们觉得她们还是会很想我们，也会大哭。我们从全新的角度审视了自己的母亲。但是裘德连个可以恨的母亲都没有。除了说她在西部的洛杉矶之外，从没提起过她。我们猜想裘德的妈妈是个电影明星，用了其他名字，所以她才把裘德扔给了特拉赫恩太太，自己去追逐电影事业。但是我们绝对不会对裘德这样讲。

裘德有时候会威吓我们。说她会伤害我们。

太疯狂了！星期五晚上七点新闻播出公告——爆炸新闻——

斯凯特思奇尔嫌疑犯被拘留。是卓尔曼先生!

我们笑到发抖。不得不用手捂住嘴巴才没让特拉赫恩太太听到。

裘德不断换频道,突然Z先生出现在了电视上!广播员用激动的声音说这个男人在熊山国家公园被捕,带回斯凯特思奇尔,就玛丽莎·班特利失踪一案进行审问,令人震惊的是:米卡尔·卓尔曼,三十一岁,是斯凯特思奇尔走读学校的员工。

卓尔曼先生看起来胡子拉碴,好像很久没刮胡子了。他的眼神惊慌,闪烁。他穿着一件T恤和一条卡其布裤子,我们从没在学校见他这样穿过,看起来也很滑稽。他被两个便衣警察拖进警察局,他们肯定按着他的胳膊,他差点扭了脚踝。

我们像土狼一样大笑。裘德蹲在电视机前,前后摇晃,目不转睛。

"卓尔曼号称对玛丽莎的事情一无所知。警察和救援人员正在熊山国家公园区域搜索,如果必要,他们将彻夜搜索。"

镜头又转向了我们学校,以及第十五大街夜晚的马路,"……一位据说是玛丽莎·班特利同班同学的不具名目击证人告诉有关方面,星期四下午她目击玛丽莎在街角被拖进一辆本田思威。这辆车暂时被确认为……"

不具名目击证人。那是我!安妮塔叫起来。

然后又有第二个"学生证人"跑出来告诉学校领导,上个星期她曾看见"嫌疑人卓尔曼先生"在电脑教室里抚摸玛丽莎·班特利,抚弄她的头发，在她耳边低语，他以为周围没人。

那是我！丹尼斯叫起来。

警察在卓尔曼先生停车位附近的地上找到一个贝壳蝴蝶发卡，就在他的独户公寓后面。这个发卡已经被玛丽莎·班特利的母亲“完全确认”为星期四玛丽莎戴的那个。

我们朝正微笑着的裘德看。

我们不知道裘德计划了这个。她一定是骑着自行车把发卡扔在了事发地。

我们笑得快要尿裤子了。裘德真是太酷了。

不过即便是裘德也有点吃惊。你说了句此生最离谱的谎话，而每个混蛋竟然还都相信了。

绝望

现在她知道他的名字了：米尔卡·卓尔曼。

这个男人拐走了玛丽莎。他是斯凯特思奇尔走读学校的一名老师。

这是个噩梦。莉亚·班特利费尽心力让女儿念了私立学校，而这个学校却竟然让恋童癖来教小学生。

她觉得自己遇见过卓尔曼。在某个家长会上。但有些事情仿佛不太对劲：卓尔曼很年轻。年轻男人不太会是恋童癖。他是个有魅力的男人，轮廓硬朗，不太温柔。至少对莉亚不。她这么记得。

侦探们给她看卓尔曼的照片。他们不让她和卓尔曼讲话。她隐约有点印象。但是她不记得他对她说过些什么,如果他曾经说过的话。可能就是莉亚问他玛丽莎的情况,但是她记不清他是怎么回答的了。

然后卓尔曼是不是提前离开了家长接待处?她碰巧看到他,唯一一个没有戴领带的教员,头发盖过领子,从嘈杂明亮的房间里消失了。

他自己请求做了一次测谎。结果是"不确定"。

能让我跟他谈谈吗。求求你们。

他们告诉她不行,班特利太太。这不是一个好主意。

让我跟这个带走玛丽莎的男人谈谈,求求你们。

她神智清醒地恳求。她哀求警察,她希望能博得他们的同情。现在她所有清醒的时候都在哀求,恳求,讨价还价。以及等待。

是卓尔曼干的,是吗?你们抓到了他,是吗?有目击证人说看到了他。看到他把玛丽莎拖进一辆旅行车里。光天化日之下!而且你们还在他的停车位发现了玛丽莎的发卡,这不是证据吗!

对她这个绝望的母亲来说,这就是证据。这个男人抓走了玛丽莎,他知道玛丽莎在哪里。必须赶快让他说出真相,否则就太迟了。

她跪着哀求让她见见卓尔曼,保证自己不会情绪化,但是他们说不行，因为她一看到这个男人只会变得情绪化。而且卓尔曼现在有个律师，他只会更坚决地拒绝。

拒绝！他怎么能……拒绝！他带走了玛丽莎，他知道玛丽莎在哪儿。

她可以哀求他。她要给卓尔曼看玛丽莎还是个孩子时的照片。她要恳求这个男人放过她的女儿，如果如果如果，看在上帝的分上他们能允许。

这当然是不可能的。嫌疑犯正遵循程序和策略接受审问，这些莉亚·班特利都做不到。警察是专业的，莉亚·班特利是外行。她只是一个母亲，一个外行。

轮子在旋转。

这是一个非常漫长的星期五。是莉亚生命中最长的星期五。

然后突然就到了星期五晚上，接着又是星期六早晨。玛丽莎依然没有找到。

卓尔曼被抓起来了，而玛丽莎依然没有找到。

换做是别的时代，为了让他坦白，他或许已经被用了刑。该死的恋童癖，他的“法律权益”必须被尊重。

莉亚的心脏愤怒地跳动着。而她束手无措，没法干预。

星期六下午：玛丽莎已经快要失踪四十八个小时了。

四十八个小时！简直不可相信。

莉亚觉得她一定已经昏迷了。缺氧导致窒息。

她在挨饿。她的血就要流干了。熊山上的野兽撕扯着她小小的身体。

莉亚计算着：自她最后一次看到玛丽莎，已经过去五十个小时了。星期四早晨八点，她在学校门口的车里匆忙与她吻别。然后（她强迫自己回忆，她不能逃避回忆）莉亚没有耐心等到她女儿踏进校门就走了。玛丽莎浅金色的头发在身后闪耀，可能（只是可能）她走到门边的时候还转身向妈咪挥手告别，但是莉亚已经开车走了。

因此她有过机会。她要对姐姐艾薇儿坦白说，*是我害玛丽莎失踪的*。

巨大的轮子在转动。轮子就是毫无同情的时间本身。

她现在明白了。她在恐惧催生的高度警觉状态中明白了。她必须停止在乎旁人眼中的“莉亚·班特利”了。心急如焚/粗心大意的母亲。工作母亲，单身母亲，酗酒母亲。她已经被揭露是一个骗子，她被揭露，作为一个贪婪的女人，她跟另一个女人的丈夫上床，这个丈夫还是她的上司。她知道，搜索玛丽莎的警察同样也在调查她。粗暴的小画报，电视新闻。这一切都掩饰在对她“境遇”的同情心底下。

现在这些都不重要了。这些豺狼说过她些什么，会说她什么都不重要。她要用她的生命交换玛丽莎的。她绝望地试图相信上帝并向他乞求。*求求你让玛丽莎活下来。把玛丽莎还给我。你能*

听到我的话吗。因此没有他妈的考虑自己的余地了,她现在没有良知,也没有羞耻。只要能稍微帮到一点玛丽莎,她愿意接受纽约电视台最残酷粗鲁的采访。对着刺眼的摄像灯眨眼,挤出可怕紧张的笑容。

她再也不在乎日常生活礼仪。当她自己的母亲在电话里开始哭泣,问为什么,莉亚到底为什么把玛丽莎独自丢开好几个小时,莉亚冷冷地打断了这个老女人:“现在这些都不重要了,妈妈。再见。”

班特利家的老人身体都不太好,他们不能飞到东海岸来分担女儿的痛苦。但是莉亚的姐姐艾薇儿立刻从华盛顿飞过来陪她。

几年来姐妹俩都不太亲近。在她们之间微妙的竞争中,莉亚常常感到自己受轻视。

艾薇儿是位投资律师,她轻快而有效率地接电话,查看所有邮件。艾薇儿不时登陆玛丽莎的网站。艾薇儿与负责这桩案子的斯凯特思奇尔警察保持良好的沟通,而这个警察跟莉亚说话却小心翼翼,非常窘迫。

艾薇儿叫莉亚来听一个她们在警察局时的电话留言。莉亚告诉过艾薇儿一点点有关达维特·斯杜普的事情。

是达维特,他终于给莉亚打了电话。他的声音迟缓生硬,丝毫不温暖亲昵,莉亚听到他说,太可怕了,这真是太可怕了……莉亚。我们只能祈祷这个疯子会被抓住,并且……长长的停顿。她几乎以为斯杜普先生已经挂了电话，但是他接着说，显得更不情愿，很抱歉发生这么可怕的事情，但是莉亚请不要再跟我联系了。你竟然告诉警察我的名字！过去的二十四小时对我来说是一个灾难。我们的关系是一个错误，不能再继续了。我相信你能理解。鉴于你在医院里的职位，我相信你能理解同事间的那种尴尬，如果……

莉亚的心脏愤怒地跳动着，她按下删除键清除了这个男人的声音。幸好艾薇儿故意离开了房间，她不会问起达维特·斯杜普，甚至不会给与姐妹间的安慰。

如果你能把玛丽莎原原本本还给我，你可以夺走我的一切。

使者

“妈咪！”

是玛丽莎的声音，但是隔得很远，含糊不清。

玛丽莎被远远困在一层厚玻璃的另一面。莉亚只能隐约听到她绝望的叫声。玛丽莎正用拳头捶击玻璃，把她黏糊糊的脸蛋贴在上面。但是玻璃太厚了，敲不碎。“妈咪，救命，妈咪……”而莉亚无法起身去帮她，莉亚瘫软了。有什么东西抓住了她的腿，流沙，解不开的绳索。如果她能够挣脱……

艾薇儿突然推醒她。有人想要见她，她们说自己是玛丽莎的朋友。

“你，你好，班特……班特利太太。我叫……”

三个女孩。三个斯凯特思奇尔走读学校的女孩。其中一个有着浅色的铁锈红头发，闪烁的石色眼睛，递给莉亚一大束叫人目眩的白色花朵：长枝的玫瑰、康乃馨、水仙、菊花。水仙散发着刺鼻的芬芳。

莉亚想这束花一定很贵。她从女孩手里接过来，挤出一丝微笑。“太客气了。谢谢你们。”

这是星期天的中午。在连续清醒了二十个小时以后，她陷入了一阵昏迷。从公寓窗户半拉着的百叶窗看出去，外面是一个温暖的不协调的晴朗四月天。

她不得不留意这几个女孩。听艾薇儿说的，她本以为会是些更小的孩子，跟玛丽莎同龄。但是她们是些大孩子。十三岁，十四岁，她们说她们读八年级。她们是玛丽莎的朋友？

这次拜访不会持续很长时间。艾薇儿在旁边不满地转悠。

也许是莉亚邀请了她们，女孩们坐在她的客厅里。她们显然既兴奋又焦躁。像紧张的小鸟一样四处张望。莉亚觉得应该拿可乐给她们喝，但是她心里又有些抗拒。她飞快地洗了把脸，梳理了一下乱糟糟的头发，她的头发看上去不再金黄，变成了尘灰色。这些女孩怎么可能是玛丽莎的朋友？她从没见过她们。

她也没有听到过她们的名字。“裘德·特拉赫恩”，“丹尼斯……”第三个名字她没有听清。

这些女孩眼睛湿润，饱含同情。很多邻居都过来拜访表达他们的关心，莉亚不得不忍受。那个送花给莉亚的女孩裘德用支支吾吾的鼻音说，她们对发生在玛丽莎身上的一切感到非常抱歉，她们都很喜欢玛丽莎，她是斯凯特思奇尔走读学校里最好的女孩。如果像这样的事情必须要发生，很遗憾它没有发生在——好吧，其他人的身上。

其他女孩傻笑着，热烈地看着她们的朋友。

“但是玛丽莎太可爱，太美好了。夫人，我们每分钟都在祈祷她安全回来。”

莉亚看着这些女孩，不知道该如何回答。

她困惑地把花举到脸旁。呼吸着水仙花过分馥郁的芬芳。这次拜访的目的像是要给莉亚带来……什么？

女孩们近乎粗鲁地瞪着她。当然，她们还很年幼，她们只能这样。她们的领头裘德看起来是个自信的女孩，尽管她不是三个人当中年纪最大的、最高的或者最迷人的。

一点也不迷人。她相貌平平，像是用钢丝球擦过一样。她的皮肤苍白，斑斑点点。能感觉到她身体里的能量像电流一样碰撞，她被牢牢地困在那儿。

其他女孩更普通。一个女孩有一张柔和的带点婴儿肥的哈巴狗脸，几乎算是漂亮，但是举止有些傻气无礼。另一个皮肤蜡黄，一头松软的油脂色头发，奇怪地发抖，嘴唇张着。这三个女孩都穿着邋遢的蓝色牛仔裤、男衬衫和难看的方头靴子。

“我们在考虑，班……班特利太太，你要不要我们与你一起祈祷？现在怎么样？今天是棕枝主日。下个星期天就是复活节了。”

“什么？祈祷？谢谢你们，但是……”

“因为丹尼斯、安妮塔和我，我们有一种感觉，我们真的有一种强烈的感觉，班特利太太，玛丽莎还活着。而且她就靠我们了。所以如果……”

艾薇儿快步走来，说这次拜访到此结束。

“姑娘们，我妹妹最近压力很大。我送你们到门口吧。”

花从莉亚的指尖滑落下来。她笨拙地抓住几朵。其他的落在她脚边的地板上。

艾薇儿打开门，另外两个女孩带着害怕的表情飞快地跑过去。裘德停在那儿，继续在脸上挤出最诚挚的笑容。她从口袋里掏出一个小小的黑色物体。“我能给你拍张照吗，班特利太太？”

莉亚还没来得及反对，她就已经举起手机按了下去。莉亚本能地举起手来遮住脸。

艾薇儿厉声说：“姑娘们，拜访到此结束。”

裘德走出去的时候喃喃说：“不管怎么说，我们都会为你祈祷的，班特利太太，再见。”

其他女孩也附和着说再见！艾薇儿在她们身后关上了门。

莉亚把花扔进了垃圾桶。白色花朵！

至少她们没有送给她马蹄莲。

荷兰女人[①]

……行动。反复搜寻那条路线。玛丽莎走过的路。有时候步行。有时候开车。有时候跟艾薇儿在一起，但是更多时候是一个人。“我要出去！我在这儿不能呼吸！我要看看玛丽莎去过的地方。”

日子非常漫长。而且这些天那么多个小时里，什么都没有发生。

玛丽莎依然没有找到，没有找到。

像一只嘀嗒响的钟：依然，依然没有找到。每次查看，都没有找到。

她当然带着她的手机。如果有消息的话她立刻就会知道。

她来到斯凯特思奇尔走读学校，站在小学部的门口，这扇门玛丽莎曾经打开过，星期四下午她就是从这儿离开的。她的路线从这儿开始。

从正面的人行道往西沿着松林走。穿过松林到梅欧帕克大道，继续往西穿过第十二大街，第十三大街，第十四大街，第十五大街。在第十五大街和三一路路口，目击证人称看到米卡尔·卓尔曼把玛丽莎·班特利拖进他的本田思威旅行车，开走了。

可能是这样，也可能不是。

只有一个目击证人，一个斯凯特思奇尔走读学校的学生，警察

①“漂泊的荷兰人”，传说中的鬼船，注定在海上漂泊，永远无法靠岸。起源于十七世纪的航海传说。

没能指认。

莉亚相信就是卓尔曼干的:但是还缺了些什么。像是一块拼图。很小一块,却至关重要。

之前女孩们的拜访。之前那束叫人晕眩的白色鲜花。还有那个叫裘德的女孩脸上扭曲的微笑,莉亚不想解释为讥讽。

不管怎么说,我们会为你祈祷的,班特利太太,再见!

轻快地步行对莉亚来说很重要。保持行动。

有一种深海动物,可能是鲨鱼,必须不断保持行动,不然就会死掉。莉亚变成了这种动物的陆地版。她坚信,只要她作为母亲停止行动,就会传来玛丽莎的死讯;停滞意味着死气沉沉;但是如果她保持行动,反复搜寻玛丽莎走过的路……“这就像是玛丽莎跟我在一起。是我。”

她知道路上的人都在看她。斯凯特思奇尔的每个人都知道她的脸,她的名字。每个人都知道为什么她在街上反复搜寻那条路线。一个穿着衬衫、宽松裤,戴着墨镜的瘦弱女人。一个把灰蒙蒙的金发塞进帽子里,草草乔装打扮过的女人。

她知道旁观者在可怜她。责备她。

但是当那些人跟她说话时,每次她在搜寻的时候确实都有人跟她说话,他们又总是显得和蔼和同情。有些人,有男也有女,表现出深深的同情。泪水在他们的眼眶里打转。他们称卓尔曼为那个混蛋。他招供了吗?

卓尔曼这个名字在斯凯特思奇尔已经臭名昭著。这个男人是——曾经是——斯凯特思奇尔走读学校的员工已经变成了一桩当地丑闻。

传闻说卓尔曼之前就有作为性侵犯者被逮捕和定罪的记录。他以前的教职被剥夺了,不知怎么来到了颇有声望的斯凯特思奇尔走读学校。被围攻的校长面对报纸和电视采访强烈否认了这条传闻,但还是流传了出去。

班特利,卓尔曼。这两个名字现在扎眼地联系在一起。小报把失踪女孩和"嫌疑犯"的照片并排印在一起。有好几次,莉亚的照片也在上面。

即便心烦意乱,莉亚还是能够察觉到这种排列里面的讽刺意味:一个虚拟家庭。

莉亚已经放弃了跟卓尔曼交谈的希望。她觉得这是个可笑的请求。如果他带走了玛丽莎,那他精神有问题,你不能指望一个精神病人说真话。如果他没有带走玛丽莎……

"如果是其他人。他们永远也找不到他了。"

斯凯特思奇尔警方没有逮捕卓尔曼。卓尔曼被暂时释放了。他的律师发表了简明扼要的公开声明,称他"完全配合"警方的调查。但是他告诉了他们什么,有没有什么有价值的东西,莉亚都不知道。

莉亚沿着那条路线用玛丽莎的视角观察。建筑物的外墙。第十五大街上的店面。 没有人证明目击证人有关看到玛丽莎大白天在繁华的第十五大街上被拖进一辆旅行车的证词。难道没有其他人看到吗？目击证人是谁？自从那三个女孩来拜访过她，莉亚又产生了一种新的不安感。

这些女孩不是玛丽莎的朋友。

她穿过三一路继续走。这稍微超出了玛丽莎通常放学回家的路线。玛丽莎很有可能在星期二 / 星期四路过 7–11 便利店时停下来买点零食，因为莉亚要很晚才回家。

7–11 便利店的玻璃门上贴着

你见过我吗？

玛丽莎·班特利，十一岁

四月十日失踪

莉亚推开门的时候看到了玛丽莎微笑的眼睛。

莉亚浑身颤抖，摘下墨镜。她觉得头晕。不确定自己是完全清醒的还是在梦游。她试着调整自己。盯着厚厚一叠星期天的《纽约时报》。首页标题是关于美国—伊拉克问题，莉亚困惑地想或许一切都没有发生过。

或许玛丽莎就在外面，等在车里。

风度翩翩的印第安店员像往常一样矜持又殷勤地站在柜台后面。莉亚看到他正奇怪地注视着她，他过去从未这样。

他现在当然认出她了。他知道她的名字。知道她的一切。她永远不再是一个无名的顾客。莉亚泪眼蒙蒙地又看到那张通告，你见过我吗？贴在收银机前面显眼的位置上。

她想要沉默地拥抱这个男人。想要扑进他的怀里，放声大哭。

但她只是在一条走道上徘徊。这间便利店就像是张曝光过度的照片。东西很多，却什么都看不到。

感谢上帝，此刻没有其他客人。

她看见自己伸手去拿——什么？一盒舒洁面纸。

粉色的，玛丽莎喜欢的颜色。

她走到柜台付钱。朝店员笑笑，他看到她显然很不安，紧张地冲她微笑。这位总是很友善的金发顾客！莉亚正要谢谢他在店里张贴了通告，她也想问问他有没有看见玛丽莎在没有她陪伴的情况下独自在店里出现过，而男人突然开口，吓了她一跳："班特利太太，我认识你女儿，也知道发生了什么，这一切太可怕了。我一直都在关注这件事情的结果。"柜台后面有一台便携式电视机，没有开声音。"班特利太太，我想告诉你，警察来的时候我太紧张了，没能记清楚，但是现在我想起来了，那天我非常可能见过你的女儿。她确实来过店里。她一个人，过了一会儿又来了一个女孩。她们是一起走的。"

印第安店员滔滔不绝。他的眼睛里有哀求的悔意。

"什么时候？是什么时候——"

"就是那天，班特利太太。警察已经问过了。上个星期。"

"星期四？你星期四见过玛丽莎？"

现在他又有些犹豫了。莉亚显得太激动。

“我想是的。我不能确定。因此我没有告诉警察，我不想惹上麻烦。他们对我很不耐烦，我的英文不太好。他们瞪着你要你回答问题，实在有点难。”

莉亚并不怀疑斯凯特思奇尔的白人警察让这个印第安店员感到紧张，她自己也被他们搞得很紧张。

她说：“你说玛丽莎和一个女孩在一起？那个女孩长什么样？”

印第安店员皱皱眉头。莉亚知道他想要尽量精准。他可能并没有仔细打量过那些女孩，大部分人他分辨不清。他说：“她肯定比你女儿大。她个子不高，但是年纪要大一些。头发不是金黄色的。”

“你不认识她吗？她叫什么？”

“不。我不知道他们任何人的名字。”他顿了顿，皱着眉头。收紧了下巴。“那些大孩子们，我觉得那个女孩也是其中一员，他们放学后成群结队地过来拿东西。他们偷窃，搞破坏。他们撕开袋子就吃，像猪一样。他们以为我看不到，但我知道他们做了什么。他们一周来五天，很多人。他们谅我不敢对他们喊，如果我敢动他们……”

他的声音低了下来，颤抖着。

“那个女孩，她长什么样？”

“……白皮肤。头发颜色很奇怪，像是……一种红色，很浅。”

他的语气有点抵触。很显然这个神秘的女孩在他眼里完全没有吸引力。

红头发。浅红色的头发。是谁？

裘德·特拉赫恩。那个送花来的女孩。那个说是要为玛丽莎的安全归来祈祷的女孩。

那她们是朋友吗？玛丽莎有朋友吗？

莉亚头晕目眩。日光灯开始倾斜和旋转。有些东西她捉摸不透。与你一起祈祷。下个星期天就是复活节了。她有更多问题想要问这个和蔼的男人，但是她的脑子一片空白。

“谢谢你。我……得走了。”

“班特利太太，不要告诉他们好吗？请你不要告诉那些警察好吗？”

莉亚摸索着推开门。

“班特利太太？”店员追上来，手里拿着一个袋子，“你忘了东西。”

是那盒粉色的舒洁面纸。

漂泊的荷兰人。荷兰女人。她正在变成那样。总是在行动，害怕停下来，回到家里姐姐的身边。

有什么进展吗？

没有。

她失魂落魄地走在无聊的小商场后面。她得把印第安店员告诉她的话告诉斯凯特思奇尔警探——她必须告诉他们。如果玛丽莎星期四下午在便利店里，那她不可能往学校倒走两个街区，在第十五大街和三一路路口被拖进迷你旅行车里。不是米卡尔或者其他任何人干的。玛丽莎经过了三一路后一定会继续走。从 7-11 便利店出来后她会转回第十五大街，再走半个街区回家。

除非她是在第十五大街和范布伦路路口被拖上车的。目击证人搞错了路口。她要离家更近一些。

除非印第安店员混淆了日期和时间。或者出于什么莉亚想都不敢想的理由骗了她。

“他不会的！他也不会的。”

她拒绝考虑有这样的可能性。她的大脑抗拒地关闭，呈空白状态。

她走得很慢，几乎感觉不到四周的事物。她闻见一股油腻的食物气味。只有几辆工作人员的车停在小商场背后。人行道肮脏杂乱，仅有的一只垃圾桶里塞满了垃圾。几只皮包骨头的猫在中餐外卖店后面的丢弃食物堆里翻腾，看到莉亚后吓傻了，立刻害怕地逃走了。

“猫咪！我不会伤害你们的。”

野猫的恐惧和她自己的一样。它们的恐惧就是她的，错位，漫无目的。

莉亚心想：当她不跟玛丽莎在一起的时候，玛丽莎都在干吗？多年来她们都没有分开过：母亲，女儿。当玛丽莎还是个很小的孩子时，即便那时她还不会走路，她就到处跟着她的妈妈，从这个房间到那个房间。妈咪！妈咪你去哪里！现在玛丽莎已经能独自做很多事情了。玛丽莎长大了。放学后和其他孩子一起去7-11便利店。买一罐软饮料，买一包咸味膨化食品。她够天真的。没有一个孩子会因此而受惩罚。莉亚会给玛丽莎一些零用钱，以备不时之需，尽管她自己并不喜欢垃圾食品。

莉亚胸口一紧，想象她的女儿上星期四在7-11便利店从印第安店员那儿买东西。那会儿他还不知道她的名字。过了一两天，斯凯特思奇尔的每个人都知道玛丽莎·班特利的名字。

这可能没有任何意义。玛丽莎跟一个同学一起走出便利店。这没什么不同寻常的。她可以想象警察在听到这样一个"小道消息"时脸上礼貌而僵硬的表情。

不管怎么说，玛丽莎还是会在回家路上回到第十五大街。一天中最繁忙和危险的时间。

那位"不知名"的同学是在第十五大街上看到玛丽莎被拖进本田的。莉亚不由得想那个证人是不是红头发裘德。

莉亚不知道那女孩具体是怎么跟警察说的。警察流露出一种知道的比他们现在公布的更多的意思，叫人既信服又泄气。

莉亚发现自己站在街道边缘。注视着一片荒蛮的陡峭山坡。很奇怪，在一片富裕郊区的中心位置，竟然还有这样一片空旷无人的土地。山坡通往半英里外的高门大道，从这儿就能看得到。你猜不到山顶那些"历史悠久"的老房子和庄园价值连城。山坡上爬满了藤蔓、石楠、矮树。多年来风吹积聚起来的垃圾和残渣让这儿看起来像个不正式的垃圾场。从生的石楠深处有匆匆而过的声响，一个可怕的身影迅速地出现又消失，莉亚几乎没有看见。

垃圾桶背后她视线不及的地方是野猫的聚居地，它们四处搜寻食物，激烈地交配，像所有野生动物一样早死。它们从不指望自己成为“宠物”——它们没有接受人类感情的能力。用医学术语来说，它们是非驯养的。

莉亚正要回车里的时候，听到身后传来一声鼻音。

“班兰一提太太！你好。”

莉亚紧张地转过身来，看到那个送给她花的鬈发女孩。

裘德。裘德·特拉赫恩。

莉亚想起来了：斯凯特思奇尔市中心有一座特拉赫恩广场，几百年前以大法官的名字命名的。斯凯特思奇尔最显赫的家族之一。特拉赫恩庄园就在高门地区的一幢大房子里，从马路上几乎看不到。

这个奇怪的眼睛发光的女孩。她看起来像只光洁的白老鼠。她犹豫地朝莉亚笑笑，笨拙地跨坐在自行车上。

“你在跟踪我吗？”

“没有，夫人。我……正好看到你。”

女孩真诚而忐忑地睁大眼睛。而莉亚的神经已经快要崩溃了，她尖声说：“你想怎么样？”

女孩看着莉亚，像是有什么非常明亮的东西正从莉亚脸上绽放，既刺眼又不可抗拒。她紧张地擦擦鼻子："我……我想说声抱歉，之前说了那么傻的话。我觉得我让事情变得更糟了。"

让事情变得更糟了！莉亚愤怒地笑笑，真是太荒唐了。

"我的意思是，丹尼斯和安妮塔还有我，我们想要帮忙。不过我估计我们做错了事情，我们不该去看你。"

"你是不是那个声称看到我女儿被拖进旅行车的'不具名证人'？"

女孩子茫然地朝莉亚眨眨眼睛。莉亚赌咒她就快要开口说话了，说些什么要紧的事情。但是她低下头，又擦了擦鼻子，不自然地耸耸肩，嘟嘟囔囔地说："我不是啊。"

"好吧。再见。我要走了。"

莉亚皱皱眉头转身走了，她的心脏跳得厉害。她太想自个儿待着了！可是这个老鼠女孩却反应迟钝。她以早熟孩子的执拗，笨拙地踩着自行车，保持三英尺令人不适的距离跟在莉亚身后。自行车是意大利产的，很昂贵，专业的成人骑手才会买。

最后莉亚停下来，转过身。"你有什么话要跟我说吗，裘德？"

女孩大吃一惊。

"裘德！你记得我名字？"

莉亚之后能回想起这个奇怪的时刻。裘德·特拉赫恩脸上露出狂喜的神情。她惨白的脸上泛起欢快的斑点。

莉亚说："你的名字不同寻常，我能记得不同寻常的名字。如果你有什么关于玛丽莎的事情要告诉我，我希望你能说。"

“我？我能知道什么？”

“你不是学校里的目击证人？”

“什么目击证人？”

“玛丽莎的一个同学说她看到玛丽莎在第十五大街被一个男人拖进了旅行车。不是你？”

裘德猛地摇摇头：“你不能总是相信‘目击证人’啊，班特利太太。”

“你是什么意思？”

“众所周知。警匪片里一直放的。一个目击证人发誓说她看到了谁，但她是错的。就拿卓尔曼先生来说，大家一直说是他，但是也可能是其他人。”

女孩说得飞快，闪亮的睁大的眼睛盯着莉亚。

“裘德，你是什么意思，其他人？是谁？”

引起莉亚的注意令裘德兴奋不已，在自行车上失去了平衡，差点摔倒。她笨拙地重新骑起来。用力抓着车把手，指关节都发白了。

她张着嘴快速地呼吸着。说话声音低沉阴险。

“班特利太太你知道吗，卓尔曼先生已经臭名昭著了。碰到像玛丽莎这样好看的女孩他就兴奋。就像那些孩子在电视上说的一样，他有一双激光眼。”裘德激动地颤抖着。

莉亚震惊了。“如果所有人都知道卓尔曼的事情，怎么没人告发？在这件事情发生前？这样的男人怎么会被允许教书呢？”她焦虑地停下来。思索着，*玛丽莎知道吗？她为什么不告诉我？*

裘德咯咯笑起来。“你一定会奇怪为什么他们要教书，我的意思是，为什么有人喜欢跟孩子混在一块儿！不单单是些奇怪的男人，女人也一样，”她微笑着，仿佛没有看到莉亚瞪着她的样子，“Z先生还挺有趣的。他称呼自己为‘大师’。你可以从网上点击他的‘天眼大师’。放学后他轻薄小孩，小女孩，不让她们告诉任何人。否则就有她们‘好看’的。”裘德用手做了一个扭转的动作，像是在扭断一只看不见的脖子。“他喜欢有好看长头发的女孩，他可以梳理。”

“梳理？”

“没错。卓尔曼先生有一把钢丝刷。他叫它“小狗刷”。他用这把刷子梳头发取乐。我是说，他过去常这样干。我希望警察逮捕他的时候把小刷子也带走，留作证据。幸好他对我完全没兴趣，我一点不漂亮。”

裘德傲慢地说，心满意足。她用好奇的石色眼睛看着莉亚。

莉亚知道她正等着她用母亲般关切的口吻说，*噢，你很漂亮，裘德！你以后会变得很漂亮的*。

换做其他时候，她或许会用冰冷的手把这个老鼠女孩滚烫的小脸揽入怀中，安慰她。*以后会有人爱你的，裘德。不要太在意。*

“你是说有可能——还有其他人？不是卓尔曼，而是别人？”

裘德不屑一顾地说：“在你家的时候我就想告诉你了，但是你好像不太想听。而且另外一位女士对我们不太客气。她不希望我们待在那儿。”

“裘德，求你了。你说的这个人是谁？”

“班兰利，班特利太太，玛丽莎是我很好的朋友。她是的！有些小孩取笑她，他们说她反应迟钝，但是我真的不觉得玛丽莎有什么迟钝的。她告诉我所有的秘密，知道吗？”裘德顿了顿，深吸了口气，“她说她想念她的爸爸。”

像是被裘德伸手掐了一下。莉亚无语了。

“玛丽莎一直说她恨斯凯特思奇尔。她说她想跟爸爸在一起。一个叫什么‘伯克利’的地方，在加利福尼亚。她想住在那儿。”

裘德的语气很讨好，像是一个孩子正在对家长告发另一个孩子。她的嘴唇激动地发抖。

莉亚还是无法回答。她努力思索应该说什么，但她像是得了轻微中风似的，大脑部分关闭了。

裘德天真地说：“我猜想你不知道这些吧，班特利太太？”她斜眯着眼睛，咬着大拇指。

“是玛丽莎告诉你的？她告诉你——这些事情？”

“你生我气吗，班特利太太？是你让我说的。”

“玛丽莎告诉你——她想跟‘爸爸’住在一起？不是跟她妈妈，是跟‘爸爸’？”

莉亚看不见周围的东西。只剩下中间一片模糊的漏斗形状，这个白皮肤的鬈发女孩带着悔意，眯眼微笑。

“我以为你想知道这些，班特利太太？可能玛丽莎就是自己跑了呢？没人这么想，所有人都以为是卓尔曼先生干的，警察们也觉得肯定是他。当然,或许是这样的。但是——可能!——玛丽莎给她爸爸打了电话,叫他来接她?这事听起来有点奇怪?你不知道这个秘密吧?玛丽莎常常说这些孩子气的话。从来不考虑她妈妈的感受。我告诉她:‘你妈妈,她人真的很好,她被伤得很重,玛丽莎,如果你……’”

莉亚再也无法忍住眼泪。这就像是她第二次失去了她的女儿。

过失

他的第一个过失是假设既然他对于玛丽莎·班特利的失踪一无所知,就不可能“卷入”其中。

他的第二个过失是他意识到自己被带到警察局讯问的确切原因后,没有立刻联系律师。

他的第三个过失是他过着错误的生活。

性变态。性侵犯者。恋童癖。

绑架者/强奸犯/凶手。

米卡尔·卓尔曼,三十一岁,嫌疑犯。

“妈妈,我是米卡尔。我希望你还没有看到新闻,我有些非常恼人的事情要告诉你……”

不知道！他什么都不知道。

玛丽莎·班特利这个名字对他来说毫无意义。

好吧，不是自打一开始。他无法确定。

他焦虑不安，不知道他们到底想要问出些什么来，他无法确定。

“你们干吗问我这些？‘玛丽莎·班特利’怎么了？”

然后他们给他看了这个女孩的照片。

是的：现在他认出她来了。长长的金发，有时候梳着辫子。是个安静的学生。好姑娘。他认出了这张照片，但是说不出女孩的名字，因为，听着：“我并不是这些孩子们真正的老师，我是个‘顾问’。我没有办公室。我也没有固定的课时。在高中，有些数学老师也教计算机。我不像其他老师一样能记住孩子们的名字。”

他说得飞快，声音尖利。房间里面冷得难受，他却在出汗。

这就像是一个警察审问的卡通片。他们让嫌犯汗流浃背。

严格来说，卓尔曼并非不知道学生的名字。他知道很多学生的名字。他当然也认得他们的脸。特别是高年级学生，有些学生非常聪明，有魅力。但他不知道玛丽莎·班特利的名字，这个害羞的金发小孩几乎没给他留下什么印象。

他也没有跟她私下交谈过。他很肯定。

“你们干吗要问我这个女孩的事？如果她是从家里失踪的，那跟我又有什么关系？”

卓尔曼的语气并非愤怒，只是不耐烦。

他承认，如果一个孩子失踪超过二十四个小时，很严重。如果十一岁的玛丽莎失踪了，那是件可怕的事情。

“但是跟我一点关系都没有。”

他们让他说话。他们把他珍贵的话都录了下来。他们仿佛并没有对他做出判断，他没有感觉到他们相信他卷入这起失踪案件，他们只是问了他几个问题，辅助他们的调查。他们对他解释说在离开警察局前最好还是完全配合，纠正误解，或者说是错误的指认。

“错误的指认”？那是什么？

他变得很愤怒，目中无人。他知道自己他妈的什么错事都没做过，哪怕是很小的事情：违反交通规则，违章停车。*他是无辜的！*因此他坚持要做测谎试验。

另一个过失。

十七个小时以后，一个好斗的陌生人作为米卡尔·卓尔曼雇佣的律师催促他说：“回家，米卡尔。尽量睡一会儿。你需要睡眠。除了你认识和信任的人之外，不要和任何人讲话，你是被监管的，不管怎么样，伙计，不要去找失踪女孩的母亲。”

请理解我不是那个人。不是那个带走你漂亮孩子的疯男人。班特利太太，这一定是个可怕的误会，但是我发誓我是无辜的，我们从没见过，我同情你的遭遇，我们一起承担这个噩梦。

他开车回塔瑞城北部。迎面而来的车灯刺眼。他流出眼泪。此刻肾上腺素正在减弱,像堵塞的下水道里的水一样渗漏出来,他感到脑袋里有只锤子,此生都没经历过那么剧烈的头痛。

上帝啊!如果是脑出血怎么办……

他会死。他的生命会终结。别人会说是愧疚导致的大出血。他的名声永远也不会被还以清白。

他进警察局的时候如此狂妄自大,相信自己不出一个小时就会被释放,但是看看现在。像一只受伤的动物般一瘸一拐地寻找庇护所。他无法跟上九号公路的车流,他太难受了。不耐烦的司机按着喇叭。一辆巨大的越野车距离卓尔曼的后保险杠只有几英寸。

他明白!平时他也是个不耐烦的司机。非常讨厌九号公路上那些过分小心的司机,现在他自己也变成了其中一员,几乎以每小时二十英里的速度挪动。

那些把他卷入这个噩梦的人,不管他们是谁,他们恨他,他们握起拳头,用力地一击。

卓尔曼的运气真糟,当他摇晃地走进大楼后厅时,他的一个房客在那儿等电梯。他没有刮胡子,头发蓬乱,气味难闻。他看到另一个人正盯着他看,认出他以后,起初很吃惊,接着又露出无法掩饰的厌恶。

但不是我干的!我不是那个人。

不然警察不会放我走的。

卓尔曼让他的房客一个人先坐电梯上去了。

卓尔曼住在这个所谓独户公寓社区的五楼。他从没有觉得那三间简单装修的房间是“家”,他也不再觉得他母亲在上东区的豪宅是“家”:公平地说,卓尔曼没有家。

这无名的一天临近午夜。他失去了生命中的好多天。他无法自信地说出这是哪年哪月。他的脑袋抽痛。他摸索着黑漆漆的公寓的钥匙时,听到里面的电话铃狂响,最近电话一定总是在响。

暂时释放。始终保持手机畅通,因为警察会联系你。不要**重蹈覆辙不要**离开这片区域。否则法院会因为你试图离开这片区域而发传票拘捕你。

“妈妈,我无辜不是说说的。我知道我是无辜的!但令人震惊的是,大家都相信我或许不是。很多人都相信。”

这是事实。很多人。

在接下来很长一段时间里,他必须接受这个事实,以及它所意味着的,米卡尔·卓尔曼在这个世界上的位置。

把手放在我们看得到的地方,先生。

就是从这个时刻开始的。在熊山,他受伤的大脑过分专注于那个时刻。

州警瞪着他。好像他犯了什么罪似的。

(如果他突然做了个含义不明的动作,他们会扣动左轮手枪把他击倒吗?他一想到这儿就恶心。这一切没有发生,他应该很感激,但事实上他感到恶心。)

警察很有礼貌地询问能不能搜他的车。他只犹豫了一会儿就同意了。尽管他作为一个没有触犯任何法律的普通公民,以及美国公民自由联盟的(过期)会员,感到很恼火,但是为什么不呢,他知道他的迷你旅行车里没什么值得警察注意的东西。他甚至都已经不再抽大麻了。他也从不携带私藏枪支,他根本没有枪。因此警察搜了车,什么都没有找到。他不知道他们到底在找什么,但是他有点幸灾乐祸他们没有找到。他注意到他们盯着那两本平装书封面时的神情,他扔在后座上好几个星期了,自己都快忘记了。

女性裸体,又怎么了?

"警官,这可不是什么儿童色情杂志?这玩意儿是合法的。"

卓尔曼还是个孩子的时候就总是忍不住在不适当的时候耍小聪明。

现在他有了一个律师。"他的"律师。

一个收费一万五千美元的刑事律师。

他们是敌人。

纽伯格的意思是指斯凯特思奇尔的警探们，以及这片区域的检察官们，他们表面的礼貌让卓尔曼误解为对他的窘境心照不宣的同情。他们确实逼问了他，而他天真坦诚地接受了。他们告诉他他没有被捕，只是协助调查。

但是他的身体却知道。加剧的焦虑，不安，每二十分钟就需要尿一次尿。肾上腺素把他刺激得像一只被逼到墙角的动物。

他的血压上升，他能感觉到耳膜上砰砰的脉动。这种时候要求做测谎真是太傻了，但是——他是无辜的，不是吗？

应该在他们一开始盘问他有关失踪儿童的时候就找一个律师的。一旦弄清楚这次的情况很严重，这不仅仅是误解或者某位不具名“目击证人”错误的指认。（是卓尔曼的学生吗？故意撒谎来伤害他？上帝啊，这是为什么？）最后他给堂哥打了电话，他是个公司律师，自从参加完父亲的葬礼后，他们就再没说过话，他向他解释了现在的情况，可笑的情况，噩梦般的情况，但他必须把这个当回事，因为很显然他被当成嫌疑犯，因此他问约书亚能不能推荐一个好的刑事律师，能够立刻赶到斯凯特思奇尔，替他跟警察调解。

他的堂哥听到米卡尔的事情非常震惊，几乎说不出话来：“你，你？米卡尔？你被捕了……？”

“不，我没有被捕，约书亚。”

他相信我可能是有罪的。我自己的堂哥相信我可能是个性侵犯者。

在打了一通愈发绝望的电话以后，九十分钟之内，卓尔曼雇了一名叫纽伯格的曼哈顿刑事律师，他并没有如卓尔曼预想的那样向他轻松保证说没有什么可担忧的。

塔瑞城居民就诱拐十一岁儿童一事被讯问

搜索玛丽莎的行动依然在继续
斯凯特思奇尔走读学校老师被警方拘留

六年级学生依然失踪
斯凯特思奇尔走读学校老师被警方讯问
迷你旅行车被初步证实用于诱拐
米卡尔·卓尔曼，三十一岁，计算机顾问
就儿童诱拐案遭警察讯问

卓尔曼："我是无辜的。"
塔瑞城居民就儿童诱拐案遭警察讯问

报纸首页上到处都印着失踪女孩、失踪女孩的母亲，以及嫌疑人米卡尔·卓尔曼触目惊心的照片。

这是一个当地的新闻节目。纽伯格警告过他不要看电视，不要重复不要接听不知来源的电话，当然也不要开门，除非他知道来访者是谁。但卓尔曼吞了半打倍量型泰诺，坚定了他的意志，又刚好能清醒地看着电视屏幕，他简直没法相信自己看到和听到的。

斯凯特思奇尔走读学校的学生正在对一个满怀同情的女主播说他们对米卡尔·卓尔曼的看法，他们的脸都被处理过了，以便隐藏身份，声音也怪诞模糊。

卓尔曼先生很酷。我挺喜欢他的。

我觉得卓尔曼先生有点爱挖苦人。他对聪明的学生还不错，至于我们其他人，他像是想让我们知道他已经非常尽力了。

太吃惊了！卓尔曼先生不是这样的人——好奇怪。竟然在计算机教室里。

卓尔曼先生像是有一双激光眼？我一直觉得他非常吓人。

有时候卓尔曼先生看着我们！直让人发抖。

有同学说他有一把梳子？他喜欢梳女孩的头发？我从来没见过。

卓尔曼先生的梳子太诡异了！他从没对我这么干过，我猜是因为我对他来说还不够漂亮。

如果你提要求，他放学后会在教室里辅导你。他对我真的很好。有关玛丽莎的事情，我不知道。我想哭。

斯凯特思奇尔走读学校校长阿德瑞安·科里博士严肃地对一个狐疑的记者解释说，她雇佣了米卡尔·卓尔曼两年半，他工作非常够格，评价很高，是一位有责任心的可信任的雇员，从未有人对他有异议。

没有异议！那刚才节目里的学生算是怎么回事？

科里博士撇撇嘴装出一个冷静的笑容说："好吧，我们从没听说过。"

卓尔曼还会继续在斯凯特思奇尔走读学校教书吗？

"卓尔曼先生暂时带薪留职。"

他第一个愤怒的想法是，我要告他们。

他第二个稍微理智些的想法是，我一定要为这个案子申辩。

他相信自己在斯凯特思奇尔还是有朋友的。那个曾几次邀请卓尔曼吃晚饭，觉得自己婚姻不幸福的年轻女人；那个常常在健身房遇见的男数学老师；那个和他幽默感契合的学校心理老师；还有科里博士自己，她是个聪明善良的女人，一直以来都很喜欢卓尔曼。

他要向他们求助。他们一定会相信他！

卓尔曼坚持要与科里博士面谈一次。他坚持要陈述自己对这个案子的看法。他被告知说这段时间"不允许"在学校出现；学校的全职教员和学生会因为卓尔曼的出现而"心烦意乱"。

卓尔慢被警告说，如果他想要在星期一早晨进入教学楼，保安会把他带走。

"但这是为什么？我做了什么？除了谣言，我还做过什么？"

重要的不是卓尔曼做了什么，而是公众以为他可能做过什么。卓尔曼肯定明白？

他妥协了，他可以在中间地带会见科里博士，星期一早晨八点在特拉赫恩广场的学校法律顾问办公室。他被告知带上自己的法律顾问，但是他拒绝了。

这可能是另一个错误。但他等不及纽伯格了，这事情很紧急。

“我要上班！我要像什么都没发生过一样回到学校，事实上确实什么都没发生。我坚持要回来。”

科里博士含糊地说了些支持和同情的话。卓尔曼希望自己能相信她是个好人。她举止得体，心地善良，她喜欢他。她总被他的笑话逗得捧腹大笑！

尽管有的时候她躲躲闪闪的，仿佛卓尔曼的幽默感对她来说有点过头。但至少这是众所周知的。

卓尔曼抗议不通过“法律诉讼程序”就暂停他教职的决定。他要求与学校的董事会会面。他怎么能够没有任何理由就被停职呢——这不是不道德，不合法的吗？如果他打算上诉，那么斯凯特思奇尔走读学校不也有连带责任吗？

“我发誓我没有——做过。与我无关。我几乎不认识玛丽莎·班特利，我实际上与这个女孩没有任何接触。科里博士——阿德瑞安——那些‘目击证人’在说谎。那枚据说是警察在我大楼背后发现的‘发卡’——一定是有人放在那儿的。恨我的人，想要毁了我的人！这对我来说是个噩梦，但是我相信一定都会过去的。我的意思是，没法证明我涉嫌——涉嫌——不管这个女孩身上发生了什么——因为与我无关！我要回来工作，阿德瑞安，我需要你表现出对我有信心。我相信同事们一定会相信我。请再考虑一下吧！我今天早晨就做好回来工作的准备了。我能跟学生们解释——这些事情！给我一次机会好吗？即便我被捕——实际上我并没有啊，阿德瑞安——从法律上来说除非我被证明有罪，否则我就是无辜的，我不可能被证明有罪，因为我——我没有做过——我没有做过任何坏事。”

他突然感觉到一阵刺痛，像是有人把冰锥扎入了他的头骨。他呜咽着把脑袋重重埋在手里。

一个女人正用慌张的声音问他：“卓尔曼先生？你需要我们叫医生吗？——需要救护车吗？”

监视

他要跟她说话。他要安慰她。

被监视的第五天，这种想法变得非常强烈。

惨痛的遭遇让他开始意识到对玛丽莎·班特利的母亲来说，这一切都要更糟糕，而他只是个嫌疑犯而已。

星期二。当然他没有被允许回去上课。除了合衣打盹，他已经几天没睡了。他站在冰箱前吃东西，抓到什么吃什么。他靠泰诺活着。他沉迷于电视，一个频道接一个频道地追寻失踪女孩的最新消息，瞥到自己的脸使他坚强，他面目憔悴，眼神空洞，因为负罪和青春痘而显得丑恶。*就是他！卓尔曼！*这桩案子里唯一已经被警方拘留的嫌疑犯，陈列在一大群摄影师和摄像师跟前，激发成百上千位没有机会当面辱骂卓尔曼的观众的厌恶情绪。

实际上斯凯特思奇尔警方还有其他嫌疑人。他们还在追踪其他“线索”。纽伯格告诉他说，他听说警方派人去了加利福尼亚追踪玛丽莎·班特利神秘的父亲，他在这桩诱拐案中也是一名“重要嫌疑犯”。

而在斯凯特思奇尔地区，搜索依然在进行。熊山国家公园，匹克思奇尔南部蓝山自然保护区。匹克思奇尔和斯凯特思奇尔中间的哈得孙河岸。斯凯特思奇尔东部洛克菲勒国家公园的停车场和树林。这些搜救队伍是由专业人士和志愿者组成的。卓尔曼想要志愿加入搜救，他太想做些什么了，但是纽伯格怀疑地看着他。“米卡尔，这绝不是一个好主意。相信我。”

有人报告说看见奇怪的“下坠物”从桥上掉入河里或者溪流里，还有人在纽约州际公路和新英格兰高速公路两旁的不同地点“看见”活着的女孩，与她的绑架者或者是绑架者们在一起。到处有人看见八岁到十一岁之间、与玛丽莎相像的金发瘦女孩。

警方接到超过一千个电话以及网站留言，他们对媒体称会*追踪所有线索*，但是卓尔曼很怀疑。所有线索？

他自己常常打电话给斯凯特思奇尔警方。他能记得他们的号码。他们经常不回电话。他意识到或许卓尔曼已经不是他们最重要的嫌疑人了。纽伯格告诉他说那枚被故意扔在卓尔曼停车位的女童发卡上没有指纹:“显然是栽赃。”

卓尔曼不再在黄页上显示自己的电话号码,但还是有很多人打电话进来——恶意的、下流的、威胁的,或者仅仅是好奇的——因此他切断了电话,只靠手机联系,在公寓狭小的房间里走来走去时也随身带着。从五楼斜斜地望出去,卓尔曼看到阴天的哈得孙河像熔化的铅,而在晴朗的日子里,却是美得惊人的蓝灰色的。他长久地凝视着这幅画面:美丽是单纯的,不受任何个体的影响,注定比他生活中的悲惨更长久。

跟我没有关系。跟人类的邪恶没有关系。

他迫切想与莉亚·班特利分享这种领悟。这是个简单的事实,或许被忽视了。

他去了那个女人居住的第十五大街,他在电视上多次看到这幢公寓楼的外墙。他不能打电话给她。他只想跟她聊几分钟。

星期二临近黄昏。正在下冰冷的毛毛细雨。他穿着卡其色裤子、帆布夹克、慢跑鞋,在像兵营一样的房子前犹豫地站了一会儿。潮湿的头发盖过领子。他已经有几天没有刮胡子了。他脸上散发着病态的光芒,他知道自己在做正确的事情,现在斜穿过草坪,绕到房子的背后,在那儿他或许能幸运地发现莉亚·班特利住在哪个房间。

我必须要见你。

我们得分担这场噩梦。

警察很快拦住他，抓住他的手臂，把他的手腕拷在背后。

祭祀

她在呼吸吗？

……上帝啊！

她没有……有吗？她在呼吸吗？

是的。她没事。

……她可能是……中毒了？

我们太害怕了！安妮塔一直在哭，然后又失控般大笑。丹尼斯进食紊乱，她一直很饿，在学校餐厅吃饭时嘴里塞满东西，然后又把指头伸进喉咙，一边冲马桶一边把东西都吐出来，这样她在家的时候家里人都不会听到，她在学校的时候，其他女生也不知道，不会告发她。

我们越来越觉得他们在学校里看我们的眼神有点异样，就像是他们知道些什么。

自从我们给玉米少女的母亲送去了白花，事情就变得不对劲。丹尼斯知道，安妮塔知道。裘德或许也知道，但是她不承认。

母亲们根本不在乎她们的孩子。都是假装的。

裘德坚信如此。她恨玉米少女的母亲胜过其他任何人。

安妮塔担心裘德让玉米少女吞了那么多强力的药物,她可能是中毒了。玉米少女现在几乎不吃东西,必须把食物捣碎,把白软干酪和香草冰淇淋捣在一起,撬开她的下巴,用勺子喂进去,然后再合上她的嘴,让她吞咽,但是吃到一半玉米少女就呛到了,白色的糊糊从她的嘴巴里像呕吐物一样流出来。

我们哀求,裘德我们是不是最好……

……我们不想她死,是吗?

裘德?*裘德?*

毫无乐趣。电视新闻,所有报纸,甚至《纽约时报》,以及海报上到处都写着*你见过我吗?*还有一万五千美元的悬赏,这些东西在几天前还让我们笑得像豺狼一样,现在我们却无论如何都笑不出来了。裘德依然看不起那些混蛋,她这样称呼他们,她嘲笑他们四处搜寻,而其实玉米少女就在高门大道他们的鼻子底下。

裘德有一些奇怪的举动。星期一她带着玉米少女的一个蝴蝶发卡上学,她想要戴在头发上,我们叫她不要这样,最好不要!她嘲笑了我们,但是没有戴。

裘德总是在谈论火、“祭品”。她在网上找佛教徒很久以前做的事情。

玉米少女祭祀需要把她的心脏挖出来,把她的血装在圣碗里,但是裘德说也可以烧了玉米少女,把她的骨灰和泥土混在一起。

火更干净，裘德说。只会在一开始的时候有点疼。

裘德现在整天都在用手机拍照片。最后她拍了总共五十来张。我们觉得裘德会把照片放在网上，但是并没有。

警察从裘德那里拿走手机以后，是怎么处理这些照片的，我们不知道。

这些照片叫人目瞪口呆！有些照片里，玉米少女仰面躺在铺着美丽绸缎的棺材里，她显得那么小。裘德脱光了她的衣服，散开头发，分开双腿，这样就能看到她双腿间那条小小的粉色裂缝，裘德称之为切口。

裘德说玉米少女的切口跟我们的不一样，它是更好看的小女孩模样。裘德说那儿永远也不会长出阴毛，玉米少女不用经历这些。

裘德大笑着说她会给电视台寄这些没法用的照片。

还有一些姿势，玉米少女坐着，或者跪着，或者跪坐在脚上，都是裘德叫醒她拍的，还拍拍她的脸让她睁开眼睛，你会以为她醒着，靠在裘德身上露出苍白的浅浅的微笑，她们的头靠在一起，裘德笑得像是裘德·欧，而玉米少女则飘浮在地球上空的天堂里，在那儿没人能碰到她们，只能抬头看着她们，心想她们是怎么上去的！

裘德让我们拍这些照片。有一张是她的最爱，她说她希望玉米少女的妈妈能看到，或许有一天她会看到的。

那天晚上我们以为玉米少女会死。

她像往常一样在睡梦中发抖抽筋，然后突然她像是发了癫痫，她张着嘴巴发出啊啊啊的声音，吐出来的舌头上都是唾沫，可怕得像个怪胎，安妮塔后退两步哭叫起来，她要死了！上帝啊她要死了！裘德快点做些什么她要死了！裘德扇了安妮塔一耳光叫她闭嘴，裘德被她烦死了。肥猪，滚开。你知道个屁。裘德让玉米少女躺下来，她皮包骨头的胳膊和腿都抖个不停，就好像她正试图跳着舞躺下，她的眼睛茫然地睁着，仿佛玩偶呆板的玻璃球眼珠，裘德这会儿有点害怕了，同时又很兴奋，她爬进棺材躺在玉米少女身上，或许她就是发冷，她太瘦了，冷到骨头里，裘德像玉米少女一样张开手臂，她的手握住了玉米少女的手，腿颤抖着去够玉米少女的腿，一边的脸贴着玉米少女的脸，她俩像是从同一只蛋里孵出来的双胞胎。我在这里，我是裘德，我会保护你的，在黑暗死亡之谷里我会永远保护你的，阿门。直到玉米少女停止抽动，只是持续战栗地呼吸，但是她在呼吸，她会没事的。

然而安妮塔还是疯了。安妮塔尽量不像有时候在学校里那样发出失控的笑声，像是被人咯吱着一样情不自禁，裘德变得不耐烦，啪啪啪扇她的脸，叫她肥猪，臭婊子，安妮塔像只挨踢的狗一样哭着从储存间跑出去，我们听到她走上楼梯，裘德说她就是下一个。

裘德给我们看她与天眼大师沟通的黑暗之声网站，上面写着，

有人就有麻烦。没有人就没有麻烦。(斯大林)

裘德从来没有告诉过天眼大师她是男的还是女的,因此天眼大师以为她是男的。她告诉他她有了俘虏,问他是否同意进行祭祀。天眼大师回复说你只有十三岁,真是太早熟/难得了,你住在哪里,裘德·欧?但是裘德突然觉得天眼大师并不是她那位同时存在于地球上好几个地方的朋友,而是假扮成她的灵魂伴侣来抓她的联邦调查局,于是裘德·欧再也没有上过黑暗之声网站。

你们这些混蛋!一份遗书

裘德·欧知道已经接近尾声了。离祭祀还有四天,现在是第六天。没有回头路。

丹尼斯崩溃了。迟钝/晕眩得像是被人砸了脑袋,早晨老师在指导教室里问,丹尼斯你病了吗,起初丹尼斯没有听见,然后她摇摇头,她说没有,声音小得听不到。

安妮塔没有来学校。安妮塔躲在家里,打算背叛裘德。但现在找不到安妮塔,裘德没法处置这个叛徒。

裘德信任的信徒。不过她也没有完全信任她们,她知道她们就是低等的。

丹尼斯哀求说,裘德,我觉得我们还是……

……放玉米少女走?

因为，因为如果她，如果……

玉米少女变成了禁忌。不能放玉米少女走。除非有人能取代玉米少女的位置，否则不能放她走。

你想要取代玉米少女的位置吗？

裘德，她不是玉米少女，她是玛，玛丽莎·班——

裘德·欧涌起正义的怒火，她正手反手啪啪扇了这张冒犯的脸。

斑点豺狼出生时往往是双胞胎。一只比另一只强壮，于是就立刻攻击另一只，希望能撕烂它的喉咙，为什么，因为否则的话，另外一只就会想要杀死它。别无选择。

裘德·欧和她的跟班平常都一起在餐厅最后几排的桌子吃午饭，她们被斯凯特思奇尔走读学校的同学们看作是不合群的可怜虫。但今天只有裘德和丹尼斯·路德维格，别人看到丹尼斯擦着鼻子，抽泣着，哀求裘德，而刁难的女孩对此嗤之以鼻，她咬紧牙关说不许哭，不许给自己丢脸，但是丹尼斯继续，丹尼斯啜泣着，哀求着，最后裘德怒火中烧，扇了丹尼斯，丹尼斯推翻了椅子，磕绊着离开桌子，在众目睽睽之下大哭着从餐厅跑了出去，狡猾的裘德·欧几乎同时从后门弯腰跑到了中学自行车停放处，在怒火的刺激下骑了 2.7 英里回到高门大道特拉赫恩庄园的家，路上的汽车急转弯躲避这个乱来的骑手，几次都差点把她撞倒，此刻她无所畏惧，哈哈大笑，像老鹰似的伸展着翅膀滑翔在上升气流中，几乎不需要扇动翅膀就能够在空中形成致命的威胁。一只老鹰！裘德·欧是一只老鹰！如果她的自行车被撞翻了，如果她死在高门大道，玉米少女就会在她的绸缎的棺材里腐烂，没有人知道。在很长一段时间里都没有人能找到玉米少女。

这样更好，我们会一起死。

她不会要求陪审团审理，你得一派胡言才能打动陪审团。她只要求一个法官。

法官是贵族。裘德·欧也是贵族。

她将会像一个成年人一样接受审判！她得坚持如此。

园丁的棚屋里有一台生锈的割草机。半罐汽油。如果能打开的话，就能把汽油从漏斗里倒出来。裘德试过了，她可以打开。

外祖母那只古老的刻着大写字母G.L.T.的银质打火机咔嗒咔嗒响，一朵蓝橘色的透明小火苗漂亮得像是忽闪忽闪的舌头。

她要先杀了玉米少女。

不！最好还是一起死。

她平静地告诉自己，一开始会有点疼。但是只要一会儿，然后就无可挽回了。

她想到这儿大笑起来。像是已经做完了一样。

她偷偷从后门溜进房子。看下午电视节目的老太太不会听到。

她很兴奋。她决定不犯任何错误。差点忘了她或许已经犯了错误，她在知道那两个跟班优柔寡断的情况下还放她们跑了。她对天眼大师吐露心声，相信自己可以把他当作双胞胎来信任，完全忘了斑点豺狼双胞胎的故事，当然不能信任他。

好吧，她算是明白了！

她逼迫自己写下了遗书。裘德知道它的重要性，长久以来（现在看起来是这样的！）她都在脑子里小心翼翼地盘算该怎么写。写给你们这些混蛋，因为没有其他人了。

她微笑着想，你们这些混蛋该有多吃惊。

电视上网络上以及所有的报纸上，包括《纽约时报》头版。

你们问为什么为什么，这就是为什么，她的头发！

我是说她的头发！我是说我看到它们在太阳底下的样子……

太兴奋了！她的心脏跳得很快，像是刚刚吞下一打迷幻药。她用颤抖的手打开了挂锁。如果丹尼斯已经告发了她！应该趁还有机会，昨晚就把她俩都杀了。储存间里的玉米少女已经变换了姿势，裘德早晨喂她吃过饭以后，把她摆成了侧卧。这就是证据，玉米少女机灵地假装她比实际更虚弱。她即便在生病，还是那么狡猾。

裘德把储存间的门开着，好让光透进来。她不想再劳烦去点芳香蜡烛了，蜡烛太多，没有时间。而且现在火苗也用作他途。

她屏住呼吸蹲跨在玉米少女身上，用两根大拇指撑开她青肿的眼睑。

浑浊的眼睛。收缩的瞳孔。

醒醒！是时候了是时候了。

玉米少女无力地推开裘德。她啜泣着，非常害怕。她的呼吸里有股腐烂味。自从她来到裘德家里，就没刷过牙，也没洗过澡。裘德和她的跟班只用沾湿肥皂的布帮她擦拭过。

知道现在几点吗是时候了是时候了是时候了！

不要伤害我，放我走……

裘德是禁忌祭司。她抓住玉米少女长长的头发，逼迫她睡到棺材里，像斥责一个孩子一样斥责她，不行不行不行不行不行。

孩子是你的血肉，但你必须遵守规范。

裘德知道必须迅速地完成祭祀。因为背叛的婊子丹尼斯现在已经说漏嘴了。肥猪安妮塔也是。她的跟班背叛了她，她们配不上她。她们会后悔的！她绝不会原谅她们。正如她也不会原谅玉米少女的母亲，因为她瞪着她，仿佛她是只虫子，或者其他什么惹人厌的东西。现在遗憾的是她没有时间像祭祀要求的那样挖出玉米少女的心脏了。

躺好了，我告诉你是时候了。

她又冒出了新的想法。她还没法捕捉到它，就好像你没法捕捉到一个梦，直到它像个瑰丽的肥皂泡般在你的脑袋里彻底成形。

裘德把汽油罐拖进储存间，肆意泼洒。这是祭司在为玉米少女和她的棺材祈福。汽油味太刺鼻，于是玉米少女醒了过来，她非常敏感。

不要！不要！不要伤害我，放我走！我要妈妈。

裘德哈哈大笑，看着玉米少女反抗。她挣脱了裘德，但是她太虚弱了站不起来，只能用手和膝盖绝望地朝门口爬。裘德从没把门打开过，现在却打开了，玉米少女看到了，觉得自己能逃出去。裘德微笑着，看着绝望的玉米少女，她一丝不挂，头发像动物的鬃毛一样拖在地板上。噢，皮包骨头的小家伙！她的肋骨，骨瘦如柴的屁股，就连踝骨都突出来了。细腰还没有裘德的两只手加在一起粗。还有她的屁屁。屁屁真是一个有趣的词，让人发笑。很久以前，一个漂亮的鬈发女人哼哼唱唱着，在帮裘德把橡皮筋内裤拉起来之前，往她的屁屁上扑好闻的白粉，然后才把绣着跳舞小猫的罩衫拉下来，或者也可能是件睡袍，内裤则是尿布。

裘德看得入迷。她从没见过玉米少女如此公然反抗！就像是一个刚刚学会爬的婴儿。她不知道玉米少女如此渴望活下去。突然想到最好让她活着，让她崇拜我，我已经在她身上留下了永生难忘的印记。

祭司充满了力量。生和死的力量。她要授予生命，这是她的使命。她爬上棺材，用汽油在自己周围浇出一个神圣的圆圈。刺鼻的味道让她敏感的鼻孔收紧，眼泪直流，几乎什么都看不见。但她也不需要看见。她希望看见的都在了。一开始会有点疼，然后就无可挽回了。被汽油弄得打滑的手指咔嗒咔嗒咔嗒地按银质打火机，直到冒出明亮的小火舌。

混蛋们，看看我能做些什么，你们永远也做不到。

九月

小家庭

这是他们第一次全家出游,克罗敦瀑布自然保护区。他们三个人,作为一个家庭。

当然,卓尔曼迅速地承认,不是一个真正的家庭。

因为男人和女人还没有结婚。他们作为朋友 / 情人的状态还没有确定。女孩是女人的独生女。

但如果你看到他们,你会觉得他们是一家人。

这是九月中旬温暖的一天。卓尔曼现在以之前 / 之后来划分时间,这天正好是之后五个月。但这仅仅是个巧合。

卓尔曼从现在居住的扬克斯往北开到梅欧帕克,去莉亚・班特利的新家接她和她的女儿玛丽莎。莉亚和玛丽莎已经准备好了一顿野餐。克罗敦瀑布自然保护区是莉亚最近刚发现的,只有几英里远。

莉亚告诉卓尔曼这是个美丽的地方。非常安静。

卓尔曼猜想她的意思是想说玛丽莎在这儿会感觉很安全。

莉亚・班特利现在在"女性空间"做医药师,那是纽约梅欧帕克的一间诊所。米卡尔・卓尔曼暂时在扬克斯一所规模很大的公立学校教中学数学,还兼任足球 / 篮球 / 棒球教练助理。

玛丽莎去了梅欧帕克一家小的私立学校，那里不分年级，也没有正式课程，学生按照个人需求接受特殊教育和咨询。

梅欧帕克学校的学费很贵。米卡尔·卓尔曼出了一份力。

没有人知道你和你妈妈经历了什么。我很喜欢你俩，让我做你的朋友吧！

在卓尔曼了解莉亚·班特利之前，他就已经爱上她了。现在了解了她，他更确定了自己的感情。他发誓要轻轻地保守秘密，直到莉亚做好接受这份感情的准备。

莉亚说她的生活中不需要其他感情。很长一段时间都不需要。

卓尔曼心想：这是什么意思？就是字面上的意思，还是仅仅在说，*不要伤害我！不要靠近。*

他很喜欢莉亚鼓励玛丽莎叫他米卡尔叔叔。这意味着他可能可以在她们生活中存在一段时间。但是到目前为止，至少当着卓尔曼的面，玛丽莎从没叫过他。

有时候卓尔曼看到这个女孩偷看她。害羞飞快地一瞥，他犹豫要不要表示他知道。

他们之间有一种试探的气氛。他们三个人。

就好像（在那场媒体噩梦之后，这也很正常）他们还在被镜头监视着。

卓尔曼感觉自己像个走钢丝的人。他正走过高高的钢丝，底下没有安全网，观众呆若木鸡。他张开手臂保持平衡。他很害怕掉下去，但是必须往前走。在这个高度如果平衡保持得不好，将是致命的。

两个成年人沐浴在秋日明媚温暖的阳光里，并肩走在自然保护区的湖边。绕湖一圈大概需要三十分钟。星期天下午还有其他游客来保护区玩，都是家庭或者情侣。

女孩走在大人前面，但是从不走远。她的举止相对一个十一岁的女孩来说更像个小女孩。她的动作都是试探性的，有时候她像是断了气似的停下来。她的皮肤很白，看起来仿佛半透明。深陷的眼睛充满警惕。浅金色的头发在太阳下闪闪发光。她的头发剪短了，毛茸茸的，正好垂到她精致的蛋壳似的耳朵下面。

玛丽莎自从四月受了折磨，掉了很多美丽的长头发。她在医院住了几个星期。慢慢恢复了大部分急剧失去的体重。但她还是有些贫血，莉亚担心玛丽莎的肾脏和肝脏受到永久性损伤。她不时会有严重程度不同的心动过速。每到这种时候，她的母亲就紧紧、紧紧地抱住她。每到这种时候，这个孩子失控的心跳和不能自禁的颤抖对母亲来说都像是一个恶魔般的第三者，一个被恐惧逼疯的人。

母亲和女儿都睡不太好。但是莉亚拒绝服用处方药。

她俩各自在梅欧帕克看心理医生。玛丽莎也每周一次跟妈妈一块儿见莉亚的心理医生进行共同治疗。

莉亚对卓尔曼坦白说："治愈只是个时间问题。我有信心。玛丽莎会好起来的。"

莉亚从来没有用过诸如正常人，恢复这样的词语。

当然是米卡尔·卓尔曼写信给莉亚的。他迫切渴望与她交流，即便她根本没有丝毫与他沟通的愿望。

我想我们分担了这场噩梦。我们永远无法理解它。我不知道除了同情和怜悯外，我还能给与你们什么。在噩梦最糟的时候，我几乎觉得自己是有责任的……

玛丽莎出院以后，莉亚带她离开了斯凯特思奇尔。她无法忍受再在那间公寓里多住一天，她无法忍受任何能让她回想起那场噩梦的东西。她周围都是好心的邻居，经过这场磨难她也交到了不少朋友；还有人提供给她工作的机会。如果她想回到尼雅克诊所工作，达维特·斯杜普很有可能会同意。他已经与妻子和解了，他很宽宏大量。但是莉亚再也不想看到这个男人。她再也不想开车经过大班吉桥。

磨难之后，她与姐姐艾薇儿之间建立了意想不到的纽带。玛丽莎住院期间，艾薇儿继续待在斯凯特思奇尔；两姐妹当中总有一个在玛丽莎的病房里。艾薇儿在华盛顿的工作停薪留职了，她帮莉亚在梅欧帕克找到了新工作，在丘陵叠嶂的帕特南郡往北五十英里。

莉亚受够了威彻斯特郡！再也不想回来了。

她很感激艾薇儿的帮忙，她发现自己都无法用语言表达了。

“莉亚，得了吧！任何一个姐姐都会这么做的。”

“不是的。不是任何一个姐姐都会这么做的。我的姐姐才会。天哪我爱你,艾薇儿。”

莉亚大哭起来。艾薇儿嘲笑了她。然后姐妹俩又大笑起来,她们情绪失控,非常可笑。像十岁孩子一样激烈而不可预测。

莉亚对艾薇儿发誓说她再也不会把任何人视作理所当然。任何事情。哪怕是一次呼吸！再也不会了。

他们给她打电话说:玛丽莎还活着。

这个时刻。她永远也不会忘了这个时刻。

他们家里只有艾薇儿知道:警察在俄勒冈的库斯湾找到了玛丽莎神秘的父亲。他已经在一九九九年死于一次船难。验尸官认为死亡原因“不确定”。有人怀疑他是被谋杀的……

莉亚无法承受这样的震惊和伤痛。

现在他再也不会爱她。他再也不会爱他美丽的女儿。他再也无法纠正他俩之间的错误。

她从没对玛丽莎大声说过他的名字。她绝不会大声说出来。作为一个小孩,玛丽莎曾经问过爸爸在哪里？爸爸什么时候回来？但是现在不会了。

玛丽莎的父亲在俄勒冈库斯湾的死是个迷,但是莉亚不会再去探究这个迷了。她讨厌迷。她只想要清晰,真相。她的后半辈子只想跟那些善良得体真诚的人在一起。

米卡尔·卓尔曼同意。不再有秘密。

你筋疲力尽，你什么都不在乎。你只想要活下去。你在乎平淡的生活：结束，前进。在那场噩梦以前，他常常嘲笑脱口秀里的老生常谈，但是现在再也不会了。

莉亚·班特利和米卡尔·卓尔曼这对不确定的情侣之间，卓尔曼话更多也更急躁。他告诉莉亚他是从说话者部落来的。律师，金融家，精力充沛的销售。一两个拉比。对于卓尔曼来说，每天早晨在扬克斯而不是斯凯特思奇尔醒来就是一种解脱。把头从枕头上抬起来时，不会有碎玻璃扎进头骨般的抽痛。打开报纸或者电视新闻时，不会看到自己猥琐的照片。可以不在警察的监管下自由呼吸。不是一个疯女孩报仇的对象。

疯女孩是卓尔曼和莉亚一起用的词语。他们从不说出裘德·特拉赫恩的名字。

疯女孩为什么要诱拐玛丽莎？为什么在那么多小孩中她偏偏选择了玛丽莎？她为什么自杀，为什么以那么可怕的方式，像殉道者一样自我祭祀？这些问题永远也得不到回答了。那些被恐吓参与诱拐的女孩丝毫没有头绪。跟什么奥尼贾拉印第安祭祀有关！她们只是愚笨地重复说她们没想到疯女孩是认真的。她们只是遵循她的指示，她们想要成为她的朋友。

说这个女孩疯了只是个形容词，但是这个词却很合适。

卓尔曼反感地说：“知道一切不代表原谅。知道一切是为这一切感到恶心。”他也在思索犹太人大屠杀：历史上一场不需要任何解释的灾难。

莉亚擦擦眼睛说："不管发生什么我都不会原谅她的。她不是'疯'，她是邪恶。她以伤害他人取乐。她差点杀了我女儿。她死了我很高兴，她把自己从我们中间清除了。但是我不想谈论她，米卡尔。答应我。"

卓尔曼很感动。他第一次亲吻了莉亚。像是封印了一种理解。

卓尔曼和莉亚一样，没法在斯凯特思奇尔继续住下去了。透不过气来！

斯凯特思奇尔学校的校长和董事会在没有明确恢复卓尔曼职位的情况下，邀请他回来继续教书。不是立刻，而是在秋天。

学校里有个代课老师顶替了他的工作。大家都觉得等代课老师上完春季学期会比较好。

在丑陋的媒体攻势之后，卓尔曼那么快回到学校会"分散学生的注意力"。学生太年幼太容易分心。他们的家长又太焦虑。

他们给了卓尔曼一个工资持平的两年可续约合同。并不那么有吸引力。律师告诉他学校害怕无过失诉讼。但是卓尔曼说见鬼去吧，他烦透了争论。

他也在一夜之间对计算机失去了兴趣。

过去技术曾让他着迷的地方，现在他厌倦了。他渴望更实际的东西，脚踏实地。计算机只是科技，像是没有身体的大脑。他接受了一份临时工作，在公立学校教数学，他又在几家研究所报名学习历史。在哥伦比亚、耶鲁和普林斯顿大学学习美国研究的博士课程。

卓尔曼没有告诉莉亚有时候他会感到厌世，在天亮前醒来，就再也无法入眠。不是为了计算机，而是为了那个曾经对此那么着迷的卓尔曼。

他曾经多么傲慢，自恋！以寂寞为傲的孤独的狼。

现在他受够了。他渴望陪伴，渴望有人可以说话，做爱。有人分担那些记忆，不然它们会像毒药一样侵蚀他。

五月下旬，莉亚·班特利和她的女儿玛丽莎搬离了斯凯特思奇尔——当地媒体兴奋地报道了这次离别——卓尔曼开始给她写信。他得知莉亚在梅欧帕克的一间诊所里获得了职位。他对那片区域有一点了解：开车一个小时。他谨慎周详地写了一页纸，并不指望她会回信，尽管还是希望她或许会回。*我感觉自己与你很亲近！这场磨难彻底改变了我们的生活。*他在报纸上研究了她的照片，悲痛的母亲，憔悴疲惫的脸。他知道莉亚·班特利比他大几岁，她已经与玛丽莎的父亲失去了联系。他给她寄了一些艺术明信片：梵高的向日葵，莫奈的睡莲，卡斯帕·大卫·弗里德里希幽灵般的风景画，沃尔夫·卡恩美丽的秋日森林。卓尔曼用这种方式讨好莉亚·班特利。他让这个从未见过的女人知道他尊重她。他并没有给她压力见面，甚至都没有指望她回复他。

过了一段时间，莉亚·班特利真的回信了。

他们打了电话。约定见面。卓尔曼紧张地喋喋不休，显出讨人喜欢的笨拙。莉亚的到场让他有点懵。莉亚更警觉,沉默。对于她这个年纪来说,她是个漂亮女人,不化妆,除了手表也没有戴其他饰品。她的一头金发中夹杂着一些银丝。她微笑,但没有说很多话。她喜欢这个滔滔不绝的男人,大部分男人不这样。莉亚了解米卡尔·卓尔曼这类性格,但是不太熟悉。他非常纽约,非常热情。聪明,但是幼稚。她猜想他家里很有钱,因此卓尔曼自然地鄙视金钱。(但是卓尔曼说在这场磨难期间他与他的家庭和解了,他们为他感到非常愤慨,坚持要支付律师过高的费用。)在他们的交谈中,莉亚想起了他们第一次在斯凯特思奇尔走读学校见面时的情形,以及这位计算机专家是如何从她身边走开的。太傲慢了!有一天莉亚会就此嘲笑他的。或许当他们成为情侣的时候。

卓尔曼太阳穴两侧的头发稀疏,脸颊凹陷。他的眼睛看起来不止三十一二岁。他开始蓄胡子,山羊胡,好掩饰他的外表,但是能看得出来这只是暂时的尝试,不会持久。然而莉亚觉得米卡尔·卓尔曼很英俊,有他自己浪漫的风格。窄窄的鹰一样的脸,沉思的眼睛。善于开自己玩笑。她听任他喜欢她,或许有一天她也会喜欢他。但她还没有做好被他伤害的准备。

最后她会告诉他,我从没相信过是你带走了玛丽莎,米卡尔。从没!这并不完全是真话。

他们在吃野餐,卓尔曼希望把他们想象成是一个小小的家庭,这顿野餐可真棒,他们坐在池塘边的木桌子边,头顶有一棵柳树,构图如此精致，宛若儿童故事书里面的插画。他注意到玛丽莎吃东西依然有问题，她吃得很慢，小心翼翼的，就好像每吃一口，她都担心会碰到碎玻璃。但是她吃了差不多一个三明治，以及莉亚给她削的半只苹果，因为“皮”让她恶心。然后他们在池塘边散步，欣赏雪白的白鹭、巨大的蓝鹭和野天鹅。四处都生长着郁郁葱葱的香蒲、灯芯草、火红的漆树。空气里有股潮湿的泥土味，阳光照在水面上，红翅膀的黑鸟聚集在灌木丛里发出欢快的叫声。莉亚惋惜道：“时间过得太快了！我们还没有准备好过冬天呢。”她听上去真的很受伤，很苦恼。

卓尔曼说：“但是莉亚，下雪也很好啊。”

走在妈妈和卓尔曼前面的玛丽莎也希望如此：*下雪，很好啊。*她记不太清下雪是什么样了。去年冬天。四月之前，四月之后。她知道自己活了十一年，而她的记忆如同蒙了蛛网的窗玻璃。她的心理医生是个和善的说话温柔的女人，反复问她在老房子的地下室里到底发生了什么，那些坏女孩对她做了什么，因为能回忆起来，并且能把回忆起来的东西说出来才是健康的，他们说这就如同抽干一块脓肿，而且她也应该哭，应该生气；但是在她想不起来的情况下，要产生这样的情绪实在太难了。别人总是问她你感觉怎么样，玛丽莎，她的回答总是*我不知道*，或者*没感觉*！但什么才是正确的回答呢。

有时候她会在梦里看见，但是睁开眼睛就没有了。

有时候，她睁开眼睛，什么都看不见。

她记得坏女孩喂她东西吃。用勺子喂。她饿坏了！很感激。

所有的大人都死了。我们所有人的母亲。

玛丽莎知道:这是句谎话。坏女孩骗了她。

但是坏女孩喂她东西吃。帮她梳头发。她冷的时候抱紧她。

突然爆炸,火焰！燃烧的女孩,可怕的尖叫哭喊——玛丽莎起初以为是她自己在火焰里哭喊。她在爬楼梯,但是她太虚弱了,昏了过去,有人吵吵嚷嚷地过来,叫喊着,用胳膊抬起她,这是三天后她在医院醒来时妈咪告诉她的,她的脑袋太重,抬不起来。

妈咪和卓尔曼先生。她想叫他"米卡尔叔叔",但是她做不到。

卓尔曼先生是她在斯凯特思奇尔走读学校的老师。但是他像是根本不记得这些了。或许卓尔曼先生也不记得她了,玛丽莎不是一个好学生。他仿佛只在意好学生,其他人对他来说都是隐形的。他不是"米卡尔叔叔",这样叫他是不对的。

新学校里每个人都对她很好。老师、心理辅导员和医生都知道她是谁。妈咪说他们必须知道,不然他们没法帮她。以后,等她长大了,她会搬去一个没有人知道玛丽莎·班特利的地方。远远地去加利福尼亚。

妈咪不会希望她走的。但是妈咪会理解她为什么要走。

新学校比斯凯特思奇尔小得多,玛丽莎交到了一些新朋友。她们都跟她一样,是些害羞警惕的瘦脸女孩。如果粗粗瞥她们一眼,会觉得她们缺胳膊少腿,但是如果仔细看,她们并没有。她们是完整的女孩。

玛丽莎喜欢剪短发。她丝绸般的长发被坏女孩梳理，在头顶展开，在医院里大把脱落。如今长发让她紧张。在学校她有时抚摸着头发迷失在梦中，她看着头发像她曾经的那样垂在后背的女孩，很吃惊她们没意识到这个危险。

他们从没听说过玉米少女！这个词对他们来说没有意义。

玛丽莎现在开始看书。她到哪里都带着书，好随时躲进书本里。都是些带插图的故事书。她看得很慢，有时候用手指在词语下面比着。她很害怕遇见不认识的词，她本该认识却不认识的词。像一阵突发的咳嗽。像在你还没准备好的时候就塞进你嘴里的一只勺子。妈咪说玛丽莎现在安全了，没有坏女孩，也没有其他坏人能碰她，妈咪会照顾她，但是玛丽莎从书里知道，事情并不是这样的。只要你翻过这一页，就还会有事情发生。

今天她从学校图书馆带回来两本书：《看鸟儿！》和《蝴蝶家庭》。玛丽莎知道这些书是给不到十一岁的孩子看的。但是它们不会吓到她。

玛丽莎带着这些书漫步于池塘边，走在妈咪和卓尔曼先生前方不远处。香蒲间的蜻蜓像是飘浮着的闪光的针。还有白色的飞蛾，美丽的橘红色黑脉金斑蝶缓慢地扇动着翅膀。妈咪和卓尔曼先生在玛丽莎身后热切地交谈。他们好像总是在说话。或许他们会结婚，然后一直说话，玛丽莎不需要聆听，她对他们来说是隐形的。

一只红翅膀的黑鸟在香蒲间盘旋，尖利地冲她叫唤。

*在死荫的幽谷，我会保护你，*阿门。

贝尔谢巴

电话铃响的时候——刚刚打完针——胰岛素——就好像打来电话的人很有礼貌，或者假装很有礼貌，一直等到他拔出针头——他哼哼着接起电话“嗯？哪位？”——晚上这个时间，他没有在等任何电话。电话里是一个女人的声音——一个女人，或者女孩——很熟悉——但是很轻，屏着气——“布莱德·谢弗特科？——是你吗？”

“是啊。哪位？”

迟疑了一会儿——那人像是在认真思考这个问题——然后声音变得扭捏、戏谑——“你猜！”

“猜？我猜不到。”

“嘿，少来了，布莱德——你试都不试一下，伙计。”

他的心咯噔一下。这个声音突然变成了略带挑逗的责备——现在听起来更熟悉了——是他很熟悉的人？很亲密的人？

不管是谁，都不是他最近生活中的人，布莱德很肯定。在过去五六年间认识的女人——还跟他说话的女人——没有谁会这样跟他说话。

布莱德年轻的时候——二十多岁到三十八九岁——有女人用这样的口吻跟他说话。他很早就结婚了，然后又分居；离婚，再结婚；他像野生动物一样无法适应佛罗里达和纽约北部的生活——浣熊，黑猩猩——他没法被驯服，在婚姻生活的间歇，他秘密约会一些女人。总的来说他过得还不错。他理所当然地觉得女人都喜欢他，喜欢他对她们做的一切，或者可以说他在所有的关系中都占据支配地位。一开始他驻扎在彭沙克拉的海军基地，他在那儿发现自己很擅长计算机，退伍以后他往北来到纽约迦太基，这儿离他家乡很近，但是也没有近到他得经常回去探望家人。他从高中开始就勾搭女孩，之后——太多了。而这个女人——女孩——肯定是他认识的。她说话时挑逗的口吻像幽灵手指一样抚过他的头发，他的后颈，很久没有女人碰过那儿了。

"猜一猜嘛，布莱德——有段时间我们熟得不得了。"

"你能给我些提示吗？比如——多久以前？"

"'多久以前'——你告诉我。"

"或者——你不住在这儿附近吧，你是回来探亲的？是吗？"

"你呢，布莱德？"

"我？我怎么了？——你才是重点。"

"别提了，布莱德，少来了，老兄——你是重点。所以我才打电话给你啊，老兄。"

布莱德猜不出来这是怎么回事。他只知道他越来越兴奋，被刺激起来。这个女人——或者女孩——他猜一定是个成熟的女人——但声音听起来像个女孩，喘着气，笑个不停——她说她打电话来希望他至少还记得她的名字，而且她在想，如果布莱德记得她的名字，这或许预示着她应该见他，她想见他已经很久了：她到迦太基来找他——或者也不全是为了他——但是她开了很长时间的车，待在十一号公路外的汽车旅馆里，而且很肯定布莱德是她此行的私人理由——不过现在她不知道该想些什么——"你好像完全猜不出来我是谁啊，布莱德。"

"好吧——你的声音很熟悉。你的声音——我记得。"

"但是不记得我的名字了，嗯？"

"嗯——差一点。我差一点就——"

"我记得你的声音，布莱德。你的声音跟我梦里的一样，我不可能忘记。"

这说话不自然的腔调也很熟悉——让他有点紧张，想起——不是最近的回忆，而是记忆深处的。他心想——这个女人是在戏弄他吗？是什么跟他有过争执或者误会的女人，他忘记了？女人们指责过他随心所欲的行为。不是卑鄙恶劣——不管他多么暴怒，他也不打女人——但是他极少思虑，鲁莽行事——一意孤行，专横跋扈——不过他心地善良，乐于助人——他从高中开始就有酗酒问题——现在已经控制住了。在他四十岁发福之前，身材一直很好——线条鲜明的胸肌、肱二头肌和上臂——浅胡萝卜色的头发理成平头——保持着在海军服役以来的良好身姿，如果他花时间洗澡刮胡子并且换上干净的衣服，他看起来还算英俊，但是他作为社区大学的计算机技术主管，差不多能自己做主，于是有时候不修边幅。

“你过得怎么样，布莱德？”女人在发问，布莱德说：“很好。我很好。”然后女人说：“真的吗——我想要知道，布莱德。我听说了些事情。”布莱德迅速地笑笑说：“从谁那儿听说的？有人在谈论我？”

任何人谈论他都会让他有点恼火。如果还为他遗憾就更糟糕了。

布莱德站了起来。他从深陷的沙发中抬起沉重的身体，把电视调成静音。他手机上显示来电者是纽约无线用户——没什么用。他开始感到紧张烦躁——这个女人听说他什么了？——不可能是酗酒问题，那是五六年前了——酒驾，以及另一个，一个二级攻击的狗屁控诉——后来撤诉了——一定是糖尿病——这个女人是指这个。他感到一阵剧烈的羞耻和愤怒——不管她是谁，她作为一个陌生人有什么权利——暗示这件事。布莱德从来不跟任何人谈论他妈的健康问题，甚至包括家人、朋友。他对此绝无兴趣。

他在去年早些时候被诊断出来——在他昏厥了不止一次之后，最后一次是他驾驶着 SUV 在高速公路上时——医生对他说的话像是一把钝斧，在他毫无准备的时候砸在他头上，但是注射胰岛素控制住了病情。赖脯胰岛素是医生开的，见效很快，因此也不用过分担心饮食。他讨厌像个吸毒成瘾的家伙一样给自己注射，但是他学会了注射准备,把针头扎入束在皮带里的腹部上肥胖松软的肉——即便减了三十磅,他还是体重超标——过了十八个月,他的手指还是笨得要命,很容易搞砸,针掉进裤裆或者掉在地板上,咒骂着,上帝啊,这不是我。太羞耻,太尴尬,他从来没有对任何亲密的朋友或者女人说起过糖尿病,但是在母亲家里,他可以肆无忌惮地在客厅里一边看电视一边撩起T恤打针,甚至在众目睽睽的饭桌上也是——“布莱德叔叔,太恶心了。”他就笑笑,去他妈的——他心里燃着隐约的怒火,他从母亲家族那边遗传了这种疾病,这么多年来,在他的成长过程中,他不断听到那些上了年纪的亲戚们——舅舅、阿姨——出现奇怪的糖尿病病征。

惊喜突然出现。正当他担心女人要挂断电话时,她的声音低沉下来,慢吞吞地说——“布莱德,我的宝贝——我打电话来是想——你今晚想出来见见吗?还是——你今晚有事情?”

“当然——我是说我没事。”

“你那儿有人吗?”

“没有。我这儿没人。”

“我听说你结婚了——不止一次,是吗?”

“挺久以前了。”

“没有孩子。”

“没有。”

“你肯定?”

“上帝啊,是的——我肯定。”

“你是说，没有你知道的孩子。”

布莱德停了下来。把电话贴住耳朵。这是在开什么玩笑吗？有女孩打电话给他声称是他的女儿？

“嘿，布莱德，你还在听吗？”

“是啊……”

“我不是想要吓你，伙计。我不是你的孩子或者其他什么，我也不知道布莱德·谢弗特科有没有孩子，我只是——你知道——问问。你知道些什么。”

“我知道什么？关于——什么？”

“关于随便什么，布莱德，我们正在说呢。”

“你说——你想要见见？”

“是啊！我是这么说的。”

他们计划在距离迦太基布莱德家差不多五公里远的星湖酒吧见面，那儿的人都认识或者曾经认识布莱德·谢弗特科，他酗酒那阵子常常光顾，星湖酒吧是他的周末聚点之一。他没在酒吧里看到她——单身女人——他觉得她应该长得不错，但是他目光所及的女人都与男人或者其他人在一起，他回到外面的走廊上，从里面买了酒能带出去坐在外面，那儿有个女人正朝他笑——她装腔作势地把手放在臀部，手背贴在又肥又结实的屁股上——她的脑袋歪在一边，从肩上垂下一条又粗又亮的辫子。“布莱德·谢弗特科——是你吗？你好啊！”布莱德除了露出惊讶的笑容还没来得及做出任何反应，这个女人就已经走上前来与他握手，她的手指结实有力，握手的时候像个男人，还有她出现在他面前的模样，茫然，坦率，双脚分开，直视他的眼睛，也让他想起一个男人。他心想，我认识这个人吗？不认识。他尽力不流露出失望来，因为他觉得这个女人并不算漂亮——不像她的声音暗示的那样——但是她很年轻，二十多岁——骨架很大，脑袋显得很小，头发往后梳，紧紧扎成一条乱糟糟的辫子，她皮肤黝黑，相貌平平，看起来像个印第安女孩，嘴巴宽大，眉毛粗重，眼睛透着嘲讽，发迹线周围的皮肤粗糙不平，好像发了皮疹，也有可能是痤疮留下的印子。他们握手的时候——互相逗乐地打招呼——布莱德注意到女孩有一对不同寻常的大胸——西瓜般的胸部——上头绷着一件印着男人面孔的冰蓝色缎面 T 恤——男人留着小胡子，西班牙长相——戴着顶游击队员那样的帽子，穿着制服——T 恤上这张文身般的脸很像猫王，但是布莱德认不出来——女孩的牛仔裤是设计师款的，上面有黄铜钉。她的屁股和腿都很粗壮。一双八字大脚上穿着双结实得能穿去徒步的皮质凉鞋，但是她的脚趾甲上涂了一层磨砂绿，布莱德猜想她是为了好玩。她的耳朵上打了很多乱七八糟的洞，左边眉毛上戴了一枚闪闪发光的弯钉，上嘴唇也有一枚。算是新时代嬉皮士，布莱德和他的朋友们在电视上看到这种人都嗤之以鼻。而在阿迪伦达克附近很少会当面遇见这样的人。

“还是没认出我来吗，布莱德？——我有点难过。”

布莱德看着这个女孩。那双眼睛——他见过吗？淡褐色的眼珠上覆盖着浓密的睫毛。她在笑，脸涨得通红。看起来布莱德没有认出她来确实伤害到了她，要不然就是她装的。布莱德温柔地说："我来要些喝的，好吗？啤酒？你不会未成年吧——你成年了吗？"

"未成年？见鬼，不。我是个成熟的大姑娘了，老爹。"

听到这儿——老爹——布莱德僵住了。他又看了女孩一眼，发现——天哪，这是斯黛茜·林恩？他的第二任妻子琳达·盖茨霍克的女儿？现在说得通了——这个女孩确实和琳达有点像。布莱德想起来——琳达死于车祸，那时候他已经不在她的生活中了。斯黛茜·林恩那会儿还是个小女孩，琳达的父母带走了她，照顾她——她是他们的孩子，不是布莱德的。布莱德只是继父。而在布莱德与琳达结婚的四五年间他也不是一个很尽责的继父——这个角色对他来说不容易，不比丈夫的角色更容易。

女孩笑得喘不过气来。用两只手从脸颊擦去眼泪。布莱德注意到她的身体并不胖，更像是结实的硬橡胶。她肯定常去健身房——他见过这样的女孩，有点反叛，他被她们栖居于自己身体中的方式吸引，如果一个男人在这样的身体里醒来，天哪，他一定会用枪爆了自己的头。

"哦，嘿，布莱德。你不记得'斯黛茜·林恩'了——是吗？"

"啊，不。我记得——我记得。只是。太出人意料了……"

布莱德拥抱了女孩，掩饰自己的尴尬。她的身体果然和他想的一样，像硬橡胶似的，但是她的一对大胸很柔软，仿佛灌满牛奶的水袋。跟她靠得那么近有点尴尬。狼狈。布莱德确实不记得她了——又不完全是。但是他从电话里听到她声音时，便想起她的母亲。为什么他感到既兴奋又焦虑。兴致勃勃的同时又有点小心和不安。琳达·盖茨霍克！琳达是他不愿想起的女人之一，特别是在像今晚这般情绪低落的时刻。最近很多个夜晚都是如此。他不得不做的事情——最要紧的事情——就是记得在正确的时间注射胰岛素，这象征着布莱德·谢弗特科这些日子以来的生活，他并不介意这么想。他不得不承认，第一次见到琳达·盖茨霍克的时候，她是他在生活中见过的最漂亮的女孩。他从海军退伍并且搬到北部不久以后的一个周末，他俩喝得醉醺醺地在尼加拉瓜大瀑布结了婚——他并不太清楚琳达之前结过婚，还有一个小女孩——这意味着责任。布莱德也不知道琳达很难相处，说得好听点——她不喜欢任何形式的她认为"过分亲密"的触碰——这在婚姻中是个问题。他们住在肖托夸瀑布附近一间拥挤的移动房屋里。

布莱德只比斯黛茜·林恩高两三英寸。她长得比她母亲高大很多——像是不同种族的女人——但是有着与她母亲一样的黄褐色头发，当头发穿过他的手指时，他曾经以为是浅黄褐色的。他冷静下来发现，琳达害羞的小女儿现在已经是个成熟的女人了。她没有她母亲精致的五官，以及温柔的女人味，但这或许是件好事。

这些年来，体重像浪一样将他覆没，一波又一波地涌来，在又黑又咸的水里，几乎无法呼吸。他可能看起来惶惑而病态。女孩用轻浮的喉音说着甜言蜜语——"布莱德，伙计——你看起来像是需要喝一杯。我也是。"

真不知道她在说什么。她的手搭在他的小臂上——粗短的手指，磨砂绿的指甲——像道电流穿过他的身体。

他们在里面的吧台买了啤酒——布莱德坚持买单——然后又回到了外面的走廊，他们以为那儿还有张空桌子，但是所有的桌子都被占了——这情形让布莱德有点烦躁——他妈的人们都看着他，他认识的人都看着他，而他和一个脸上打了很多洞，长得像个印第安人似的大骨架女孩在一起。他笑得像是肚子上被人踢了一脚还硬撑着。在他去星湖酒吧的路上，他还以为这个不知道从哪儿冒出来打电话给他要见他的女人是出于什么浪漫的原因，但不是，竟然是他大概十五年都没有见过，这些年来甚至都没有想起过的继女。他的第一杯啤酒很快就递了过来——自从得了糖尿病之后，他不再像过去那样喝酒了。斯黛茜・林恩不断靠过来说："哦，布莱德——老爹布莱德——这真是太棒了不是吗？从没想过我还能再见到老爹布莱德，你和我妈妈分开的时候我的心都碎了。嘿——我的车就在外面——我们开车离开星湖吧。我们好好叙叙旧，这儿人太多了。"

斯黛茜・林恩抓住他的肩膀，像电视上那些大胆的女孩一样在他嘴唇上亲了一下——她硬橡胶似的嘴唇很湿，出人意料地凉——她壮硕的手臂绕着他的脖子——然后她的肩膀突然沉下来，做出虚弱的样子，屈从柔弱地把额头抵在他的胸口。微笑的斯黛茜・林恩站在布莱德身后，看起来好多了，更年轻，也更脆弱。

布莱德想要开车，但是斯黛茜・林恩坚持她来开。她很坚决，布莱德只能放弃。这样坐在车里好奇怪——坐在副驾驶座位上——旁边是一位女司机——他就像是变成了残疾人，而这个绑着安全带的年轻女人，眼睛闪亮，印第安辫子像编好的马鬃一样垂到后背，仿佛主宰着他。

星湖是南阿迪伦达克地区最大的湖——南北距离二十七英里，六英里宽——只有短短一段湖岸线被开发了。树林里有浓密的松树、冷杉以及杜松，还有一簇簇幽灵白的桦树到处发光，像是一片片云朵。布莱德小时候，以及二十多岁时，一年里要到这儿来好几次，钓鱼、背包徒步、在猎鹿季与他的同伴一起打猎，但现在不了。这些日子以来，有些同伴根本不知道在哪儿。现在这些风景回到他面前，仿佛梦的碎片般难以记忆。一轮格外明亮的凸月高高挂在雾气蒙蒙的云层间，像是散发着磷光。斯黛茜·林恩一边喝酒一边开车，说个不停，他听了一些，但是大部分时候他思维涣散，啤酒让他的脑袋里像有一群蜜蜂似的嗡嗡作响。“喜欢我的车吗？很酷吧？”——这是辆高档丰田车，布莱德怀疑是不是真的是她的。他自己的车是辆大切诺基，二手的，或许是三手的，他此刻觉得自己真该坚持开车的。

斯黛茜·林恩拐出湖岸路，开上了一条碎石路——这儿没有房子和村舍——尽管布莱德相信自己曾经在这片湖域钓过鱼——很多年前了——月亮亮得惊人，还有天空，以及黑漆漆的树林。“来吧！我们走路去湖边”——斯黛茜·林恩拿着一支手电，照亮了灌木从里一段昏暗的路。布莱德喝完了第二罐啤酒——除非这是第三罐——布莱德感到一阵——不确定到底是什么——有些兴奋，渴望——不完全是性欲，是对性的期待——也有些惊讶——那种能让你升起来，又骤然坠落的感觉，像是被风刮落的风筝。女孩大声哼唱，吹起口哨——她也正在喝一罐啤酒——手里的电筒挥舞得像根指挥棒。“快点快点，来嘛，布莱德我的朋友”——夹杂着一些外文单词，或者是模仿的外文单词，天真得像在哄骗笨拙的小孩——而布莱德在灌木丛里跌跌撞撞，咒骂着，荆棘扯烂了他的衣服，划伤了他的手指。在湖岸——这儿不是海滩，到处都是石头，散落着暴风雨的残片，还有一股隐约的死鱼味——斯黛茜·林恩把手电夹在膝盖间，哼哼着动作夸张地脱下了绸缎 T 恤，这吓了布莱德一跳，她里面穿着用同样的光亮绸缎做的运动胸罩，但上面有波尔卡圆点。她是要踏进水里吗？星湖的水该多冷啊？她的小腹从设计师款牛仔裤紧身的腰带处温柔地突出来，布莱德多么想要挤压揉搓这柔软的女性肉体。他的嘴巴发干。后颈的头发奓起。印在他嘴唇上的吻依然很潮湿，像是一道伤口，或者皮肤上的痂。“看到了吗？‘Clair de lune’——月光——只照耀着我们，布莱德。”

她的声音发抖了。她在开玩笑，或者试图开玩笑——但是她的声音发抖了，有那么一会儿尴尬的时间，布莱德觉得她大概要哭了。

不要这样！女人的眼泪让他让烦躁，易怒。眼泪有什么意义？

星湖——因为从空中俯瞰时呈不规则的星星形状而得名——在破碎的月光下既黑暗又闪亮。空气变得很冷，但是没有风，波浪平稳，湖面只有几处轻微的涟漪，像是被水底神秘而不知名的水怪搅动。突然——开玩笑似的——斯黛茜·林恩转身把手电对着布莱德的脸——只有一会儿，吓着了他，闪瞎了他的眼睛——他有点恼怒——她又立刻转向另一个方向——“布莱德！往这儿走”。她的态度变得女孩气十足，充满挑逗。他可不想踏进水里，虽然这听起来不错，但是布莱德并不想跟着她。他想要结束这次出游，不管怎么称呼它——但是他别无选择，只能气喘吁吁地跟在这个哼唱着吹着口哨的大骨架女孩身后——去哪儿？——地面坚实潮湿——他们远离了湖泊，爬上山坡——“等等，斯黛茜！看在上帝的分上”——布莱德假装筋疲力尽，恼羞成怒——实际上他实在是喘不上气——这儿还有一股腐烂的气味，是动物的残骸——他们离开湖泊已经四分之一英里了，还在继续攀爬，斯黛茜·林恩走在前面，布莱德红着脸喘着气跟在身后，突然他们来到了一个像是墓地的地方——一片荒废的旧公墓——在一座废弃的教堂后面。这儿曾经有人居住，教堂被奇怪地命名为——贝尔谢巴——这里曾经是贝尔谢巴路德会教堂——布莱德估计这个名字取自于圣经。石碑大多脱落，崩裂——覆盖着苔藓——爬满藤蔓和杂草——上面的题字模糊、磨损，在月光下根本看不清。布莱德看到有些石碑上写着一七九〇年——很久以前了，很难相信竟然有人曾经住在这里，住在比彻姆郡这样一个偏僻旮旯。女孩像演电影似的轻声说：“布莱德老爹——我是说继父——这是我过去常来的秘密角落。妈妈跟星湖的亲戚们待在一起的时候，我就骑自行车上这儿来。我已经很久没来了——上帝啊，多久？——可能有十年了。妈妈没有葬在这儿，但是我会自己来。这儿有我美好的回忆。”

“妈妈没有葬在这儿。——你干吗这么说？起码有一百年没人葬在这儿了。”

“据你所知而已，布莱德伙计。”

这不过是句无心的玩笑话，为了挑逗刺激他，或许还有点戏谑，嘲弄；布莱德希望这个女孩是快要喝醉了，说说笑笑而已。她正要坐在——试图坐在——一块被掀翻的石碑上——但是她粗壮的腰腿不断滑下来。她咯咯笑着，爬到了一个更安全的地方，也不顾手电筒从手指间滑落到了杂草丛中。“嘿，布莱德，坐到我旁边来。看，这儿可浪漫了”——布莱德摇摇晃晃朝她走过去，并不确定自己是否想要挨斯黛茜·林恩那么近，却被这想象弄得很兴奋；可是不知怎么的，当布莱德靠近女孩时，她突然弯下腰来，像是要去捡手电筒，却用力向上拉起布莱德的左裤腿——动作粗暴，他的左裤腿——这个奇怪的动作发生得太快，布莱德惊讶得来不及反应，没有推开女孩，也没有自我防御——有什么锋利的东西拔了出来——割在他左腿脚踝上方裸露的皮肤上——一阵不可想象的剧痛——布莱德尖叫起来，受伤的腿失去了全部力量，重重地倒在布满碎石的草地上。

女孩从受伤的男人身边跳开。她兴奋地叫嚷，像孩子般哼唱。她做了什么？——她对他做了什么？她左手拿着手电筒，右手拿着在月光下闪闪发光的什么东西——刀片？她怒视着他。她站在那儿，出人意料地灵巧，像一头年轻的公牛。“你知道吗，布莱德？——你的阿喀琉斯肌腱断了。”

布莱德无助地倒在地上。痛得无法承受。他尖叫，像上钩的鱼一样翻滚扭动。女孩兴高采烈地围着他转，跺脚，呵斥他。“你这个混蛋杀了我妈妈，该死的坏人——混蛋狗娘养的，现在你该偿还了。你觉得怎么样？你的‘阿喀琉斯肌腱’断了，混蛋。你可以像虫一样爬，像虫一样爬回家去。”

“救命”——布莱德在哀求。他疼得神经错乱，试图往前爬——去哪里，他也不知道——他拖着自己的腿，血从伤口涌出来的时候他疼得直抽动——而斯黛茜·林恩幸灾乐祸地围着他转。“你杀了我妈妈！你对她像狗屎一样！她被你伤得很深——太可怜了——太绝望了——她喝得醉醺醺地开车，像是什么都不在乎了——她半夜在州际公路上开车——最后一次她差点带上我，但是她改变了主意，把我留在家里看电视——‘如果妈咪回家晚了，给外婆打电话’。她的死当然都是你害的，就像是你朝她开了一枪——正中心脏——你甚至都没来参加葬礼！现在你打算怎么办，混蛋？布莱德老爹混蛋？你感觉怎么样，你觉得痛了吧？你现在只能像虫一样爬了吧？”斯黛茜·林恩停下来，粗重地呼吸。她年轻结实的脸庞上一层油汗，闪闪发光，还有她闪亮的眼睛，现在看起来完全不像她母亲了。“你知道吗，混蛋？——我要把你留在这儿。你可不配死在这个神圣的地方。”

布莱德握住自己流血的腿，想要用手指止血。他不太明白发生了什么——他怎么了。他想要跟女孩讲道理——求她不要把他扔在这儿,求她帮帮他。他用一部分大脑思索着——攻击他的人是否明白她已经伤害到他了,她是否明白他现在有多痛苦,他现在彻底垮了,对她无法构成威胁,或许她会同情他——可能——不会扔下他。这片路德会的旧墓地离星湖只有几英里,但是太偏僻了,即便他大叫也没有人会发现他。几个星期,几个月都不会。通往破教堂的石子路已经荒废了,政府不再维护。

女孩嘲弄地站到他跟前——“放屁,哪有那么痛,你是在演戏——你想要操控我?混蛋,你会在这儿流血流到死的。”

她用轻蔑的姿势扔给他什么东西——一块肮脏的破布。布莱德绝望地把布按在伤口上。

这个伤口——深深的伤口——就在布莱德的脚踝上方,腿的后侧。据他所知——斯黛茜·林恩割断了他的阿喀琉斯肌腱——“断了”。她以毫无偏差的精准和惊人的胆量拉起他的裤腿——他卡其裤的裤腿——用一把猎刀割开了他的皮肉——刀刃锋利,不超过八英寸长——闪着淡蓝光的强力不锈钢刀片——她动作飞快,技巧熟练,刀刃刺穿布莱德的棉袜和皮肤——直到他的肉——只不过几秒钟而已。斯黛茜·林恩对他的痛苦嗤之以鼻,嘲弄地说:“给你自己止止血!你不是什么狗屎海军军官吗?你肯定知道怎么照顾自己吧。如果你他妈的花些功夫就不会流血至死了。”

布莱德把破布按在伤腿上。他哀求说:“我没有杀死你妈妈,斯黛茜——我爱你妈妈。请相信我,我爱你妈妈……”

“你狗屁爱我妈妈！开什么玩笑！你这个狗娘养的从没爱过任何人。”

布莱德争辩说他确实爱过——他爱过——“我娶你妈妈是因为我想成为她的丈夫，我想成为——一个父亲——你的父亲。那是我所希望的，一个好丈夫和一个好父亲……”

“扯淡！你对我妈妈像狗屎一样，你害死了她——你希望她死，好摆脱她。这样你就不用付赡养费了，也不用再关心她了。事情就是这样的。”

“不——不是这样的。”

“不是？不是这样的？那他妈的还能是怎样的？”

“我爱你妈妈——我爱你——”

愤怒——大笑——女孩踢了他几脚。布莱德用手护住了脸。

“你现在所说的一切他妈的绝望的话都是为了保住自己可怜的命。伙计，你不仅在撒谎，你根本不知道他妈的事实是怎么样的。”

“斯黛茜——不是。我爱你的妈妈。我爱你……”

“你爱才怪。那你为什么从不来看我？一次都没有。”

“你的外祖父母不允许……”

“扯淡！”

比起痛苦和流血来，布莱德更害怕女孩把他一个人留在这儿。他冷得痉挛，担心自己会死。地面冰凉，他会死于体温过低。太阳落山以后，过早暖和起来的四月天又冷下来。在阿迪伦达克靠近星湖的地方，地面迅速变暗，迅速降温。寒冷像离世的幽灵一样徘徊在地面上。旧公墓到处都是碎石，像是散落的人骨。开裂的花岗岩厚石板，头盖骨似的破瓦罐，巨蟒般盘根错节的藤蔓植物。这座贝尔谢巴路德会教堂至少已经被封了十年。覆盖着木瓦的屋顶烂穿了，墙面上的涂料几乎全部脱落。树苗和野玫瑰在前院肆意生长，遮蔽着教堂的废墟。即便是有人开车经过，哪怕是白天也无法从大路上看到公墓里面。布莱德疯狂地向嘲弄他的女孩爬过去——她小心地保持着他们之间的距离——她喝完最后一罐啤酒，把罐子扔在他身上。她大声笑着，擦着嘴。她喝多了，或者是嗑嗨了药，要不就是被自己的肾上腺素刺激得兴奋不已。刚才她胖乎乎的脸上闪烁着泪光的地方，这会儿闪烁着啤酒渍。她用非常厌恶的口吻说："你也对我下过手，混蛋。我不得不乞讨奶酪块、匹萨——如果妈妈睡着了，我又很饿，你就让我求你——这会让你兴奋是吧？——你是不是一点都不记得了？你喝多了就让我帮你解开恶心的裤子拉链。让我帮你'挠痒'——嗯！"

布莱德抗议——他没有干过。他没有干过这样的事情。

尽管他的腿疼得厉害，他又如此害怕死亡，他还是真的震惊了。他从没对斯黛茜·林恩干过这样的事情——从没……

"你干过！你干过！不止一次，很多次！你开始这么干的时候，我还是个小女孩——九岁，还是八岁。妈咪知道——我知道她知道。我恨她——她假装她不知道，但是她*知道*。"

"斯黛茜，这不是真的。我发誓——我在上帝面前发誓——"

“‘上帝做我的证人’——你得这样发誓。”

“‘上帝做我的证人’——我没有伤害过你,我没有伤害过你的妈妈。如果她声称——”

“她没有声称过任何事情!你把她逼成了一个精神有问题的女人。她并不想死,但是你抛弃了她,她就变成了这样,她就做了这些。然后你走了——你离开了我们。”

“琳达不是——精神病。她只是在有压力的时候会很敏感——”

但是布莱德想到这或许是真的。他年轻的妻子精神有问题。盖茨霍克家没有人告诉他这件事,甚至没有暗示他。而布莱德没有意识到。他太年轻,太天真,太傻。因为琳达是个如此美丽的女人,他完全没想到她可能有病。

“说你很抱歉!承认吧,凶手。”

“但是我——我没有伤害她——”

“说你很抱歉,混蛋——否则我就要切开你猪一样的喉咙。”

女孩握着刀扑向布莱德,欢乐戏谑地大叫,假装攻击他。她已经醉了,既玩闹,又极其严肃。她的眼睛里闪烁着愤怒残忍的泪光。锋利的刀尖抵住他的肩膀。他像一只被猫头鹰叼住的兔子一样哭喊。她大笑着说:“大宝贝!混蛋大宝贝!趴下来用肚子爬,你像撒旦一样邪恶。爬——像这样。”

布莱德盲目地听从。斯黛茜·林恩在距离他几英尺远的地方大叫,跺脚,挥舞着刀,像指挥一只困惑的动物一样逼迫他前进。地上有股动物腐烂发霉的味道，石子也让他无法忍受。那些肯定是人骨，骨头的碎片，他得卑躬屈膝地从上面爬过去，像是面对着崇高的上帝。公墓的边缘有一面陡坡——一道沟——斯黛茜·林恩站在布莱德身后，用脚踢他，推搡他——逼他往前——他呜咽着摔了下去——这道沟不超过十二英尺深——全是岩石、尖石、碎砾，还有一条浅溪从灌木丛间流过去，闪闪发光的溪水冰凉。摔下来的时候，布莱德的脑袋砸在一块石头上。他昏倒在沟底，嘴唇冷得发麻，像被砍去了四肢般无法挪动，得意扬扬的女孩蹲在他上方。"你将接受上帝的惩罚——这就是为什么我要把你带到这个地方，你在这儿无处藏身。"

布莱德哀求说他是个糖尿病患者。他是个病人，他必须要尽快注射胰岛素，不然他会昏迷死亡。听到这话女孩残酷嘲讽地大笑起来："你！'糖尿病'！开什么玩笑。像你这样粗鲁的猪不会生病——你只会让其他无辜的人生病。"她停下来。她喘着气，被自己的胜利冲晕了头，低头凝视着他。"我才是病了。自从妈妈死了，我就病得厉害。车祸以后他们就再没让我见过她。他们不让我去葬礼。我被带去治疗，治疗了不止一次，在不同的州。我从这儿搬走了。他们教我妥协。我不再去想妈妈——她死的时候我十一岁。不是一个小孩了——十一岁。十一岁的时候我就已经是跟现在一样的人了。在我的心里，在我的灵魂里，我都没有再改变过。我妈妈'病得厉害'都是因为你——你搬出去的方式，甚至都没有说声再见——她想死，她太不快乐了，整天躺在床上，虚弱得没法起身，没法穿衣服，我朝她尖叫，我恨她——我告诉她——你爱他胜过爱我，那只脏猪，你去跟他住在一起啊。你爱他那你就去跟他住在一起啊。这儿——”

斯黛茜·林恩在口袋里倒腾。牛仔裤口袋。她扔给布莱德一个笔记本。和一支笔。这个本子——起初布莱德还以为是一包香烟——是一个横条纹的螺旋笔记本。布莱德在月光下只能看清楚这些。他在砾石堆里摸索那支笔。他现在知道了——这个女孩疯了——他除了配合她别无选择，否则就死路一条。

“听我的，伙计！来吧，伙计！写——‘我，布莱德·谢弗特科，住在’——你可以稍后再补写这个——还有日期——我在一九八五年六月导致琳达·盖茨霍克死亡。在她的女儿斯黛茜·林恩五岁到十一岁期间，我对这个小女孩实施了性骚扰。我用手指插入了这个可怜的小女孩，我让她碰我丑陋肮脏的家伙，让她握着它，揉搓它——直到白色的玩意儿像脓汁一样喷出来。我让她向我乞讨食物，就像她母亲向我乞讨爱情一样。”

他像是一个默片里的角色——疼痛和绝望让他扭曲——还有旁观者兴高采烈的挑衅——动作怪诞的布莱德尽力写字，女孩则蹲在上方用高昂急切的声音指挥他。他僵硬的手指几乎握不住塑料圆珠笔。他不知道自己在写些什么——尽力写些什么——但他还是坚持着，仿佛他的生命有赖于此。瓦片形状的云高高悬挂在头顶，略略覆盖住了月亮。然后一缕缕月光像被遮蔽的哭喊一样透出来。布莱德在这个小本子上写了多久——多久，他的腿拧在身体底下，他努力写——他自己也不知道；但是他坚持着，折磨他的人突然开口，仿佛这是这个笑话的笑点：“嘿，混蛋——停！到时候你又会翻供——你以为我不知道？这没用。这就是狗屎。你碰到的一切都是狗屎。你相信我是吗——你这个可悲的老家伙。你现在老了，你相信一切能保住你性命的玩意儿。”

“斯黛茜——我不会翻供的——我保证。”

“我叫斯黛茜·林恩，不叫斯黛茜！你有什么权利叫我和我妈妈的名字——你这个垃圾。你的灵魂是垃圾。上帝都会唾弃你，你弄脏了你碰过的每个人。”

“不是的，求求你。我没有伤害过任何人——我不是故意的。我发誓——”

“放屁！跟其他被你背叛、被你害死的女人去说吧。我要走了。我要把你留在这儿。你可以像虫一样爬回星湖，或者你也可以像虫一样死在这儿，没有人会想念你的。我不会再回星湖了，我也不会再回迦太基。我在汽车旅馆给了他们一个假名字。上个星期五是我生日——我二十五岁了。几个月前我碰到健康问题，我去郡诊所做了一个活体检查，结果没事。我为此开了三千英里。为了这个时刻，我开了三千英里，我活了三千年——我接受了九十天的治疗。没有人知道我在哪里。没有人知道你在哪里。你得到了惩罚，布莱德老爹。你就是坨狗屎，知道了吗？你连灵魂都没有。我的灵魂像是生长在石头底下或者裂缝里一样压抑扭曲，但是只要有太阳，我的灵魂就生机勃勃。只要有太阳和养料。但是你不会。像你这样的男人，不会。”斯黛茜·林恩顿了顿。布莱德能听到她刺耳沉重的呼吸。她大笑着，像孩子一样欢乐地拍手。“但是知道吗？——我要让你活着。上帝说要宽容最可怕的敌人。上帝说要宽容，所以我让你活下去，布莱德。”

只剩他一个人了。女孩走了。女孩站起来离开了。布莱德在半昏迷中听到她穿过了灌木丛。他疯狂地喊她救他——不要把他一个人留在这个可怕的地方，救他——但是他当然还是一个人，折磨他的人把他一个人留在了贝尔谢巴公墓的废墟里。他摔下沟的时候碰伤了头和额头——他眼睛上的一道伤口一直在流血。他心想，*我没有瞎。我的眼睛被血糊住了*。他受伤的腿开始失去知觉，好像那是其他人的。剧痛仿佛在远处，而布莱德的身体在这儿放松飘浮起来。他很累，但是石头抬着他。闪光的冰凉溪水与他动脉和血管里流动的血液以某种方式相连。他的心脏猛跳，像一只在砸门的拳头，他浅浅地呼吸，如同被粗暴的主人追赶的老狗。然而她让他活了下来。她可怜他，把生命还给了他，而他应该接受这份生命的礼物。等到他体力恢复，他要爬出沟。等到他回到公墓，他要呼救。他要爬到大路上，他要呼救。最终会有人听到他的呼喊。他不会放弃——他不是一只被碾碎的虫，不会放弃。他腿上的血止住了吗？他想可能是止住了。*如果血止住了，那是一个好迹象*。

没有人知道我的名字

献给艾伦·达特洛

她九岁,是个早熟的孩子。甚至在她看见那只绒毛像呼吸一样轻盈的灰猫之前,她就知道有危险,那只猫有双金褐色的眼睛,蹲在深红色的牡丹花丛外面,镇定自若地注视着她。

这是个夏天。他们说这是宝宝的第一个夏天。在阿迪伦达克山脉圣克劳德湖旁的避暑别墅里,那儿有深色鹅卵石和大散石搭起来的火炉,宽大的二楼露台,踩上去如同飘浮在空中,没有任何支撑。圣克劳德湖畔邻居们的房子都隐没在树丛里,几乎看不见,她喜欢这样。幽灵房子和它们的住户。有时候能听到说话声,或者录音机里的音乐,以及清晨从湖畔传来的狗吠,但猫没有声音——这是它们的特别之处。她第一次见到这只轻盈的灰猫,吃惊得没跟它[①]打招呼,猫看着她,她也看着猫,她觉得猫仿佛认出了她,反正不管怎么说,它动着嘴巴,像是在无声地说话——不是愚蠢卡通片里面的"喵",而是在说人类的词语。但是过了一会儿,猫就消失了,

---

① 原文中,灰猫的代词有时为"it",有时为"he",中文对应译为"它"和"他"。

她独自站在露台上，像是被吸了一口气一样怅然若失，这时候妈咪抱着宝宝走出来，她的肩膀上搭着块漂亮的棒棒糖图案毛巾，防止宝宝流口水，起初她没有听到妈咪对她说什么，她正在努力聆听其他声音。妈咪又重复了一遍："杰西卡——看看谁来了？"

杰西卡。那只轻盈的灰猫说的就是这个词语，这个名字。

他们回到城里的家，他们位于普洛斯帕克特大街上的房子呈现在面前，如同光鲜的广告图案。房子很大，砖石结构，草坪也很大，悉心照料，并且一览无遗，绝不像圣克劳德湖那么隐秘。他们的邻居知道他们的名字，总是跟杰西卡打招呼，即便他们看得出来她没看他们，心里想着*我看不见任何人，他们也看不见我*，但是总会有人打扰，后院也连在一起，只用花坛和树篱隔开，可以一眼望进去。杰西卡喜欢曾经属于祖母的避暑别墅，她死后把避暑别墅留给了他们，尽管她自己也不是很确定这屋子到底是*真实*的，或者仅仅是她想象出来的。有时候她分不清什么是*真实*，什么是梦境，它们是否一致，还是总有区别。分清这些很重要，因为如果搞混了，妈妈可能会注意到，质问她，有一次爸爸还忍不住当众嘲笑了她，她这个害羞的孩子突然变得活泼起来，正兴奋地说可以把房顶掀起来，然后把云朵当成梯子从那儿爬出去。爸爸打断了她说，不，不是这样的，杰西宝贝，这只是一个梦，他嘲笑着她眼神里沮丧的神情，于是她沉默了，像是被他扇了一巴掌，跑出房间去躲了起来。用牙齿咬着大拇指惩罚自己。

过了一会儿，爸爸来找她，蹲在她面前直视着她的眼睛说，很抱歉他嘲笑了她，他希望她不要生爸爸的气，她实在是太可爱，她的眼睛太蓝，她能原谅爸爸吗？她点点头说，好的，她的眼睛里满是受伤和愤怒的泪水，她在心里大叫，*不能！不能！不能！*但是爸爸没有听到，像往常一样吻了她。

这是很久以前了。那会儿她还在上学前班呢。她自己也还是个宝宝，那么傻。怪不得他们要嘲笑她。

有一段时间，她非常担心他们今年夏天可能不会开车去圣克劳德湖了。

单单是圣克劳德湖这个名字就很飘逸。云朵倒映在湖里，在湖面的涟漪里穿行。打开纽约州的地图，圣克劳德湖在阿迪伦达克的上方，爸爸沿着蜿蜒曲折的道路，开过一个个山麓和山丘。她觉得旅途很带劲，再没有如此新奇、如此奇妙的感觉了。

*我们会去湖边吗？*杰西卡不敢问爸爸妈妈，因为这个问题清晰地表达了她自己不承认的恐惧。她还非常害怕避暑别墅根本不是真实的，只是杰西卡的梦境，因为她太渴望它了。

回溯到春天，宝宝出生前。她只有五英镑十一盎司重。回溯到她听见他们屡屡在电话里跟亲友们讨论“剖腹产”。“剖腹产”——她看到飘浮的几何图形，八角形、六边形，就像在爸爸的一本建筑杂志里看到的，而宝宝就在一个图形里面，必须被锯出来。杰西卡知道那是把特殊的锯子，是外科医生的工具。妈咪想要“顺产”，但是必须“剖腹产”，这都是宝宝不好，但没有人说出来。应该有人讨厌宝宝，生气，厌恶，因为这些日子以来，杰西卡很乖，而宝宝则很坏。但是仿佛没有人知道，没人在乎。我们今年会去湖边吗？你们还爱我吗？——杰西卡不敢问，她害怕知道答案。

就是这一年，妈咪的肚子膨胀起来的这一年，杰西卡明白了很多她根本不知道自己怎么会明白的事情。别人越不告诉她，她明白的越多。她是个严肃娇小的孩子，有着珍珠蓝的眼睛和像瓷娃娃一样精致的鹅蛋脸，她不顾大人的指责喜欢咬拇指指甲，直到咬出血，如果她觉得自己被冷落，甚至还会吮吸拇指，但最重要的是她有办法让自己隐形，有时候看到和听到的比别人告诉她的更多。那年冬天妈咪的状态不太好，她的眼睛底下有黑眼圈，她漂亮的栗色头发随便扎在耳朵后面，爬个楼梯，或者只是穿过房间，都会让她气喘吁吁。她的腰部以上依然是妈咪，但是杰西卡不喜欢看她的腰部以下，那是即将出生的宝宝，即将出生的妹妹，那玩意儿在她身体里怪异地膨胀，她的肚子简直要爆炸了。有时候妈咪正在给杰西卡念故事，或者帮她洗澡，突然就一阵疼痛，宝宝踢得太厉害了，连杰西卡都能感觉到，温暖的气色从妈咪的脸上消失，滚烫的泪水盈满她的眼眶。妈咪匆促地亲亲杰西卡就走开了。如果爸爸在家的话，她会用一种特殊的声音呼唤他，表明她还在努力保持平静。爸爸会说，亲爱的，没事，会好的，我肯定你会好的，帮妈咪在舒服的地方坐下来，或者举着腿躺下来；或者扶着她像个老妇人一样慢慢走去卫生间。这就是妈咪为什么笑得那么厉害，上气不接下气，又突然开始哭。该死的荷尔蒙！她大笑。我太老了！我们等了太久！我都快四十岁了！上帝帮帮我，我太想要这个孩子了！爸爸就稍带指责地宽慰她，他已经习惯抚慰情绪化的妈咪。嘘！你在说什么傻话呀？你想要吓着杰西吗，你想要吓着我吗？尽管杰西卡可能已经在自己房间的床上睡着了，她还是会听到，会知晓，到了早上她回忆起来，真实的东西又宛如梦境，梦境的神秘力量给与你他人根本不知道你拥有的知识。

但是宝宝出生了，起名为：____。杰西卡悄声低语，而在她内心，这个名字她从来不念。

宝宝是在医院出生的，按计划剖腹产。杰西卡被接去看望妈咪和宝宝 ____ 她吃惊地看到她俩挨得那么近，妈咪看起来既疲惫又高兴，还有那个曾经鼓胀在妈咪肚子里丑陋的玩意儿，即便爸爸把她抱在膝盖上坐在妈咪的床边，痛苦还是有如电击一样——飞快地穿过杰西卡的身体，不留痕迹。杰西，宝贝——看谁在这儿？你的妹妹 ____ 她很漂亮，不是吗？看看她的小脚趾，她的眼睛，看看她的头发，跟你的颜色一样，她很漂亮吧？杰西卡的眼睛只眨了一两下，她用干燥的嘴唇讲话，在他们想要她回答的时候回答，就像是在学校里被突然叫起来回答问题，她的思绪明明像破镜子一样碎裂，但并没有表现出来，她有这个能力，你必须告诉大人们他们想要听到的，这样他们才会爱你。

宝宝出生了，所有的害怕都是无中生有。他们高兴地把宝宝带回普洛斯帕克特大街的家，那儿已经被鲜花淹没了，他们重新粉刷了一间婴儿房，专门为她装修的。八个星期以后，宝宝被开车带去了圣克劳德湖，因为妈咪已经足够强壮了，宝宝也已经重得让儿科医生刮目相看，她可以聚焦眼神，会微笑，或者看起来像是微笑，听到大人们不知疲倦地呼唤她的名字＿＿！＿＿！＿＿！就目瞪口呆地张着没有牙齿的小嘴。每个人都喜欢宝宝，连她的大便都喜欢。每个人都惊异地看着宝宝，她只需要眨眼，流口水，发出咯咯的声音，红着脸在尿布里咕噜咕噜蠕动肠子，或者在装着电池的婴儿摇篮里像被催眠一样突然睡着——*她是不是很漂亮！她是不是很可爱！*他们不断问杰西卡，*有个妹妹是不是很开心？*杰西卡知道她必须回答，微笑着回答，她迅速害羞地微笑，点点头。每个人都送礼物给宝宝，就像他们曾经送礼物给杰西卡一样。（但是杰西卡偷听到妈咪对一个女性朋友说，给宝宝的礼物要比给杰西卡的多得多。妈咪对她的朋友坦白说，实在是太多了，她有种罪恶感，现在他们更富裕了，不像杰西卡出生那会儿节省度日，几乎有三百件礼物！——她写感谢卡得写整整一年。）

杰西卡以为到了圣克劳德湖事情会不一样。

到了圣克劳德湖宝宝就不那么重要了。

但是她错了：她立刻知道她错了，想到这儿来或许是一个错误。因为这幢又大又旧的避暑别墅从未如此忙碌。从未如此吵闹。

宝宝有时候会犯疝气，整个晚上一直哭一直哭一直哭。一些特别的房间被宝宝占据了，很快就全是她的味道，像是底楼漂亮的阳光房，透过格子窗户可以俯瞰整个湖面。有时候还有二楼的露台，松雀和无精打采的小鸟在那儿绕着树木打转，发出甜美的叫声——也被宝宝占据了。白色柳条的摇篮是祖传的，粉白相间的丝带从柳条间穿出来，蕾丝薄纱有时候垂落下来不让宝宝娇嫩的脸晒到太阳；更换台上堆满了用过的尿布；婴儿毯，婴儿袜，婴儿裤，婴儿睡衣，婴儿奶嘴，婴儿拨浪鼓，风铃，填充玩具——到处都是。因为宝宝的缘故，圣克劳德湖比过去多了更多访客，包括杰西卡从没见过的远房阿姨叔叔和堂表兄妹；他们总是问杰西卡，有了个漂亮的妹妹是不是很开心？杰西卡讨厌这些访客胜过城里的那些，因为他们侵扰了这座特殊的房子，杰西卡以为这幢房子会一直保持过去的样子，在有宝宝之前，或者有任何有关宝宝的念头之前的样子。然而即便是在这儿，宝宝依然是所有欢乐的焦点，所有注意力的中心。仿佛宝宝蓝色的眼睛里放出射线，除了杰西卡其他人都看得到。

(或者他们是在假装吗？——这些大人们满口胡话，但是又不敢问他们。因为这样的话，他们就会知道你知道。他们就不会再爱你。)

杰西卡本来想要把这个秘密告诉那只绒毛像呼吸一样轻盈的

灰猫，但是她从猫平静坦然的注视中看到他已经知道了。他比杰西卡知道得更多，因为他比杰西卡年纪大，早在杰西卡出生以前，他就已经在圣克劳德湖了。她以为他是邻居家的猫，但他其实是只野猫，不属于任何人——*我就是我，没有人知道我的名字*。但他吃得很好，因为他是位猎手。他金褐色的眼睛能在黑暗中看到人类看不到的东西。他轻盈的灰毛里明显夹杂着几缕白毛，很漂亮，他有干净的白色颈毛、白色爪子和尾巴尖。他的毛发很长，有一部分波斯血统，毛比杰西卡见过的任何一只猫都要更厚更密。你能看得出他的肩膀和大腿肌肉结实，他的行为当然不可预测——这一秒他还正要走向杰西卡摊开的手，从她的手里取一片早餐培根，像她恳求的那样让她抚摸他，“猫咪—猫咪—猫咪！哦猫咪——”下一秒他就消失在了牡丹丛后面的灌木丛里，仿佛他从来没有出现过。微弱的一击，消失无踪。

她用牙齿咬拇指直到咬出血来惩罚自己。因为她是个傻孩子，又丑又蠢没人要的孩子，就连轻盈的灰猫都看不起她。

有一个星期爸爸要在城里从周一待到周四，他打电话来跟妈咪说话并哄宝宝时，杰西卡跑开躲了起来。之后妈咪责备了她：“你跑到哪儿去了？——爸爸想跟你说话。”杰西卡失望地瞪圆了眼睛说：“妈咪，我一直都在这儿。”然后大哭起来。

轻盈的灰猫跳起来抓蜻蜓，在半空中吞了它。

轻盈的灰猫跳起来抓松雀，用牙齿撕扯它的羽毛，在一小片空地边狼吞虎咽地吃了它。

轻盈的灰猫从松树枝上跳下来，落在露台的栏杆上，竖起尾巴沿着栏杆朝宝宝睡觉的摇篮走去。妈咪在哪儿？

我就是我，没有人知道我的名字。

杰西卡在房间里散发着凉爽松树味的黑暗中醒来，起初她没认出来这是在哪儿，有什么东西扫过她的脸，她的嘴唇和鼻子发痒，她的心脏害怕得猛跳——但是怕什么，怕威胁要吸走她的气息让她透不过气来的东西，她不知道它是什么，也不知道它是谁。

它蹲在她的胸口。很重，毛茸茸暖烘烘。它平静的眼睛发着金光。亲亲？亲亲—亲亲？亲亲—亲亲？宝宝？——但是她不是宝宝。绝对不是！

七月，深红色的牡丹谢了，也没那么多客人了。宝宝发了整日整夜的烧，宝宝不知怎么的（怎么？晚上？）用她自己小小的指甲抓伤了左眼下方，妈咪非常沮丧，努力遏止自己想要开车九十公里送宝宝去普拉西德湖看儿科医生的念头。爸爸亲了亲妈咪和宝宝，责备妈咪太焦虑了，看在上帝的分上亲爱的，控制你自己的情绪，这没什么，你知道这没什么大不了的，我们已经经历过一次了，不是吗？——妈咪努力用平静的声音说，是的，但是每个孩子都不一样，我也不一样了，比起杰西来我更爱 ____，上帝啊，我竟然这么想。爸爸叹气说，我觉得我也是，可能是因为我们现在更成熟了，我们知道生活充满了不确定性，我们知道我们不会照着过去的样子生活，十年前我们还很年轻，声音穿过层层厚墙——夜晚湖面上的避暑别墅里，声音听得比在城市里更清晰——杰西卡吮着大拇指，聆听；那些她没有听到的，她就幻想。

这就是黑夜的力量，轻盈的灰猫逼近他的猎物，你能梦见真实——它是真实的，因为你梦见了它。

自从妈咪去年冬天身体开始感觉不适，宝宝把她的肚子撑大以来，杰西卡就明白有危险。这就是为什么妈咪走路小心翼翼，这就是为什么妈咪不再喝酒，包括她最爱在晚餐时喝的白葡萄酒，这就是为什么来家里的客人，即便是大家最喜欢的老烟枪艾尔比叔叔也不能在房子里抽烟。再也不能了！就算是夏天也有寒流的危险——宝宝很容易呼吸道感染，哪怕她现在体重已经翻倍了都不止。如果哪个亲友热情地想要抱抱宝宝也很危险，他们不知道如何稳住宝宝的头和脖子，那儿很容易受伤。（过了十二个星期，杰西卡还没有抱宝宝。她很害羞，她很害怕。*不用了，谢谢你，妈咪。*她轻声说。甚至没有挨在妈咪身边，那样她们三个人就能在雨天舒服地拥坐在火炉前面，也不要妈咪教杰西卡手怎么放——*不用了，谢谢你，妈咪。*）只要妈咪吃了一点点对宝宝不好的食物，比如生菜，宝宝在吮吸妈咪的奶水后就焦躁不安，整晚哭个不停。*然而没人对宝宝发火。*

所有人却都对杰西卡发火，有一天吃晚饭的时候，宝宝睡在妈咪身边的摇篮里，喘气，乱踢，哭叫，杰西卡突然把食物吐在盘子里，双手捂住耳朵从餐厅跑了出去，妈咪和爸爸还有所有来度周末的客人都看着她。

爸爸叫道："杰西——回来——"

妈咪呛疼了，叫道："杰西卡！——你这样太没礼貌了——"

这天晚上轻盈的灰猫爬上了她的窗台，眼睛在阴影里闪闪发光。她一动不动地躺在床上害怕地想，不要吸走我的气息！不要！过了很久，她听到轻轻的嘶哑的喉音，昏昏欲睡，抚慰人心，是轻盈的灰猫在发出咕噜咕噜声。她知道自己安全了，她知道她可以睡过去。于是她睡着了。

早晨她被妈咪的尖叫声惊醒。她越叫越响，声音高得像是在攀爬一面墙。醒来后，杰西卡发现原来是紧挨着窗户外面的松树林里聚居着的松鸦的叫声，如果有什么东西惊扰了它们，它们就尖叫着拍打着翅膀快速俯冲保护自己和孩子。

轻盈的灰猫快步走过房子后面，尾巴僵直地竖着，头昂得高高的，一只蓝色羽毛的鸟在他强壮的下颚间挣扎。

这么长时间以来有一件事情杰西卡从来没有想过。一想到她的胃就翻腾难受，嘴里涌上来浓烈滚烫的胆汁，*所以她从来没有想过。*

她也看见妈咪的宽松衬衫和上衣里的乳房。乳房里盛满温暖的乳汁，涨得像只气球。这叫*喂奶*，但是杰西卡不这么想。这是妈咪绝不能离开宝宝超过一个小时的理由——事实上，妈咪太爱宝宝了，她绝不能离开她超过几分钟。当宝宝开始焦躁和哭泣，妈咪就带着高兴自豪的表情温柔地抱着宝宝去婴儿房，在身后关上门。杰西卡跑出屋子，用拳头揉紧闭的眼睛，她跑得跌跌撞撞，觉得羞辱万分。*我从没这么干过。我从来不是宝宝。*

然而杰西卡又知道了另外一件事。她坚信是轻盈的灰猫耍了花招，透露给她这个秘密智慧。有一天她突然在观察中发现，即便在妈咪敏锐的注视下，她依然能够睁大眼睛"看着"宝宝，却其实并没有"看到"宝宝——不管宝宝是在她的摇篮里、手推车里、婴儿床里，或者在妈咪爸爸的怀抱里，*那儿什么都没有。*

就好像她能够平静地听到宝宝的名字 ____ 如果有人要求，她也能够说出这个名字，但是在她内心深处她却不承认。

她知道宝宝很快就会走。奶奶是爸爸的妈妈，她曾经是圣克劳德湖避暑别墅的主人，杰西卡很爱这个老妇人，当她生病住院的时候，杰西卡紧张害羞地待在她身边，有一回从奶奶干瘪的身体上闻到了甜橙的味道。有时候她眯起眼睛注视着奶奶，奶奶渐渐模糊成一个影子，过了一会儿就不见了。她那会儿还是个小女孩，四岁。她在妈咪的耳边低语："奶奶去哪里了？"妈咪叫她安静点，安静点，妈咪听到这个问题好像很难过，于是杰西卡知道不能再问了，也不能问爸爸。她不知道自己是否害怕奶奶留下的空白，还是应该不安地假装病床上还有东西，任何与她有关的东西。

现在轻盈的灰猫每晚都跳到她开着窗的窗台上。他用白色的爪子用力推开窗走进来，黄褐色的眼睛像硬币一样闪烁，喉咙里的喵喵声像人类的质疑，嘲弄——*谁？你是谁？*他从喉咙里发出低沉的咕噜咕噜声，无声地跳到杰西卡的床脚边，快步向前，杰西卡吃惊地看着他，摸摸他的嘴——他的嘴热烘烘的，沾着刚刚在树林里扑杀后吞咽掉的猎物的血迹——蹭到了她的脸上！*我就是我，没有人知道我的名字。*轻盈的灰猫跳在她身上，重重地压住她的胸口。她试图甩开他，但是不行。她试图尖叫，却无助地大笑——僵硬的胡子弄得她直发痒。"妈咪！爸爸——"她试图呼吸尖叫，但是做不到，巨大的猫把嘴压在她的嘴上，吮吸她的气息。

我就是我，没有人知道我的名字，没有人能阻止我。

这是山区一个天空晴朗的凉爽早晨。七点二十分，圣克劳德湖清澈安静，没有游船，没有游泳的人，他们从厨房门口呼唤她的时候，她光脚穿着T恤和短裤站在码头旁边，一开始她没有听到，然后她慢慢地转过身来回到屋子里，他们看到她脸上奇怪痛苦的表情，问她是不是身体不舒服？——是不是哪里不对劲？那双珍珠蓝色的透明眼睛看起来不像是一个孩子的眼睛。她眼睛底下的皮肤有轻微的淤青。胳膊里怀抱着宝宝的妈咪艰难地俯下身来，把杰西卡额前没有梳理过的头发撩开，她的额头光洁冰凉。爸爸一边煮咖啡一边皱着眉头笑着问她是不是又做噩梦了？——她小时候做噩梦时，就会跟妈咪爸爸一起睡，在大床上睡在他们中间感觉很安全。但是她小心翼翼地告诉他们没有，她没有不舒服，她很好。她就是醒得太早了。爸爸问她半夜宝宝的哭声有没有吵到她，她说没有，她没有听到任何哭声，爸爸又说如果她做了噩梦，要告诉他们，她用严肃谨慎的口吻说："就算我做了梦，我也不记得了。"她笑了笑，既不对着爸爸，也不对着妈妈，脸上闪过一丝蔑视。"我已经长大了。"

妈咪说："长得再大也会做噩梦啊，宝贝。"妈咪悲伤地笑笑，靠过来亲了亲杰西卡的脸蛋，但是宝宝已经又在闹腾了，杰西卡挣脱出来。她不会被妈妈或者爸爸的哄骗打动。再也不会了。

当事情发生时，就这样发生了。

妈咪在二楼露台晒着太阳与女朋友打手机，周围弥漫着松针的香气和松雀甜美轻快的叫声，宝宝刚刚喂过奶，睡在祖传的摇篮里，系在上面的缎带飘来飘去，杰西卡这天下午焦躁不安，她靠在栏杆上用爸爸的双筒望远镜眺望镜子般的湖面——远处湖畔用肉眼看到的小光斑现在变成了小小的人影——其实是房子边缘河湾里的野鸭——她看到有什么东西在牡丹花丛旁的杂草和灌木间挪动。妈咪嘀咕着："哦，他妈的！——信号断了！"她告诉杰西卡她要去楼下用另外一个电话继续通话，她只去几分钟，所以杰西卡能不能帮忙看一下宝宝？杰西卡耸耸肩说那当然，妈咪赤脚穿了件宽松的夏衫，领口都湿了，这刺痛了杰西卡的眼睛，她瞥了一眼宝宝的摇篮，见宝宝睡得很沉，便匆匆下楼去了，杰西卡扭头继续看望远镜，望远镜很重，她的手腕举得有点疼，不得不放在栏杆上。她正做梦般地数着湖上的船，在她视线范围内有五艘，她有点生气，现在已经过了七月四日，爸爸保证过他会把船修好，带她出去，过去所有的夏天，每到这个时候爸爸都已经带她航行了，尽管他说他并不是开船好手，他需要完美的天气，今天一整天天气都很完美——暖和，芬芳，有一点微风，却不是很大——但是爸爸今天在城里上班，明天晚上之前不会回来——杰西卡沉思着，郁闷地咬着手指，心想现在有宝宝了，妈咪可能不管怎么说都不会跟他们上船了，一切都变了。再也回不到过去。杰西卡看见一只鸟轻快地掠过松树枝桠，一块模糊的灰影像水汽一样从她的视线里跳过，是一只鸟吗？还是一只猫头鹰？她努力在被离奇放大了的松树枝桠间搜寻，每根树枝，每根松针，每只昆虫都被放大了，仿佛近在眼前，接着她听到一声奇怪紧张的动静，咕噜声，喘气声，树枝有节奏的喀嚓声，她吃惊地转过身去，在她身后不到三码的地方，那只轻盈的灰猫在摇篮里，弓着背站在宝宝的胸口，把它的嘴压在宝宝的嘴上……

摇篮在猫的重量和他脚爪粗暴的蹂躏下摇晃。杰西卡轻声说："不要！——哦，不要——"望远镜从她的指尖滑落。这仿佛是一个梦，她的手脚都瘫痪了。这只巨大的猫眼神尖利，轻盈的灰毛像乳草丝绸一样闪亮，末端点缀着白毛的尾巴直立着，当他用力吮吸宝宝的嘴巴时，完全没有留意到她，他揉捏践踏着努力求生的小猎物，你绝对想不到三个月大的婴儿竟能如此挣扎，挥舞着细小的胳膊和腿，脸憋得通红，但是轻盈的猫更强壮，强壮很多，不达目标绝不罢休——他要吸走宝宝的气息，让她透不过气来，用嘴闷死她。

杰西卡很长一段时间无法挪动身体——这是她之后坦白的时候说的。等她跑到摇篮边，挥手把猫驱走时，宝宝已经停止挣扎，她的脸依然涨得通红，但很快地就失去了血色，像一只蜡娃娃，她圆圆的蓝眼睛愤怒地盈着泪水，失去了焦点，空空地望过杰西卡的头顶。

杰西卡尖叫起来："妈咪！"

她抓住妹妹小小的肩膀，想要把她晃醒，这是杰西卡第一次真正触碰宝宝，她那么爱她，但是宝宝已经死了——太迟了。她哭喊，尖叫："妈咪！妈咪！妈咪！"

妈咪发现杰西卡的时候是这样的——她靠在摇篮边，像摇晃一只破娃娃一样摇晃着死去的婴儿。爸爸的双筒望远镜躺在露台地板上她的脚边，两个镜头都碎了。

化石像

一

心脏在巨大的肚子里，怦怦怦盲目地跳动。那儿本来应该只有一个心跳，现在却有两个：比较大的那个是恶魔哥哥，他饿坏了，另一个是小小的弟弟，液状的黑暗中，他们之间有一个心跳，一个战栗颤抖的节奏，一会儿强，一会儿弱，一会儿又强，恶魔哥哥个子大，抢走输送到子宫的营养，温度，血液，高强度矿物质，用力乱踢乱晃，看不见他们妈妈的脸，她的存在只能靠推断，她疼得蜷缩起来，她想要笑，但是面色死白，尽力微笑着抓住栏杆，啊！我的宝贝，肯定是个男孩。妈妈如此无知，不知道肚子里不是一个孩子，而是两个。我的骨肉，我的血脉，不是一个而是两个。两个还不一样，恶魔哥哥长得更大，他只有一个愿望，把小弟弟的生命力全部都吸收吸收吸收光，他伏在小弟弟身上，像是在拥抱他，肚子贴着他弯曲的脊柱，额头靠着他后脑勺的软骨，把黑暗水润的子宫里所有的营养都吸到了自己这儿。恶魔哥哥不会说话，但胃口十足，这儿为什么还有另外一个东西——这个东西！为什么有了我还要有他！我我我，只有我。恶魔哥哥还不能用嘴吃东西，没有尖利的牙齿来撕扯、咀嚼、吞咽，没法把小弟弟吞进肚子，因此小弟弟在膨胀的肚子里活了下来，怦怦怦的心跳盲目一无所知地在那儿注入生命力，直到生产之前，恶魔哥哥拼命把脑袋探出子宫，他是跳水员，他是潜水者，迫切地渴望氧气，推搡、呼喊、挣扎着证明自己，在一阵惊讶的震颤中获得了第一口呼吸，开始大声哭泣，饥饿地蹬着小腿，挥舞着小胳膊，脸蛋愤怒得发紫，怒视的眼睛半闭着，几缕漆黑粗壮的头发覆盖在婴儿发红的头皮上，是个男孩！九英磅！一个漂亮——完美的——男孩！包裹在妈妈油腻的血里，像一团幽火般闪亮，脐带被灵巧地剪断以后，他爆发出尖利的叫声，狂乱地蹬腿。而让人震惊的是——怎么可能？——妈妈的身体里还有一个婴儿，但这个婴儿不完美，发育不全，浸在油腻的血里，妈妈哼哼了十四分钟，最后一阵无力的宫缩以后出来一个面孔皱巴巴的婴儿，像个上了年纪的小男人，还有一个！还有一个男孩，但是他那么小，营养不良，五英磅九盎司，大部分重量集中在头部，球根状的脑袋布满蓝色血管，皮肤发紫，右侧太阳穴的头骨被钳得凹陷下去，眼睑粘着脓血，小拳头无力地挥舞，小腿无力地乱蹬，小小的肺无力地在小小的肋骨里呼吸，哦，这个可怜的小家伙活不了吧？小小的凹陷的胸口，小小的脊椎拧在一起，发出哽咽的咩咩哭声，如此微弱，像是隔着一段距离。恶魔哥哥轻蔑地大笑。他在妈妈的胸口吮吸吮吸吮吸香浓的乳汁，轻蔑而愤怒地大笑，已经有我了，为什么还有另外一个，为什么，为什么有“兄弟”，为什么有“双胞胎”。只有我一个。

但不是一个：是两个。

恶魔哥哥事事领先，狂热地度过了童年。小弟弟事事落后，缓慢地度过了童年。恶魔哥哥喜欢引人瞩目，他散发着纯粹婴儿的热情，能量四射，身体的每个分子都生机勃勃地颤动，充满欲望，我，我，我。小弟弟常常生病，肺部积液，心脏瓣膜震颤，弯曲脊椎的软骨，罗圈腿的软骨，贫血症，胃口差，产钳导致头骨轻微变形，他的哭喊急促，羊羔叫似的，几乎听不见，我？我？恶魔哥哥事事领先，他第一个在双胞胎的婴儿床里学会俯卧，第一个会翻身。第一个会爬。第一个用颤抖的小腿站起来。第一个得意扬扬地睁大眼睛四处蹒跚行走。第一个开口说话：妈妈。第一个会喝东西，吞咽，从他碰到的一切东西里吸收营养，好奇贪婪地睁着眼睛，他的第一个词语妈妈不是申诉或者请求，而是命令：妈妈！小弟弟缓慢地落在恶魔哥哥后面，动作迟疑，胳膊和腿不协调，脑袋质疑地歪斜，在脆弱的肩膀上颤抖，水汪汪的眼睛眨个不停，他的五官特征不明显，不像恶魔哥哥，所有五官都骄傲地宣称我是个男孩！而小弟弟的五官则咕哝着可怜的小家伙！但是他长大了。或者可怜的小家伙！但是他笑起来多么悲伤甜蜜。小弟弟早年常常生病，不时得去住院（贫血症、哮喘、肺部充血、心脏瓣膜震颤、关节扭伤），这种时候恶魔哥哥看起来一点也不想念小弟弟，他享受着父母全部的关爱，长得更高更强壮，很快他们简直不像是双胞胎了——即便是“异卵双胞胎”——旁观者会露出一个迷惘的微笑，双胞胎？这怎么可能！到四岁的时候，恶魔哥哥已经比脊椎弯曲、胸部凹陷、眼睛水汪汪眨个不停无法清晰聚焦的小弟弟高出好几英寸，别人看不出他们是双胞胎，觉得他们只是兄弟而已：一个比另一个年长两三岁，而且健康得多。我们当然平等地爱他们。睡觉的时候，恶魔哥哥沉入睡眠，像一块坠入海底的石头，躺在柔软黑暗的淤泥里。睡觉的时候，小弟弟睁着眼睛，纤细的四肢痉挛，他害怕睡眠，如同害怕坠入虚空，即便是个小孩，我也知道虚空是大脑里一道深不可测的巨大裂缝，我们不断下坠，没有名字，没有面目，不知道会落到哪里，直到最后，我们失去父母的爱。甚至包括母爱。以及所有的记忆。他从痛苦的浅睡中醒来，像是有泛着泡沫的水泼在他的脸上，他挣扎着呼吸，哽咽，咳嗽，因为恶魔哥哥吸走了房间里几乎所有的空气，恶魔哥哥怎么能忍住，他的肺太强壮，呼吸太深，新陈代谢太快，每天晚上他们的父母把这两个孩子安置在双胞胎床上，亲吻每个人，说他们爱每个人，而恶魔哥哥很自然地吸走了所有的空气，小弟弟则从窒息的噩梦中醒来，虚弱的肺无法呼吸，他惊慌啜泣着哀求帮助，想办法爬下床爬出房间，中途倒在他们房间和父母房间当中的走廊里，第二天早晨被父母发现。

如此卑微，而这样的生命却要挣扎着拯救自己？——恶魔哥哥日后轻蔑地回想起来。

我们当然爱埃德加和爱德华。他们都是我们的儿子。

恶魔哥哥知道这是谎话。他很生气地想,父母撒谎时,他们常常这么做,那些听到的人或许会相信。而小弟弟,体弱的弟弟,胸口凹陷,脊椎弯曲,哮喘,泪眼汪汪,笑容甜美的弟弟也愿意相信。他俩独处的时候,恶魔哥哥总有办法欺负他,没有任何(明显)理由地推他,挤他,把他摔在地板上,小弟弟抽着气挣扎的时候,用膝盖骑跨在他身上,紧紧钳住他易断的肋骨,一次次地把小怪物的脑袋撞在地板上,用坚实的汗涔涔的手掌盖住小怪物的嘴巴,不让他哭喊妈妈,妈妈,妈妈,他的声音微弱,像一只垂死的羔羊咩咩叫,在楼下屋子其他地方的妈妈根本听不到,无知便是福,她听不到小弟弟的头被一次次撞在男孩房间里铺着地板的地上,直到最后小弟弟筋疲力尽,停止挣扎,停止索求呼吸,他痛苦的小脸发青,恶魔哥哥才发了善心,喘着气得意扬扬地松开他。

本可以杀了你的,怪物。你敢告发,我就杀了你。

为什么有两个,而不是一个?恶魔哥哥像在子宫里一样感觉不公平和不合情理。

学校!很多年过去了。这是恶魔哥哥,别人叫他艾迪,他事事领先。这是小弟弟,别人叫他爱德华,他落在后面。这对兄弟在小学里很快就不被当成是双胞胎,而只是兄弟,或者是用一个姓的亲戚。

埃德加·瓦德曼。爱德华·瓦德曼。他们从来不在一起。

艾迪是学校里最受欢迎的男生之一。女生们喜欢他，男生们模仿和称赞他。他是个大男孩。一个强壮的男孩。天生的领导者，运动员。他挥挥手，连老师都听他使唤。他学习成绩从未低于B。他笑起来有酒窝，狡黠的真诚。他总是直视你的眼睛。十岁的时候，艾迪已经学会跟成年人握手，并自我介绍说，*你好啊！我是艾迪。*他总能招来赞赏的笑容，*多么聪明早熟的孩子！*然后会对恶魔哥哥的父母说，*你们一定很为自己的孩子骄傲*，仿佛他们实际上只有一个儿子而不是两个。六年级时，艾迪竞选班长，以大优势获选。

我是你弟弟，记住我！

你跟我没有关系，走开！

但是我在你的身体里，我能去哪里？

小弟弟从小学开始就落后于他的双胞胎哥哥。问题不在于他的学习——因为爱德华是个聪明、灵巧、好学的男孩——如果他能完成作业的话，他的成绩常常是A——但他的身体太糟了。他五年级常常缺课，不得不重读了一年。他的肺很弱，动不动就呼吸道感染。他的心脏很弱，八年级他在医院住了好几个星期，接受修复心脏瓣膜的手术。十年级他发生了一次“诡异的意外”——在他们家里，只有哥哥艾迪目击了过程——他从一段楼梯上摔了下来，摔断了右腿、膝盖、右胳膊和几根肋骨，伤了脊椎，因此不得不拄着拐杖不好意思地跛脚走路，痛得龇牙咧嘴。他的老师很关照他，“小”瓦德曼弟弟。老师们觉得他怪可怜的。到了高中以后，他的成绩变得飘忽不定，有时候是A，但更多时候是C和D，或者干脆没有完成。小弟弟在教室里仿佛无法集中注意力，他疼得心烦意乱，或者就在止痛片的晕眩中睁着眼睛，对周围环境毫无意识。他彻底清醒的时候喜欢趴在笔记本上，他的笔记本特别大，是没有画线的螺旋簿，像速写本，他不断在本子上写写画画；他皱着眉头，咬着下嘴唇，专心致志，完全无视老师和教室里的其他人，他滑入了虚空，时间的褶皱，笔的旋转，这就是自由！笔必须是笔尖顺滑的黑色毛毡笔。笔记本必须有黑白大理石图案封面。老师常常得叫很多次"爱德华"才能引起男孩的全部注意力，然后他的眼睛里有什么东西如同火柴般被飞快点亮，害羞被憎恶和愤怒取代。你就不能让我自己待着吗，我跟你们不一样。

等到兄弟俩十八岁那年，艾迪是毕业班的学生，班长，校足球队队长，学校年度手册里他被称为是"最可能获得成功的"，而爱德华成绩很差，落后了一年。他开始坐妈妈买的轮椅上学，忍受着椎间盘突出的剧痛，他坐在轮椅里被安置在教室前方右边的角落里，靠近老师的讲台，一个畸形的破碎的身影，一张痛苦的小男孩脸，打蜡般的皮肤和松弛的嘴唇，被止痛片弄得昏头昏脑，要不就是专心致志地对着螺旋簿，假装记笔记，其实是在画古怪的图形——几何图案，人形——都似乎从他黑色毛毡笔的笔尖喷涌而出。

爱德华读三年级的春天，被支气管炎折磨，没有完成学业，再也没有回到学校：他的正式教育结束了。那一年，艾迪·瓦德曼被一大堆提供体育奖学金的大学招募，他聪明地挑选了这些学校里最有学术声望的那所，因为他的目标是念法律学校。

彼此如影子般相像可以被认为是与它的客体相像。爱德华是那个影子。

那会儿兄弟俩已经不再共用一个房间了。兄弟俩不再共享——甚至！——恶魔哥哥总想要伤害双胞胎弟弟的多年、残酷、幼稚的习惯；恶魔哥哥想要吸走所有的空气，想要把他的小弟弟整个儿吞下去。为什么这儿还有一个——这个东西！有了我，为什么还要有他！

但奇怪的是：小弟弟却很怀念他俩之间的纽带。因为没人像他的哥哥一样在他的灵魂上留下如此深的印记，没有如此激烈又亲密的纽带。我在你里面。我是你的弟弟，你必须爱我。

但是艾迪大笑着走开了。他跟病弱的弟弟握了握手，他对他只怀着一丝厌恶，一丝愧疚，他跟父母说再见，跟他们拥抱吻别，离开了，他带着对未来憧憬的微笑离开，再也不想回到自己的家乡，回到少年时代住过的屋子，除非作为暂时的访客，出于便利而回来，但是回来不到几个小时，他就变得不安和无聊，急于回到他在别处的"真正的"生活。

二

兄弟俩二十多岁的时候很少见面。也从不打电话。

艾迪·瓦德曼从法律学校毕业。爱德华·瓦德曼继续待在家里。

艾迪成绩优异，受聘于纽约一家著名的律师事务所。爱德华则被一系列的"健康危机"折磨。

父亲与母亲离婚，看起来既突然又神秘，因为父亲在别处也有"真正的"生活。

艾迪从政，跟随一位著名的保守党政客。爱德华脊椎疼痛，终日坐在轮椅里。他在脑袋里计算数字，想象数字、符号和有机体组合在一起的等式，创造音乐，飞快地在巨大的绘图纸上填满奇怪但是细致具体的几何和人形图案，模仿超现实主义画家德·基里科和视觉艺术家 M.C. 埃舍尔。*我们的生命是莫比乌斯环，既可悲又神奇。我们的命运是无限的，并且无限循环。*

美国大城市的富裕乡间，居民区的街道上坐落着一幢宽敞昂贵的房子，这便是瓦德曼的家，这幢占地两英亩的殖民时期墙板建筑已经年久失修，开始衰败。前面的草坪没有修剪过，杂乱不堪，屋顶腐烂的木瓦上长出青苔，报纸和传单堆满门前走道。曾经活泼的母亲现在变成了怨妇，猜疑邻居。母亲开始抱怨糟糕的身体和神秘的"诅咒"。母亲明白父亲要跟他离婚是想离开这个眼泪汪汪的后背畸形的儿子，他永远长不大，永远不会结婚，此生都将狂热地执迷于古怪而不值钱的"艺术"。

母亲常常给另外一个儿子打电话，她以那个儿子为傲，她喜欢他。但是艾迪仿佛总是在旅行，很少回应他母亲的消息。

不出十年母亲就死了。在这幢荒废的房子里（偶尔还会有一两个关切的亲戚来访），爱德华像隐士一样住在楼下的两三间屋子里，他把一间屋子改造成了临时工作室。悲怨的母亲留给他一大笔钱，足够他继续独自生活，并且全心投入工作；他雇了一个帮佣不时来打扫，或者企图打扫房子，为他买东西，准备食物。自由！痛苦和奇迹！爱德华把他奇怪的梦境记录在巨大的帆布上，一堆排列着的象形文字，起名叫化石像。这是爱德华的信仰，伴随着脊椎的阵发性剧痛向他袭来，他相信痛苦和奇迹是可以相互转换的，没有人能够主导。对这个痛苦的男孩来说，时间以如此狂热的方式流逝，但他不觉得这是折磨，而是庇佑。时间是不断循环回自我的莫比乌斯环，一星期又一星期，一月又一月，一年又一年过去了，艺术家在自己的作品中不会变老。（或许肉体会变老。但是爱德华把所有的镜子都对着墙壁，对于自己现在"长什么样"一点也不好奇。）

父亲也死了。或者是失踪了，这都一样。

亲戚不再来访，可能也都死了。

进入无限，是一种遗忘。但我们正是从这种无限中蹦出来的：为什么？

仿佛一夜之间就进入了计算机时代。没有人想要做隐士了。不论他们多么孤独，或者被世界抛弃。

E.W. 通过网络与伙伴们联络——灵魂伴侣——他们散落在电子空间里，任何时候总有一些人在——但是爱德华·瓦德曼的需求很小，他对艺术的野心如此谦逊，他只需要一些——被他贴在网上的化石像吸引的人，他们出价购买。（他们有时彼此竞价，给出出人意料的高价。）画廊有兴趣展出 E.W.——艺术家这样称呼自己——的画，小出版社想要出版画作。就这样，在二十世纪灰暗的岁月里，

E.W. 成为地下文化的象征，传言说他很贫困，也有可能很富有；他是住在一间破败老宅里的瘸子隐士，身体衰弱，或者正相反，他是一位有名望的公众人物，私底下是个艺术家。

独处却从不孤独。双胞胎怎么会孤独？

只要他的双胞胎自我继续存活着，就不会孤独。

兄弟俩现在再也不联系了，有时候爱德华切换电视频道，像是一个穿越寒冷银河系的人，他偶尔会在电视上看到失去联系的哥哥：正在发表激情洋溢的演讲（“生命的圣洁”——“反堕胎”——“家庭价值”——“爱国的美国人”），取悦群众，接受采访，对着镜头微笑，露出被上帝眷顾的强烈自信。恶魔哥哥从隔壁州的选区被选入美国国会，小弟弟根本不知道他住在那儿；恶魔哥哥的身边站着一个美丽的女人，他握着她的手，这是他的妻子，埃德加·瓦德曼的太太，小弟弟不知道他已经结婚了。恶魔哥哥被富有而有影响力的前辈提携。在一个政党里，前辈指望年轻人拓展自己的政治血脉，这是他们的“传统”。这个政党里，“传统”等同于经济利益。没有除却经济利益之外的价值、道义、目标。这就是这个时代胜利的政治。这是一个自我的时代。*我，我，我！我在那儿，那儿只有我。*镜头扫过痴迷的观众，热烈拍手的观众。因为人们盲目期望在*我*里面找到*我们*。正如在最原始、最愤怒、最无人性的神性里，人类能找到*我们*。在最遥远的银河系，近乎空白的无限中，先辈们渴望着*我们*。

因此爱德华这个被遗忘的弟弟，坐在轮椅里，看着电视上的恶魔哥哥，丝毫没有怨恨，甚至没有对于另一种生物所感觉到的疏远，只有古老而偏执的渴望，我是你的弟弟，我在你的身体里。我还能去其他什么地方？

不可逃避的事实是：兄弟俩同一天生日。即便他们死了，这个事实也无法更改。

一月二十六日。死寂的冬天。每年这个时候兄弟俩都生动地想起另一半，每个人都会想象另一个或许就在身边，或者在身后，脸颊上的呼吸，幻觉中的拥抱。他还活着，我能感觉到他，爱德华期待地战栗。他还活着，我能感觉到他，埃德加厌恶地战栗。

三

一月二十六日是兄弟俩四十岁的生日。几天后，E.W. 新的化石像展在纽约西街和坚尼街哈得孙河附近仓库区域的一间沿街画廊里举办，而美国国会议员埃德加·瓦德曼那天下午刚刚在市中心发表了一篇政治演讲，这会儿独自一个人，一辆有美国联邦标志的豪华轿车在人行道旁边等他。他满意地看到整个展厅几乎是空的。又厌恶地看到又脏又破的地毯黏在他昂贵皮鞋的鞋底上。英俊的国会议员戴着墨镜，他谁都不看，害怕在这个脏乱的地方被认出来。他特别害怕看到瘸子弟弟——“E.W.”——他已经差不多二十年没见他了，但他知道他会立刻认出来，即使如今这对双胞胎——“兄弟般”的双胞胎——已经一点都不像了。埃德加预感会看到坐在轮椅里残弱矮小的身影,叫人恼火的泪汪汪的眼睛和热切的微笑,不由得想要用拳头揍他,那种原谅的姿态,可是没有人需要原谅。我是你的弟弟,我在你身体里。爱我！但是展厅里空无一人。

只有 E.W. 的作品,被画廊吹捧为"学院画作"。这些化石像一点不美,就连画布看起来也又脏又破,挂画(并不平整)的墙斑斑驳驳,仿佛铁皮天花板渗漏下来铁锈。画面披裹着梦境 / 噩梦的形状,既像几何图案,又像人形,像半透明的肠子一样彼此纠结,深深地触怒了国会会员,他感到这些晦涩的画作充满"欺骗"——"扭曲"——"毁灭性",而晦涩的东西一定"无人性"——甚至"背信弃义"。最叫人受不了的是,化石像仿佛在嘲弄观众,不管观众从什么角度看,都像是谜语,而他没有时间猜狗屁谜语,他娶的那位有助事业的富家女正在圣瑞吉斯酒店等他,国会议员瓦德曼先生当天的行程里没有标记在西街和坚尼街的停留。他擦了擦眼睛,以便看清楚那幅描绘夜空的画作,遥远的银河系和星座,几乎算得上是美的,大太阳像燃烧的蛋黄一样吞没小太阳,彗星的形状像是——是男性的精子吗？——燃烧的男性精子？——与发亮的浅蓝色星球碰撞在一起:有一个意想不到的玩意儿从凹凸不平的画布上支出来,非常丑陋,国会议员吃惊地倒退了两步:这是个什么巢状生长物吗？肿瘤？混合了黏土捏成的肉体和蜷曲的深色毛发——这是婴儿的牙齿吗？摆成一个微笑？——还有几块婴儿的骨头？

这是一块化石。取自于人类身体。非常丑陋,从幸存的双胞胎体腔内发现的。另一个从未呼吸过的生命的化石灵魂。

国会议员震惊了，他厌恶地战栗，转身离去。

他怀着控诉和抗拒的疑惑往外走。有些画还挺美的——是吗？——还是它们全都丑陋、猥琐，如果你知道如何解读？——他不由得感觉自己有危险，有什么事情要发生，最直接的统计数据表明在上一次的竞选中，他以比之前微弱的优势再次入选了国会，这样的胜利暗藏失败的预感。他穿过迷宫般的房间重新回到了展厅的入口，玻璃台面的柜台旁有一个一脸无聊的女孩，她皮肤死白，脸上戴着闪闪发光的穿刺饰品，像是画廊的工作人员，他用因愤慨而发抖的声音问她，这些可笑的“化石像”难道是“艺术品”吗，她礼貌地告诉他，是啊，当然，画廊展出的每样东西都是艺术品，他又问这次展览有没有公共基金的赞助，当得知没有的时候，他仿佛得到些许宽慰。他问这个“所谓的艺术家”E.W. 是谁，女孩含糊地说没有人与 E.W. 有私人交往，只有画廊老板见过他，他独自住在城外，从不进城，甚至连展览都不来看，好像一点也不在乎他的画有没有卖出去，或者卖了多少钱。

“他得了什么‘消瘦’疾病，像是肌肉萎缩或是帕金森，但是据上次消息，我们知道 E.W. 还活着。他还活着。”

我不会走开的。你会来找我。

每年：一月二十六日。每年都有一个不眠之夜，爱德华不断地切换电视频道，吃惊地看到一个突如其来的近镜头——这是埃德加吗？恶魔哥哥埃德加？早些时候已经播过的电视新闻在凌晨又重播了，镜头突然放大男人的头部，下颚宽厚的脸庞，被墨镜遮住了的上了年纪的脸，直泛油光的皮肤，一只举起的胳膊把窘迫的国会议员同一堆追随的记者、摄影师和新闻摄制人员隔开，国会议员爱德华·瓦德曼和便衣警察一起快步走进楼里。他遭到多项起诉，行贿、违反联邦竞选法、在联邦大陪审团前做伪证。富家女已经签署了离婚协议，咧嘴露出一个快速的微笑。爱德华在兄弟俩童年时居住过的房子里盯着电视机屏幕，现在他住在底楼的几间屋子里，屏幕上的失去联络的哥哥已经不见了，他分不清脑袋里感受的重击是深深的震惊，是内心的剧痛，还是他自己的兴奋和渴望。他现在会回来找我。他现在不会再拒绝我了。

尾声

没错。恶魔哥哥会回到家里，回到正在等待他的双胞胎弟弟身边。

现在他知道自己不是一个人，而是两个。他在广阔的世界里赌输了自己的生命，于是回归到了另一个。这个男人在隐居中放下了骄傲、耻辱、离婚、破产，以及黯淡的蓝眼睛里那一丝疯狂。他宽厚的下巴覆盖着银黑色的胡茬，他的右手一阵颤抖，他举起这只右手在联邦法庭上宣誓说埃德加·瓦德曼所说的一切都是事实，全部都是事实，是的，我发誓，他的一切都在那阵心跳中结束了，他尝到嘴里的胆汁。

他依然疑惑。无法相信。脸上被摧毁的神情像是被溪流和风腐坏的黏土。还有眼中那一抹疯狂：*我?*

他现在隐居在童年时的房子里，多年来他都躲开这里。被遗忘了的残疾小弟弟自从母亲过世后就一直独居于此，那已经是很多年以前了。当他年轻时，他觉得时间无非就是一股洪流，将他卷入自己的未来，现在他明白，时间是涨潮，难以平息、不屈不挠、势不可挡的涨潮，现在在脚踝，现在在膝盖，漫到大腿，腹股沟，躯干，下巴，还在上升，彻底神秘的黑暗水流不是将我们送往未来，而是把我们卷入湮灭的无限。

他回到出生时的郊区小镇，回到他多年来逃避的房子，失落万分地发现邻居们都已经更换了，很多大房子变成了公寓楼和商业区，道路两旁的梧桐树大多被狠狠地修剪过，或者干脆连根拔了。那儿是瓦德曼的老宅，曾经炫目洁白，是他们母亲的骄傲，如今被风雨侵蚀成灰色，百叶窗松垂，屋顶腐烂，杂草丛生的草坪被垃圾淹没，像是已经很久没有人居住了。埃德加没法打电话联系到爱德华，没有以爱德华·瓦德曼的名字登记的电话号码，这会儿他的心脏在胸口猛跳，他感到一阵害怕，*太迟了，他已经死了*。他犹豫地敲了敲前门，等待里面的回应，又敲了一次，更响了些，弄痛了指关节，终于从里面传出一阵轻微的声响，有人问是谁啊，他说*是我*。

门缓慢地打开，像是费了很大的劲儿。埃德加看到二十多年未见的弟弟爱德华正如想象中那样坐在轮椅里，但并不像他想象得那么糟糕：一个干瘪的看不出具体年纪的人，一张狭长、苍白、皱巴巴却没有纹路的脸，一张男孩的脸，他的头发像埃德加一样夹杂着银丝，一边瘦骨嶙峋的肩膀比另一边高。他用两只手的边缘去擦拭湿漉漉的蓝眼睛，声音沙哑，像是有一段时间没说过话了，他说，艾迪。进来吧。

……无法确知这一切是什么时候发生的，因为尸体冰冻了起来，没有腐坏，他们被发现的时候一起躺在一张当成床的皮沙发上，挨着布满灰尘的壁炉，在这幢殖民时期旧墙板房子的底楼，这儿塞满家具以及像是堆了几十年的垃圾，但也有可能是用来创作艺术品的材料，或者它们本身就是被称为 E.W. 的古怪艺术家的作品，年迈的瓦德曼兄弟俩穿着厚重的衣服，一定是在火炉前睡过去了，这个房间不用火炉没法取暖，而火苗半夜熄灭，兄弟俩在一月份绵延的春寒里死于睡梦中；哥哥被确认是埃德加·瓦德曼，八十七岁，从背后抱着他的弟弟爱德华·瓦德曼，同样八十七岁，他用自己的身体保护着弟弟残疾的身体，额头温柔地抵着他的后脑勺，两个人缠绕在一起，像是一块石化了的扭曲有机物。

毒　伞

他开始听到一个无法辨认的声音说起毒伞素。

咕咕哝哝，正好能听得清——毒伞素。

那天早晨听得更清晰了，六月一个冷雨的星期六早晨，在他伯父的葬礼上。成年以后，他只在婚礼或者葬礼的场合进过这座简朴古老的公理会教堂。他坐在他非常讨厌的哥哥亚拉斯托身边，在狭窄的硬木长凳上向前倾着身子，手指架着脸，避免用眼角的余光看到哥哥的侧面。他对这个是他哥哥的男人几乎有一种生理上的厌恶。他尽力专心听白发牧师严肃的讲话，却紧张地被毒伞素分散了注意力。仿佛在熟悉的基督教克制的言辞下，出现了另一个声音，一个相反的声音，诡异，有如魔咒，挣扎着想要冒出来。在管风琴的演奏中。他的伯父是位业余的音乐家、慈善家，他要求在自己的葬礼上演奏巴赫的D小调托卡塔与赋格。莱尔虽然号称自己喜欢音乐，但却常常分心；他的头脑在漂移，他的思绪像碎屑，或者泡沫；这会儿他听见低语，只有他的耳朵能听得见，毒伞素，毒伞素。他意识到他是在前一天晚上的梦里第一次听到这个词语。有点像是狂梦。都是他哥哥出人意料的突然归来造成的。

他不恨他的哥哥亚拉斯托,不在这个神圣的地方恨他。

毒伞素,毒伞素……

巴赫的管风琴太美好了!纯净闪光的音符像瀑布一样凶猛地倾泻下来,填满了这座斯巴达式简朴而白得炫目的教堂。这样的音乐探讨的是人类灵魂最根本的尊严。超越生理的痛苦、折磨和损伤。一切都是低微、卑贱的。莱尔的伯父常常说只要注意观察,注意聆听,便会发现世界很美好,他在漫长的一生中仿佛始终坚信这一点,显然从未丢失过年轻时的理想主义;但是莱尔不禁想这样的理想主义怎么可能呢,莱尔希望信任他人,却不希望被当成傻瓜,在经历了惨烈的世界战争、不可言说的犹太大屠杀的罪行之后,这样的理想主义怎么可能呢?然而尽管历史上发生过那么多事情,他的伯父加德纳·金却一直是一个精力充沛、性格温和并且慷慨大方的男人;他到七十多岁还保持着孩子般的纯真,这是比他小几十岁的侄子莱尔从来没有的。莱尔很爱他的伯父,他是他父亲的大哥;他自己十一岁就失去了父亲,所以伯父渐渐被喉癌夺去生命,他很伤心,不愿意去想他多少也会在伯父的遗嘱里被提及。价值几千万美元的金氏家产会转入金氏基金,直接由他的妻子,已经成为寡妇的阿莉达·金主管;剩下的会分给众多亲戚。莱尔不愿参与任何对遗产的瓜分,不管多少。这个小小的念头纠缠着他,他焦虑,几乎到了害怕的程度。我不想以任何形式从伯父加德纳的离世中获益，我无法承受。

他的哥哥亚拉斯托肯定会为此油腔滑调地嘲笑他，就像他们小时候那样，他会嘲笑莱尔过分谨慎的良知，你这种态度有什么好的？我们的伯父已经去世了，他也不会再回来了不是吗？

亚拉斯托在消失了六年之后，不幸在他们伯父去世的当晚回到了康特拉克尔的家。他号称这只是巧合。这些年间他没有跟任何一个亲戚联系，包括他的双胞胎弟弟莱尔。

咕咕哝哝，挑逗着莱尔的耳朵——毒伞素。

亲昵得像是情人爱抚的低语，如此神秘——毒伞素。

莱尔对这些字的意思感到迷惑。为什么是在这样的时候，他的思绪被悲伤侵扰，它们就趁虚而入。

他坐在硬木长凳上，被左边的亚拉斯托挤得很难受，又不想挨着右边的伯母，莱尔感觉自己瘦骨嶙峋的身体紧张得发抖。他的脖子也因为一直往前伸而开始痛。他恼怒地意识到他那件难看的黑色亚光防水布外套，肩膀那儿太紧，其他地方又都太松，他烟灰色的头发垂过领子，像是很痛苦地皱着的脸，还有他张开手指捂住脸的奇怪方式，让他在金氏家族默哀的人群中显得非常扎眼。他注视着光洁的乌木棺材，它被醒目地放置在圣体栏杆前方的中央走廊上，看起来如此令人生畏；如此巨大；他伯父加德纳的肉身最后缩得只剩一点点，棺材大得远远超过了需要。但死亡当然比生命更大。死亡包裹着生命：虚空始于我们短暂的生命之前，又紧随其后。

他一阵发抖。眼泪像硫酸一样刺痛他的脸。他怎么会变得那么脆弱,那么情绪化。

旁边有人推了推他——他的哥哥亚拉斯托递给他一块新熨烫好的白色棉布手帕,莱尔胡乱接了过去。

即便如此,他还是没有看他的哥哥。不想再次看到他哥哥假装虔诚悲伤的脸。他湿润的眼睛也是在模仿莱尔。

这会儿管风琴演奏结束了。葬礼仪式也结束了——那么快!莱尔突然感到一阵孩子气的沮丧,他的伯父很快就要离开教堂的庇护,离开人群的环绕,最终进入无情的泥土。白发牧师开始带领众人进行熟悉的祈祷,“我们在天上的父……”莱尔擦去了睫毛上的泪水,在祈祷中紧紧地闭上眼睛。自成年来他并不是一个热心的教友,他对不容质疑的虔诚和迷信没有耐心,但是在这样的仪式中他能感到一种与所有人分享的安慰。他的婶母阿格尼斯在他身边胆怯急切地祈祷,仿佛上帝就在这座教堂里,只要说正确的话、用正确的语气他就能被感化。他的哥哥亚拉斯托在另一边故意拖长祈祷的声音,不算太招摇,但也足够被好几排的人听到。亚拉斯托的声音是低沉厚重的男中音,你会以为他是个经过训练的歌手或者演员。莱尔耳朵里的咆哮像瀑布一样——毒伞素!毒伞素!他突然想起来毒伞素是什么了:毒伞蘑菇。他在一本科学杂志上读到过一篇图文并茂的文章,有关可食用和不可食用的蘑菇,毒伞蘑菇,更准确地说是毒伞蕈,深深地印在他的记忆里。

他嘴巴干渴,心脏在肋骨里怦怦直跳。他随众人轻声说“阿门”。他仿佛失去了所有的意志力。他平静地想,我终究会杀了哥哥亚拉斯托。在这么多年以后。

这当然永远也不会发生。亚拉斯托是个令人讨厌的家伙，死不足惜，但是他的双胞胎兄弟莱尔绝对做不出任何暴力举动，连想都不能想。不是我！不是我！绝不！

在康特拉克尔第一公理会教堂背后的墓地里，悲伤的葬礼仪式还在接着进行。明亮泛白的天空下，死者的侄子莱尔·金茫然地站在湿润的草坪上，被抓住他胳膊肘的强壮手指唤醒。“我能搭你的车去阿莉达伯母家吗？”亚拉斯托问。他低沉的语气里充满了不耐烦，仿佛不得不重复一遍问题。而莱尔的双胞胎兄弟从十八个月开始，就不愿意重复问题。他凑近莱尔，像是想要读莱尔的心；他有双狭长的冷酷的蓝眼睛。他的呼吸里有股甜甜的化学气味，大概是漱口水，为了掩饰他的酒味。莱尔知道他的内侧袋里揣着酒壶。他英俊红润的脸上有不易察觉的破裂的毛细血管，仿佛裸露的神经。“当然，亚拉斯托。跟我走。”他的思绪快速地往前飞——会经过陡峭的墓地山坡，还有高街大桥——是车祸的好地方吗？莱尔的车可能会突然转向失去控制，在潮湿的人行道上打滑，不屑于系安全带的阿拉斯托可能会摔在挡风玻璃上，可能会受伤，可能会死，而他，莱尔，绑得好好的，或许能逃脱，只受点轻伤。没有人会指责他。这可行吗？上帝在注视着他吗？

不可行。因为莱尔还得载其他亲戚。他不能拿他们的生命冒险。而且也没有如此机警的上帝。

尽管对大部分容易受骗的世人来说是个秘密，其实却不言而喻的简单事实是：引人注目、聪明、无比“迷人”的亚拉斯托·金，完全是世界上最可憎、恶毒和没有价值的人。他的弟弟莱尔已经嫌恶地凝视着他，如同古代的殉道者凝视着向自己冲来的痛苦和毁灭的车头。*如此邪恶的人何以存活？*莱尔心想，恨他恨到作呕。(这是很多年前的事情，这对兄弟才二十岁。亚拉斯托偷偷勾引他们十七岁的表妹苏珊，不到一两个星期就对她失去了兴趣，导致这个女孩企图自杀，崩溃之后再也没有痊愈。)而疯狂的是，亚拉斯托却一直活着，一直活着。正常情况下没什么能阻止他活下去。

除了莱尔，他的双胞胎兄弟。地球上几十亿人中只有他能理解亚拉斯托的心。

因此当莱尔听到伯父加德纳快要离世，拼命往医院赶，却噩梦成真般地发现他的哥哥阿拉斯托已经在那儿时，他是多么震惊，多么恶心！他打扮得像平常一样醒目，在重病监护室外面的访客等待处，脸上带着关切、担忧、挂念的表情，紧握着阿莉达伯母脆弱的手，对她和其他人说着温柔安慰的话，大部分是女亲戚。仿佛亚拉斯托没有从康特拉克尔神秘缺席六年，就连他们母亲的葬礼都没有回来；仿佛他没有在卷入了一笔可疑的商业投资并欠了很多亲戚的钱以后消失，包括加德纳伯父的(数目不明——莱尔毫不怀疑有好几千美元)还有莱尔自己的(三千五百美元)。

莱尔站在走廊里，简直不能相信自己的眼睛。他已经太久没有见过自己的双胞胎兄弟了,不由得觉得亚拉斯加已经不存于世,无法再伤害他了。

亚拉斯托叫起来:“莱尔,兄弟,你好啊!见到你真是太好了!——可惜是在这样一个悲伤的场合。”

亚拉斯托迅速朝莱尔走来,抓住他的小臂,用力摇晃着他的手,像是要把他的胳膊摇下来。他咧开一个大大的微笑,还是那副坏男孩的老派头,大胆地直视着莱尔,料定他会扭过头去。莱尔磕磕巴巴地问好,觉得自己的脸都要烧起来了。现在加德纳伯父死了,他就像一只捕食的鸟一样回来。亚拉斯托戳戳莱尔的肋骨,用孩子气的声音说,他正巧回康特拉克尔,却听到有关他们伯父的坏消息——“莱尔,我觉得你应该早点通知你的亲兄弟。妈妈去世的时候也是这样,那么突然,过了好几个月我都还不知道。”

莱尔抗议:“可是你在旅行——你说你在欧洲——你跟所有人都失去了联系。你——”

但亚拉斯托只是在演给阿莉达伯母和其他亲戚看,他打断了莱尔,大叫起来,吸引了所有人的注意力。“你还是老样子,莱尔!我看到你真是太高兴了。”亚拉斯托把莱尔的手抓得那么紧,简直就要拧断他的手指了还不够,现在他必须要拥抱他;一个粗重的熊抱差点挤碎莱尔的肋骨,不断暗示着旁观者,看我多么自然,自发而友好,而我的弟弟多么僵硬和呆板,尽管我们是双胞胎,却向来如此。莱尔过去一直忍受这样的表演,现在却忍无可忍,他推开亚拉斯托,愤怒地说:“你!你在这儿干什么!你这样回来不觉得羞耻吗？”亚拉斯托毫不犹豫地大笑起来，像一个演员朝另一个演员似的使使眼色，如同对着一群愚蠢好骗的观众演戏般说道：“但是为什么呢，兄弟？你什么时候开始为我俩感到羞耻了？”说着他故意捏紧莱尔的胳膊，想让他退缩，过去当他们还是小孩的时候，他常这么干，谅莱尔不敢在父母面前抗议。*谅我不敢还手。*然后亚拉斯托把沉沉的胳膊搭到莱尔肩上，带着他重新走回女人堆里，好像莱尔才是那个不情不愿的客人，而亚拉斯托则已经自封为主人。莱尔厌恶地明白过来，亚拉斯托已经获得了伯母阿莉达的信任，并且给每个人留下了非凡的印象，成功地扮演了一个被误解的浪子的形象，心地善良，为伯父新近的离世感到悲伤，而且急切地——非常急切地——想要安慰他富裕的伯母。

莱尔多么想把阿莉达伯母拉到旁边，因为她是个聪明的女人，他要警告她*小心点！我的哥哥是冲着加德纳伯父的财产来的！*但是显然他不敢，莱尔·金天性委婉。

亚拉斯托·金就这样回到了康特拉克尔。

让莱尔恶心的是，不出几天，他就重新获得了大部分亲戚，以及一部分老朋友和熟人的信任；莱尔毫不怀疑甚至还有一些前女性朋友。他获得了阿莉达·金的信任，这一点为他人信任他奠定了基础。亲戚邀请他同住，他优雅地拒绝了，自己住在黑河旅馆；莱尔知道他的哥哥需要隐私，不想被其他人窥视，但他们都以为这种姿态是出于不想打扰和影响家人的好意。亚拉斯托变得多么周全、多么善良、多么成熟。莱尔周围的人都这么说。他反复听到令人发疯的话："莱尔，你哥哥回来了，你肯定很高兴吧。你一定非常想念他。"

莱尔就虚弱地、礼貌地笑笑，说："是啊，想疯了。"

除了亚拉斯托对阿莉达伯母构成威胁之外，最糟糕的是，莱尔多年来已经把哥哥驱出了脑海，现在却不得不再次面对他；无时无刻不想着他；想起亚拉斯托对他的种种伤害、侮辱和迫害；还有亚拉斯托犯下的无数残酷甚至称得上是犯罪却看似无害的行为。而他当然总是被当成亚拉斯托的同伴：总是那种虚假、快乐的叫喊："莱尔，兄弟！"——总是热烈到快要把肋骨压碎的拥抱，假冒兄弟情谊。有一次，当莱尔开车去旅馆接亚拉斯托时，他耷拉着脸用胳膊肘把亚拉斯托推开。"去你的，亚拉斯托，住手。我们不是在舞台上，没有人在看。"亚拉斯托大笑，轻蔑地环视四周："你是什么意思，兄弟？总是有人在看啊。"

没错。举个例子来说，即便是站在黑河旅馆门厅脏兮兮的地板上，也总有人在看亚拉斯托·金。女人尤其被他活力四射、男孩气十足的英俊外貌和举止吸引。

仿佛她们看到的不是这个男人自身，而是他的欲望的炽热性感的映射：他撒谎成性的愿望。

而她们看到莱尔的时候，看到的只是——莱尔。

让莱尔觉得特别恶心的是，他哥哥的伪善是如此显然易见。却又如此叫人心悦诚服。而他，感情并不那么外露的弟弟，相比之下就显得犹豫、害羞、无精打采。缺乏男子汉气概。亚拉斯托多么炫目：他的头发本该是和莱尔一样的浅烟棕色，实际却是赤褐色，在前额翻卷成波浪，而莱尔薄薄的头发则软而直。亚拉斯托敏锐的蓝眼睛警觉、戒备、含情脉脉，而莱尔呆滞的蓝眼睛却有点近视，模糊地藏在总是留着手指印的镜片后面。除了皮肤散发着红润宜人的光泽，大吃大喝，亚拉斯托还散发着一种生机勃勃的阳刚气；如果你不仔细看，他的脸显得很年轻，充满活力，而莱尔的脸已经开始显露时间的痕迹，出现了轻微的忧愁的凹陷和皱纹，特别是在眼角。亚拉斯托至少比莱尔重二十磅，身躯厚实，仿佛他是在长肌肉，而莱尔瘦高，有不自觉的下垂倾向，相比之下显得苍白而不协调。（事实上，莱尔是个游泳健将，还是个狂热的网球选手。）从年轻时起，亚拉斯托就穿着时髦：在医院里，他穿着一件像是羊皮做的蜜色外套、一件剪裁优雅的夹克和一件黑色丝绸衬衫，没有系领带；伯父去世后，他换上了做作的丧服，一套浅灰色的时髦衣服，一件肩垫夸张的亚麻大衣，裤子上有鲜明的皱褶，浅蓝色的衬衫透出悲伤的白色，还有漂亮的闪光面料制成的暗蓝色领带。他穿了一双带跟的昂贵黑皮鞋，让他看起来又高了几英寸——莱尔一直以来都跟亚拉斯托一样高，不得不看着他让莱尔感觉非常苦恼。莱尔毫不虚荣，或者换句话说不够自信，他穿着一套过时的黑色亚光防水布衣服，多年来每次出席重要场合他都穿着这套；他刮胡子的时候常常并不真的看镜子，心不在焉；有时候他来不及梳头就急匆匆出门。他是个脾气和善、头脑迷糊的老男孩，一副永远的单身汉的长相。熟识的人待他即便有些不知所措,但还算热情,其他人则无视他。以最优异的成绩从威廉姆斯学院毕业后——与此同时亚拉斯托则令人生疑地从阿默斯特大学退学——莱尔回到康特拉克尔过起了安静舒适的生活:他住在一间改建得很好的车库里,就在他父母过去的地盘上,做音乐私教,同时为新格兰一家不为人知的小出版社做装帧设计,这家出版社专门出版不在市面流通的限量版图书。他认真谈过几次恋爱,全都无疾而终,但他仍然对婚姻怀着模糊的希望;朋友们总是为他介绍一些合适的年轻女人,就像是执迷于桌游一样不愿放弃。(事实上莱尔偷偷钟情于表妹苏珊,就是被亚拉斯托勾引的那位;在伤心期过去以后,苏珊就结婚搬去了波士顿,莱尔自己仿佛无心再玩这个游戏。)亚拉斯托被当成是“环游世界者”——“探险者”——让莱尔觉得很好笑,因为他很肯定他的哥哥是被关在美国监狱里;他二十八九岁时,与一位富有的老女人在欧洲旅行,她正巧死了,留给他一大笔钱。

要想直接问亚拉斯托问题是不可能的,莱尔早就放弃了。事实上他已经放弃了任何与亚拉斯托沟通的努力。因为亚拉斯托只会骗他,疯狂地微笑,眨眼,有时候捅捅他的肋骨,像是在说*我知道你看不起我,兄弟。又怎么样? 你对此无能为力。*

在葬礼午宴上,莱尔闷闷不乐地发现亚拉斯托坐在阿莉达伯母旁边,而这个可怜的女人显然已经被她丈夫的亡故击垮了,她正如过去注视她的丈夫加德纳般注视着亚拉斯托:充满无限的信任。阿莉达伯母也是那群不时对莱尔投以特殊关注的女人之一,希望能够帮他找到新娘候选人,而现在她仿佛已经彻底忘记了莱尔。除了亚拉斯托,她简直对任何人都没有兴趣。尽管周围吵吵嚷嚷的——莱尔还是痛心地听到亚拉斯托被称赞个不停——但他能够辨别出他们的只言片语;首先是亚拉斯托低沉虚伪的声音:"加德纳伯父最后的日子过得平静吗?——他回首过去觉得快乐吗?——这是最重要的。"看到莱尔愤怒的目光,亚拉斯托隐隐挖苦地举起酒杯,微笑着,只是眨眨眼睛,没有一个亲戚能够猜到他向他的双胞胎兄弟传递的信息,就像小时候他常在父母面前做的那样。*看到了吗?我多聪明?其他人多好骗,竟然信以为真?*

莱尔愤怒地涨红了脸,差点碰翻了高脚酒杯。

之后有人问亚拉斯托他的旅行,他都回答得很含糊。他所有的故事都只围绕他自己,亚拉斯托·金总是英雄。他在地中海的希腊轮船失事时救起了一个溺水的年轻女孩;他在开罗为乞丐们建立了医疗信托基金;在阿姆斯特丹帮助一个漂泊的海洛因上瘾黑人青年……莱尔的厌恶感不断增强,而亲戚们则问了亚拉斯托更多问题,相信他说的一切,也不管有多么荒谬;已经忘了或者想要忘记他曾经从康特拉克尔消失那么久,还欠了他们钱。亚拉斯托如今仿佛致力于将"欧洲的精英文化"输入美国;他隐晦地暗示他的生意会蓬勃发展,并且会对投资者们非常慷慨,只不过先期需要更多的资金投入。他有一个"家境显赫"的著名意大利艺术家合伙人……亚拉斯托停下来喝了一口酒,莱尔觉得他的形象变得更加生动，仿佛是电影里的演员，被放大了很多倍。他精心染成的赤褐色头发做成大波浪卷，衬托着他狡猾的狐狸面孔，看起来像个生动的玩偶。莱尔本想质疑他那位著名的艺术家是谁，他们合作项目的名字是什么，但他知道亚拉斯托会给出闪烁其词却令人信服的答案。除了莱尔，餐桌上的每个人都饶有兴趣、充满赞赏地看着亚拉斯托，老女人们还表现得非常热切；你可以想象这些上了年纪的女人，刚刚被一个同龄人的死亡打击，她们看着亚拉斯托，他就仿佛是一位童话中的王子，再次把她们的青春，丧失的纯真许诺给她们。她们只需要慷慨地相信他，"投资"他最新的商业计划。"人生是攀登圣山的无休无止的朝圣，"亚拉斯托正在说，"只要还在这个过程中，视角就永远是模糊的。只有到达顶点再回头望，才会感到平静。"

餐桌上一片寂静，仿佛亚拉斯托说了什么神圣的话。阿莉达伯母开始安静地啜泣。但是她的啜泣中有一种奇怪的欢欣。从来不在白天喝酒的莱尔发现自己已经在倒第二杯白葡萄酒了。毒伞素。毒伞……他回想起很多年前当他们还是孩子的时候，有一次亚拉斯托把他折磨得心烦意乱，他突然失去了控制，尖叫着用拳头乱打他的哥哥，把吓了一跳的亚拉斯托打得连连后退。他们的母亲很快就插手了。但是当时的情景历历在目。*我曾经并不是一个懦夫*。

莱尔沉默地把亚拉斯托带回黑河旅馆。亚拉斯托自己也很安静，仿佛刚刚的表演已经让他筋疲力尽。他大声说出沉思的事："阿莉达伯母已经那么老了，我很吃惊。他们都那么老了。莱尔，我不知道你为什么不愿意与我联系；不管是在罗马、巴黎还是阿姆斯特丹，只要你愿意，都能够通过美国运通公司联系到我……现在谁会掌管金氏基金？阿莉达伯母需要帮助。还有那幢庞大的英国都铎王朝时期的房子。以及所有的财产：三十英亩地。加德纳伯父甚至拒绝考虑出售给开发商，但是再坚持下去是没有意义的。整个康特拉克尔地区北部都在开发中；如果阿莉达伯母不出售，她不出几年就会被大片住宅包围。这很显然是未来的趋势。”亚拉斯托顿了顿，满足地叹了口气。很显然未来是朝他吹过来的一阵温暖和煦的微风。他狡黠地瞥了一眼莱尔，莱尔缩在他那辆毫无特色的汽车的方向盘后面。“还有那辆豪华的劳斯莱斯。兄弟，你肯定也对它有意思吧？”亚拉斯托大笑起来，仿佛没有什么比把莱尔和一辆劳斯莱斯联系在一起更好笑。他轻抚着泛红的脸，刚刚无数杯葡萄酒让他上了头。

莱尔安静地说：“我觉得你最好还是不要管家里的事，亚拉斯托。你一生中已经伤害过足够多无辜的人了。”

“但是——你如何衡量‘足够多’？”亚拉斯托用假装正经的口气说，“是用你的标准，还是我的？”

“只有一个标准——基本体统。”

“好吧，如果你要扯上‘基本’体统，”亚拉斯托轻快地说，“那跟你交谈真是没希望了。”

到了黑河旅馆，亚拉斯托邀请莱尔进去坐坐，继续讨论“家庭事务”的细节问题。莱尔气得发抖，冷冰冰地拒绝了。他说他有工作要做；他正在设计一本书，是爱德华·艾伦·坡的短篇小说《威廉姆·威尔逊》新的限量版，手绣页面，凸版印刷。亚拉斯托耸耸肩膀，根本不当回事；他从未对弟弟设计的那些美丽的书表示出丝毫兴趣，对弟弟的生活亦是如此。“你最好找个女人，”他说，“我能给你介绍一个。”

莱尔吃惊地说：“但是你才刚刚回到康特拉克尔。”

亚拉斯托笑起来，把手沉沉地搭在莱尔的胳膊上，看似友爱地捏捏他。“天哪，莱尔！你不是认真的吧？女人到处都是。随时都有。”

莱尔轻蔑地说：“你是指某种女人吧。”

亚拉斯托同样轻蔑地说：“不。只有一种女人。”

莱尔把车开到了黑河旅馆的车道上，他的哥哥把他气得心脏怦怦直跳。他知道亚拉斯托口不择言，只想触怒他；想与他认真交谈是没有意义的，跟他没有道理可讲。他对无论大小事情都不讲良知。*你的表妹苏珊呢？你还想得起她吗，你为你对她的所作所为而懊悔吗？*——莱尔不敢问。他只会得到一个粗暴轻浮的回答，这会让他更加生气。

黑河旅馆是一座“历史悠久”的漂亮旅馆，最近刚刚翻新过，价格合理，现在更像是个度假村，风景优美，有一个奢华的游泳池，还有网球场。亚拉斯托和这样的地方相得益彰；尽管他债务缠身，却已经习惯于一流的酒店。莱尔坐在车里看着他的哥哥大步流星地往前走去,都没回头看一眼。他显然已经忘记了他的司机。

亚拉斯托靠近旅馆大门时有两个美女正好走出来。她们看到他时露出的神情——活泼、愉快——如同使用密码般迅速交换了一个微笑——触到莱尔的痛处。*你们不知道那个男人是魔鬼吗?你们怎么能那么轻易就被外表欺骗?*莱尔打开车门,从车里跳出去,屏气凝神地站在那儿,看着这两个年轻女人继续朝他的方向走来;她们笑成一团,一个人回头看了亚拉斯托一眼(他也一边推动旋转门一边回头看她),但是她们看到莱尔的时候脸上的微笑不见了。他想要结结巴巴地说什么?警告,还是道歉?为自己奇怪的行为道歉?但是她们大步走了过去,目光掠过莱尔;看到他,评估一番,然后掠过。她们并没有发现吸引她们视线的亚拉斯托和莱尔是双胞胎;她们好像根本没有看到莱尔似的。

他想起很多年前,记不清是在什么样的场合,他偶尔看到哥哥与一个酒吧女服务生调情,一个将近四十岁、化着浓妆的女人,尽管不年轻了,但依然光彩照人,亚拉斯托勾引她,问她名字,挑逗她,无耻地奉承她,让她高兴得脸红;然后当女服务生问他名字的时候,他做出一副被侵犯了的表情吃惊地说:“什么?我觉得这不关你什么事情,小姐。”那个女人脸上受伤迷惑的神情!莱尔看到她还继续张口微笑了一会儿;试图相信这只不过是亚拉斯托的一个狡猾玩笑。亚拉斯托轻蔑地说:“你好像没有把你的工作当回事。我得跟你的经理谈谈。”亚拉斯托愤怒地站了起来,女服务生立刻道歉：“哦，不要，先生，求你了——我很抱歉——我误会了——”这个把戏亚拉斯托已经玩过太多次了，他像个久经沙场的演员一样走开了，都没有回头看一眼。只剩下莱尔（之后莱尔才意识到他是故意把他留在那儿的）为他的哥哥付账单，还要向那位呆若木鸡的女招待道歉，她还瞪着亚拉斯托。“我的哥哥只是在开玩笑，他的幽默感有点让人受不了。别难过啊！”但是女人几乎没有听到莱尔的话，她的眼睛里都是泪水；除了瞥了他一眼，她什么都没有做。她站在那里，双手护住胸口，好像刚刚被刺伤了一样，她注视着亚拉斯托，等着他回来。

等亚拉斯托终于有时间来找莱尔吃午饭的时候，莱尔要招待他放了毒伞的奶油汤。

一次毫无经验的烹饪，整个早晨莱尔几乎都在准备这顿复杂的午饭。软趴趴、黏糊糊、凉飕飕的灰泥状蘑菇与洋葱剁在一起，适度搅拌一下。在双层蒸锅里和鸡汤一起慢炖，用盐、胡椒和碎肉蔻调味；在亚拉斯托快要现身的时候，掺入厚厚的奶油，两个稍稍打发的蛋黄，把炉子的火关了。汤闻起来太香了！尽管额头一根血管危险地跳个不停，但是莱尔还是口水直流。半个小时以后亚拉斯托坐着出租车到了，他昂首阔步地走进莱尔家里，连门都没有敲，吃惊地大吸一口气，陶醉在食物的香味里，搓着双手准备开动。“莱尔，太棒了！我不知道你还是个这么棒的厨子，我饿坏了。”

莱尔紧张地说：“但你要不要先喝一杯啊，亚拉斯托？然后休息一会儿？”

亚拉斯托当然要先喝一杯。或者两杯。他已经发现莱尔的冰箱里冰着两瓶上好的意大利霞多丽葡萄酒，是莱尔专门为今天准备的。“我就自己动手了？你看起来很忙。”

莱尔在镇上二手书店一本破旧的《趣味农场烹饪》里找到了蘑菇汤的烹饪配方。他还在同一家店里找到了写给业余爱好者的蘑菇指南，什么是可食用的，什么是不可食用的，配着几页插图。鸡腿菇、鸡油菇、牛排菇——这些都是著名的可食用蘑菇。而在不可食用的蘑菇中，看起来最危险的毒蘑菇就是毒伞。毒伞。白色的孢子类蘑菇，正如这个名字一样，菌托与菌帽分离。非常毒。无比美丽，像是人梦境深处的画面被突然带入现实。

蘑菇“生殖崇拜”的天性惊人地明显无疑。莱尔心想，这对于亚拉斯托这样一个滥用女性的男人来说是多么讽刺，又是多么恰当。

莱尔花了几天时间疯狂地在屋子后面的树林里寻找，才找到了看起来像是毒伞的蘑菇。莱尔一看到那幅场景就倒吸了口气——巨大的毛榉树盘根错节的树根底下，一小片毒蘑菇在薄雾里闪闪发光，莱尔带着手套飞快地把它们装进袋子里时，蘑菇几乎散发着生命的气息。莱尔想象当他匆忙采摘的时候，甚至能听到它们恨恶地轻声哀嚎；他非常害怕有人会发现。*这些是不可食用的蘑菇，这些是毒伞，你为什么要采？*

亚拉斯托坐在莱尔简朴的客厅里一张朴素的木桌旁。莱尔从厨房把汤碗端出来，放好，在他跟前冒着热气。亚拉斯托立刻拿起汤勺大声喝了起来。他说他一天都没有吃东西；昨晚可不好过——“直到早晨”。他神秘地笑笑。叹了口气。“兄弟，这很美味。我觉得我分辨得出——鸡油菇？我的最爱。”

莱尔又端来法式硬面包、黄油、厚厚一块山羊奶酪，还在亚拉斯托够得着的地方摆了第二瓶霞多丽。他痴迷地看着亚拉斯托用汤勺把汤送进嘴里，狼吞虎咽，发出满足的声音。一生从未被双胞胎哥哥表扬过的莱尔此刻感到非常满意。莱尔暂时坐在他的位置上，用发凉的手指摸索着举起汤勺。他为自己准备的蘑菇汤跟亚拉斯托的看起来差不多，但实际上只是稍微加工过的坎贝尔奶油蘑菇汤。莱尔向来不爱吃这个，他现在吃得很慢，注视着他的哥哥；他想跟上亚拉斯托的节奏，但是亚拉斯托吃得太快了。他胸口细到几乎看不见的毛细血管像炽热的电线一样发光；他冷酷的蓝眼睛闪烁着愉悦的光芒。一个享受生活的男人，又有什么不好呢？

亚拉斯托不到几分钟就吃完了他那一大碗热气腾腾的奶油蘑菇汤，舔着嘴唇。莱尔毫不迟疑地又给他添了一碗。“你不知道你多么有天赋，”亚拉斯托眨眨眼睛说，“我们应该一起开个餐馆：我管账簿，你负责厨房。”莱尔抖抖索索举着一勺汤往嘴里送的时候差点泼出来。他正等着毒伞素发挥作用。他以为毒性是会立刻发作的，就像氰化物一样。事实却并非如此。难道——他恐慌地想到这种可能性——毒蘑菇被剁碎煮过以后毒性减弱了？他吃得邋遢，不断用餐巾擦下巴。幸好亚拉斯托没有发现。亚拉斯托一边喝汤，大口大口地吞面包、黄油、奶酪、辛辣的白葡萄酒，一边啰哩啰嗦地讲述女人或者女人们龌龊的故事，他和她或她们在黑河旅馆度过艰巨的夜晚。他想过打电话叫莱尔一起来——“你以前也这么干过吧？庆祝我们二十一岁生日的时候？”莱尔朝他眨眨眼睛，像是不明白他在说什么，不想搭理他。亚拉斯托继续泛泛地聊女人。“只要你同意，她们会把你活吞了。她们是吸血鬼。”莱尔胡乱说：“没错，亚拉斯托，我觉得是这样。如果你这么说的话。”“就像妈妈一样，她从可怜的爸爸那儿汲取生命。生下我们——想象一下！”亚拉斯托摇着脑袋大笑。莱尔严肃麻木地点点头；嗯，他会试着想象。亚拉斯托的语气有些苦涩，尽管他大吃大喝胃口不减：“没错，兄弟，男人必须警觉，必须先发制人。”他沉思着，像是想起了不止一幕悲伤的场景。莱尔对哥哥突然产生了一种出乎意料的情绪，由来已久的真实的情感，遗憾。同情？有点吃惊，就像是看到一张扑克牌上的人物突然活了过来。

莱尔说：“那么苏珊呢？”

“苏珊？——谁？”那双透着红血丝的冷酷蓝眼睛无辜地注视着莱尔。

“我们的表妹苏珊。”

“她？但是我以为——”亚拉斯托说到一半停了下来。他的话就这样中断了。他用一块硬面包不断擦拭着汤碗。一丝显而易见的痛感让他的面颊发抖，他用掌根抵住腹部。可能是胀气痛。

莱尔嘲讽地说：“你以为苏珊死了吗，亚拉斯托？这就是你记得的？”

“我压根就不记得她。”亚拉斯托轻佻冷漠地说。一片红斑从他的脖子蔓延到他的脸颊。“这个女孩是你的朋友，不是我的。”

“不。苏珊再也不是我的朋友了，”莱尔痛苦地说，“她再也没有跟我说过话，电话不接，信也不回。自从……发生了那件事情。”

亚拉斯托鄙夷地哼了哼。“典型的。”

“典型？”

“女人的反复无常。这是天生的。”

“我们的表妹苏珊不是一个反复无常的女人。你一定知道，亚拉斯托，去你的。”

“为什么骂我？关我什么事？那会儿我还小，还是个小男孩，你呢——你也一样。”亚拉斯托像惯常那样轻快放松，微笑着打手势，仿佛他说的一切都很有道理；他已经习惯了不加批判的赞扬。然后他开始大声呼吸；光洁的额头上冒出油亮的汗水。他那头引人瞩目的精心梳理的鬈发现在在莱尔看来就像是一顶戴在人体模特上的假发。亚拉斯托的语气里有种低声下气的不耐烦，甚至愤怒。“你瞧，她结婚了，搬走了——不是吗？她肯定——我是说肯定没有——生孩子？”

莱尔严肃地看了亚拉斯托很长时间。

“据我所知，她没有。没有生孩子。”

“那就好了。”亚拉斯托凭空做了一个拒绝的动作，用餐巾擦拭着额头。

莱尔看到亚拉斯托的汤碗又空了，安静地站起来，把碗拿到厨房，第三次舀汤，几乎满了出来：毒伞素汤喝完了。当然，不出几分钟，强劲的毒素就要发挥作用了！莱尔回到餐厅时，看到亚拉斯托喝完了第二或者第三杯辛辣的白葡萄酒，不等主人招待就自己再满上。他的神情变得卑鄙、阴冷；然而莱尔一出现，亚拉斯托就对他微笑着眨眨眼睛。"谢谢，兄弟！"像亚拉斯托这样一个习惯于被别人伺候的人此刻感到彻底的心满意足。

不可思议的是，亚拉斯托已经吃了那么多，却再次拿起勺子大吃起来。

于是这顿莱尔精心策划的午餐，变成了一个含糊迷惘的梦。莱尔注视着自己英俊的面色红润的双胞胎哥哥，他正怀着傲慢的热情聊起阿莉达伯母——"这个迷糊的老女人显然需要帮助"；也聊起金氏基金——"这种过时的玩意儿需要彻底的改变，从头到脚"；还有三十英亩最好的地产——"我已经解释过了，得让开发商们互相作对"；以及多变的国际艺术市场——"需要百分之一千的利润作为强大的资本基础，在经济衰退时可以有退路"。莱尔几乎听不到耳朵里的咆哮。哪里出了问题？他把一种普通、无毒、可食用的蘑菇当成了毒伞？他急切焦虑地想要回到树林里，他并不能完全肯定自己选对了蘑菇。

莱尔麻木恍惚地把亚拉斯托送回黑河旅馆。那是个明亮的夏天。天空一片蔚蓝，深色的湖面波光粼粼。亚拉斯托邀请莱尔来旅馆玩，他们可以在泳池里游泳——"你会在这儿遇见非常有趣的人”。莱尔问亚拉斯托计划在这儿住多久，亚拉斯托莫名其妙地笑笑说：“想住多久就住多久，兄弟。你了解我的！”

亚拉斯托在旅馆门口用力握了握莱尔的手，然后情不自禁地，或者是假装情不自禁地靠过来亲吻了他的脸颊！莱尔大吃一惊，像是被人扇了一巴掌。

他开车离开时感觉受挫，同时也松了口气。什么都没有发生。我不是一个杀害兄弟的凶手。

加德纳·金的遗嘱宣读了。这份庞大的文件里列举了超过一百个受益人，个人和组织。莱尔不愿意出席遗嘱宣读，他从哥哥亚拉斯托那儿知晓自己获得的遗赠，而亚拉斯托则护送阿莉达伯母去了律师办公室。莱尔得到了几千美金，还有伯父的一部分稀有初版书籍。亚拉斯托不得不兴高采烈地说：“恭喜你，兄弟！这一回你总算出对了牌。”莱尔擦了擦眼睛，他真的很爱加德纳伯父，能够被记得并写进遗嘱里他很感动；即便他本来就认为自己会被记得，并且差不多到那样的程度。而如果亚拉斯托什么都没有得到的话，那这个消息就更令人愉快了。亚拉斯托在电话那头等待，对着电话呼气。等——什么？等莱尔问他他得到了什么？等莱尔与他分享遗产？亚拉斯托干巴巴地说：“加德纳伯父留给我一份法律文件，‘豁免了我的欠款’。”他继续抱怨说他根本不记得自己欠了伯父钱；你一定会想，加德纳伯父的那些财务顾问一定提醒过他，提醒他是顾问的责任；亚来斯托发誓说从来没有人提醒过他——六年里一次都没有。莱尔能够生动地想象哥哥蓝得发亮的眼睛、粗糙泛红的脸，还有自以为是的紧咬着的下颚。亚拉斯托受伤地说："我觉得我应该对'豁免'心存感激，莱尔，对吗？这真是基督的旨意。"莱尔冷冷地说："没错，这就是基督的旨意。如果我是你的话，我会很感恩的。"

"如果你是我，兄弟，你怎么知道你会怎么样？你是莱尔，不是亚拉斯托。别盛气凌人了。"

亚拉斯托粗暴地挂断了电话。莱尔身子一缩，像被哥哥戳了胸口似的，在他们一起长大的过程中，亚拉斯托经常这么干，对他来说这是宣战的口号。

只不过之后莱尔才被憎恶击中般地意识到，伯父免除亚拉斯托的那笔欠款肯定超过了一万美元，实际上就等于给了他这笔钱；这几乎就跟他在遗嘱里留给莱尔的一样多。似乎在伯父的心中，亚拉斯托和他是平等的。

他召唤她的时候她就来找他了。在半夜安静私密的时间偷偷敲响他的门。听到他咕哝着说进来！他站在阴影里看着她。她浑身发抖，多么兴奋多么愉悦。她女孩气的脸庞，她大大的手和脚，一条金红色的辫子盘在头上。她的制服恰到好处地衬着她年轻苗条的身体。一束柔和的月光照在她身上。他无声地走到她身后，锁上门，双重保险。他亲吻她的手，和她胳膊肘内侧柔软的皮肤，这让她颤抖。她惊慌地大笑。她开始相信他是个欧洲人。一位欧洲绅士。从他那儿接过第一杯酒，为了他们共同的幸福。从他那儿接过第二杯酒，她开始犯晕。他赞扬，美丽的女孩！可爱的女孩！她心花怒放。还说脱掉你的衣服。摸索着紫色人造丝制服上小小的纽扣。宽宽的蕾丝领子，蕾丝袖口。他亲吻她的喉咙，她喉咙上的血管。亲吻她乳房间温暖的缝隙。是李·安吗？丽奈特？他们在大床上嬉戏，他轻轻扭住她的手腕。正好让她能惊慌地笑；感到一丝不适；却又不那么明显而让她察觉出他的意图。过来，丽奈特，给我一个真正的吻。他大胆地把她丰满的嘴按在自己的嘴上，把她沉甸甸的乳房抵在自己的胸口，用力咬住她的嘴唇；她缩了回来，但是他的牙齿依然咬住她疼得发青的嘴唇。等到他最后松开的时候，她哭了起来，她的嘴唇在流血，而他这位欧洲绅士发出真诚的后悔的呼叫，噢，看看我做了什么！——原谅我，我激情难抑，亲爱的。她手足并用地趴在他跟前哭，乳房晃来晃去。她大大的眼睛。像野兽的一样发光。她想相信，极度渴望相信，因此不出几分钟她就说服自己这只是一次意外，激情的意外，只能怪她自己太可爱，太有魅力，让他发了疯。他亲吻她的手乞求原谅，最后她原谅了他，他温柔地把她的胳膊、腿和头放在床的边缘，她金红色的发辫松开以后又长又卷的头发垂到了地毯上。她本来可以叫的，但是他把一块抹布塞进了她的嘴里，这是黑河旅馆 181 房间之前的客人留下的。

“你怎么能那么残忍，亚拉斯托？”

六月底一个暖和的黄昏，兄弟俩坐在旅馆游泳池旁边，亚拉斯托大笑着把这个故事给他的弟弟莱尔重新讲了一遍。莱尔听着听着心中的抵抗和厌恶不断积聚，终于大叫了出来；亚拉斯托漫不经心地说："'残忍'？我为什么那么'残忍'？女人们喜欢这样，相信我，兄弟。"

莱尔感到恶心。不知道是否该相信亚拉斯托——思索着或许整个故事都是捏造出来的，为了吓吓他。但是亚拉斯托语气里有种确凿的东西让莱尔觉得，是的，这是真的。他希望自己没有在亚拉斯托的坚持下到黑河旅馆来探访他。而他自己也完全没有想到亚拉斯托残忍的故事竟然让他有些性兴奋。

我四分五裂了。像是有什么易碎物破碎了。

那顿午饭之后的第二天，莱尔又回到屋子后面的树林里寻找神秘的蘑菇；但是他没能找到自己的脚印，甚至无法找到那棵巨大的盘根错节的毛榉树。他愤怒地扔掉了《可食用和不可食用蘑菇业余爱好者手册》和《趣味农场烹饪》。

自从毒伞素汤失败以后，莱尔发现自己无时无刻不惦记着他的哥哥。他早晨一睁开眼睛就开始想亚拉斯托，接下来整整一天他都想着亚拉斯托；晚上他的梦夹杂着嘲讽、揶揄、混乱的情绪，让他虚弱而绝望。他几乎无法再工作了，即便是像《威廉姆·威尔逊》的装帧设计这样挑战想象力的工作。尽管他爱自己的家乡，以及他在这儿的生活，他绝望地考虑或许他应该搬离康特拉克尔，亚拉斯托的存在难道不是已经玷污了康特拉克尔吗？他住在这儿，距离亚拉斯托只有不到十分钟的车程，他无法不去想自己邪恶的哥哥。

尽管加德纳·金的遗孀坚持说她的地产会遵循丈夫的遗愿保持完整，还是有谣言称亚拉斯托正与当地的开发商会面；亚拉斯托会成为下一任金氏基金的主席，尽管现任主席是个能力很强的男人，已经担任这个职位很多年，颇受尊重；还说亚拉斯托和阿莉达秋天会一起去欧洲参加一个艺术品拍卖会，尽管阿莉达·金一直都说自己很不喜欢，甚至很害怕旅游，并且自从丈夫死后她就变得更脆弱了。有个堂亲告诉莱尔说，可怜的阿莉达伯母绞着双手说："噢，我真希望秋天不用去欧洲旅行，我知道自己离开康特拉克尔就活不下去！"当这个堂亲问她既然不愿意，那她究竟干吗要去欧洲旅行呢，阿莉达哭着说："但是我或许已经决定了我想去旅行，这正是我最害怕的。我知道我不会活着回来。"

泳池旁边的鸡尾酒供应到九点；泳池已经关闭了，但是波光闪闪的人造绿水下面依然开着灯；当一轮残缺却明亮的月亮在夜空中升起时，只有滔滔不绝的亚拉斯托和他忧郁的弟弟还留在折叠椅上。亚拉斯托穿着泳裤和毛巾布衬衫，光脚小跑着又去要了一杯酒，莱尔注视着站在吧台边的亚拉斯托，有种孩子气的想要溜走的冲动。他厌恶那个故事，感觉自己被玷污了，像是前一天晚上他也在亚拉斯托的房间里似的。仿佛只是听到这些淫秽的话，他就成了亚拉斯托的同谋。*或许他真的在那儿，帮忙抓住那个挣扎的女孩，帮忙捂住她的嘴。*

亚拉斯托拿着一杯新鲜的酒回来。他像小时候那样用一种困惑的神情目不转睛地看着莱尔，估摸着他使莱尔害怕或者难堪到了什么程度。他们的父亲去世那会儿，兄弟俩还只有八岁，莱尔哭了好多天；亚拉斯托奚落他这么悲伤，说如果你相信上帝（他们不是都应该相信上帝吗？），那你就会相信一切都是注定的；如果你是个好的基督徒，你就会相信父亲正快乐安全地生活在天堂里——那你干吗还要哭得像个孩子似的？

到底为什么？

据莱尔所知，亚拉斯托从没喝得那么醉过。他用命令的口吻轻蔑地说："夜泳吧，兄弟，来吧！"

莱尔只是不自在地笑笑。他穿得严严实实的；没有带泳裤；即便他们都是成年人了，他仍然无法想象和哥哥一起游泳；他小时候被亚拉斯托欺负过，拖到水里揍，头被按在下面，直到他惊慌地喘气拍水。*你哥哥只是在开玩笑，莱尔。别哭。亚拉斯托，乖一点！*

亚拉斯托被酒精挑起了兴致，他脱了衬衫，声称他要游泳了，没有人能拦住他。莱尔说："但是泳池已经关了，亚拉斯托"——好像这会有什么用似的。亚拉斯托大笑着，摇摇晃晃地走到泳池边打算跳水。莱尔怀着不情不愿的赞美和一丝嫉妒看着哥哥的身体，结实强壮，与自己的截然不同；尽管他的腰间有赘肉，肚子开始往外凸，但他的肩膀和大腿肌肉紧实。他的身体上覆盖着闪亮的毛发，胸毛鬈曲；他的乳头是黑紫色的，像神气的眼睛一样醒目。亚拉斯托弯曲膝盖准备跳水的时候，虚张声势地高扬着脑袋，那是一颗英俊得不容置疑的头颅；亚拉斯托看起来像是另一个时代的电影明星，习惯于女人不加鉴别的赞美和男人的嫉妒。一个念头像刀刃一样闪现，我有道德义务消灭这个男人，因为他是恶魔；除了我没有人能消灭他。

亚拉斯托像一个神气活现的十二岁男孩那样跃入深水区；跳得不那么完美，有莱尔在旁边看着，这一定让他有点尴尬；水花像一只报复的手掌一样拍打在莱尔的胸口和肚子上，他往后缩了缩。亚拉斯托像发疯的海豹般吵闹地浮出水面，从鼻子里往外喷水；接着他动作短促、起伏，愤怒地向前游，并没有莱尔以为的那么协调，莱尔感到自己的胳膊和腿部肌肉不自觉地收紧。就他们俩了，莱尔和他的双胞胎哥哥亚拉斯托！头顶残缺的月亮像是考场里的日光灯。

莱尔想，我可以用什么来打他的头？一堆折叠椅中，一张小小的铁桌吸引了他的目光。当莱尔产生这个念头的时候，泳池里的亚拉斯托开始拍打；咳嗽，呛水；他一定是吸到水，吞了下去；他喝得太醉了，无法在水没过头顶的泳池里游泳。莱尔站在泳池旁边看到他的哥哥开始下沉。没有人在旁边！除了莱尔没有其他目击者！大概离这里一百英尺远的酒吧里，有说话的嗡嗡声、笑声、音乐声，每扇对着院子和泳池区域的窗户都被百叶窗和帘子遮住了；大部分窗户都紧闭着，房间里开着空调。即便亚拉斯托能够大声呼救也没人听得到。莱尔兴奋地攥紧拳头跑到泳池的另一头，想更近地观察他的哥哥，这具无助虚弱的身体像沉甸甸的沙袋一样往水底沉。他扭曲的嘴里冒出一串泡泡；他染过的头发向上漂浮，像海藻似的。亚拉斯托垂死的挣扎是多么安静，而底下打着夸张灯光的明亮池水又是多么可怕。莱尔像狗一样喘气，趴在池沿咕哝着："去死吧！淹死吧！下地狱吧！你不配活着！"

但是过了一会儿，莱尔踢掉了鞋子，把衬衫从头顶扯去，跳下水去救亚拉斯托。他来不及多想就一把抓住挣扎的男人，制服他，把他拉出水面；他用胳膊护住亚拉斯托的头，带他游到浅水区，试图把这个浸透了水，死沉死沉的身体举到瓷砖地上。亚拉斯托像搁浅的海豹一样挣扎，大口喘气；他呕吐，咳嗽，哽咽，吐出水和块状的食物。莱尔蹲在他身边，喘着气，亚拉斯托仰面躺着，头发凌乱地耷拉在脸上，脸肿了起来，一点也不英俊，像是已经淹死了一样。他的呼吸飘忽不定。直翻白眼。然而他看到莱尔，而且肯定认出他来。"哦，上帝啊，莱尔，发生了什么？"

"你喝多了，差点淹死。我把你拉了上来。"

莱尔痛苦地说。他也在淌水；他的衣服全湿了；他觉得自己像个傻瓜，蠢蛋。他绝对绝对不能理解自己都做了些什么。亚拉斯托面容死白，虚弱，还处于对死亡的恐惧中，他没有听出莱尔的声调或者表情里无力的愤怒，他伸出手，孩子气地想要握住莱尔的手。

"谢谢你，兄弟。"

只要注意观察，注意聆听，便会发现世界很美好。

是这样的吗？可能吗？莱尔不得不这样活下去，因为他的哥哥亚拉斯托没有被杀死。显而易见。不管怎么说，莱尔不是那个能杀死他的人。

自他救起溺水的亚拉斯托一个星期后，一个晴朗的七月早晨，莱尔正愁眉苦脸地坐在工作台旁，一叠废弃了的《威廉姆·威尔逊》画稿揉皱了散乱地堆在跟前，电话铃响了起来，是亚拉斯托，他声称他要搬去阿莉达伯母家了——"她坚持要这样。可怜的女人，她怕'鬼'——那幢大房子里需要一个男人。兄弟，你能帮我搬家吗？我有点东西。"亚拉斯托的语气轻松愉快；心平气和。莱尔明白他的哥哥已经忘记了差点淹死的事情。他的骄傲不允许他回想这些，而莱尔也不能再提这茬。莱尔吸了口气想要尖声说："不行！你自己搬，去你的。"但是他实际却说："哦，可以啊。什么时候？"亚拉斯托说："如果可能的话，最好在一个小时内。顺便说一句，我有一个惊喜给你——给我们俩。亲爱的加德纳伯父的一个纪念品。"莱尔太沮丧了，都不想问纪念品是什么。

他到达黑河旅馆的时候，亚拉斯托正趾高气昂地在门口等他，吸引了众多赞赏的目光。一个晒得黝黑、笑容满面的英俊年轻人，穿着浅粉色条纹泡泡纱外套、白色无领衬衫，戴着顶草帽，人行道上放着一打或者更多的旅行箱和袋子；树荫下的车道上，停着一辆闪闪发光的黑色镀铬劳斯莱斯。亚拉斯托一看到莱尔就尽情笑起来。"是个纪念品吧，兄弟？阿莉达伯母人太好了，她告诉我说：'你们的伯父希望你们两个男孩能拥有这辆车。他很爱你们——你们是他最爱的侄子。'"

莱尔看着这辆劳斯莱斯。这辆优雅的汽车，一九七一年复古版，不仅是一辆汽车，更是一件艺术品，一种文化。莱尔坐过无数次伯父驾驶的车，但是他自己从来没有开过。甚至想都没有想过要开它。“怎么会在这儿？怎么可能？”莱尔结巴了。亚拉斯托解释说是伯母的司机早晨把它开过来的，莱尔最好把他的车（那么普通、无趣、平庸的一辆车——经济型美国车，亚拉斯托轻蔑地看都不要看）暂时留在停车场里。“不巧我现在没有美国的有效驾照，”亚拉斯托说，“不然我就能自己开了。但是你知道严格说起来——我向来小心翼翼地遵纪守法。”他笑起来，轻快地搓着手。莱尔还是看着那辆劳斯莱斯。多像那辆把伯父的尸体从殡仪馆接去教堂的灵车；豪华的黑色，无瑕的镀铬，发亮的窗户，完美的抛光。亚拉斯托戳戳莱尔的肋骨，把他从思绪中拉回来，然后眨眨眼睛递给他一只银色的扁酒壶。工作日早上十一点就喝纯苏格兰威士忌？莱尔想要伸手推开瓶子，却从他哥哥的手上接过，喝了起来。

又喝了一口。火焰冲进了他的喉咙和嘴，他的眼睛刺痛得落下眼泪。

“哦！上帝。”

“很棒吧？正好能治你可笑的贫血症，兄弟。”亚拉斯托戏谑地说。

亚拉斯托用他们伯母的信用卡在黑河旅馆结账的时候，莱尔和一位毕恭毕敬满脸堆笑的门童一起，把亚拉斯托的行李装上劳斯莱斯的后备箱和豪华的后座。太阳热得令人发晕，苏格兰威士忌的酒劲上来，莱尔的衣服里面都汗湿了，他自言自语，大笑。这个世界很美好，很美好，很美好。亚拉斯托的行李里有好几只漂亮崭新的衣服袋子，里面显然塞满了衣服。还有几只重得非同寻常的箱子，里面塞着——什么？雕塑？有几幅小画布（油画？）草草裹在帆布里，绑着胶带；有一只沉甸甸的运动袋，锁坏了，莱尔看到里面胡乱塞着女人的丝绸内衣，各种乱七八糟的首饰——金链、几串缠在一起的珍珠、镶着闪亮红宝石的银坠子、手镯、耳环、一只黄铜的烛台，甚至还有一只女式高跟拖鞋，沾污了的（血迹？）白色缎面上装饰着切割过的贝壳。莱尔屏气凝神地看着。真是一大批来历不明的珍宝！放在过去，他大概会病态地怀疑他的哥哥，怀疑他偷窃——或者更糟。现在他只是笑笑，耸耸肩。

等到莱尔和门童把行李都装上了劳斯莱斯，亚拉斯托从旅馆里走了出来，戴上一副墨镜。碰巧——一定是碰巧——有一个动人的金发女人跟他走在一起，笑着，交谈着，很明显被他吸引——这是个四十岁左右长着一张猞猁脸的漂亮女人，嘴唇鲜艳夺目，戴着钻石耳环，她停下来在一张小卡片上写了什么（电话号码？地址？），塞进了亚拉斯托泡泡纱夹克的口袋里。

亚拉斯托兴高采烈地喊："兄弟，出发！过河去找阿莉达伯母——我们的命运之神！"

莱尔像做梦一样坐到了方向盘的后面；亚拉斯托坐在他旁边。莱尔的心脏痛苦地跳动，几乎有些性兴奋。兄弟俩都不想系安全带；莱尔从未不系安全带就驾驶任何车辆，现在却一点也不想着这件事情，上了这辆车，他就像是进入了一个异次元空间，旧的陈腐的规则都不再适用。莱尔很感激亚拉斯托递给他银酒壶，他需要喷涌的力量和勇气。他小口小口哽咽着拼命喝；威士忌燃烧着，散发着热度，一路往下！莱尔打开引擎，惊讶于引擎竟然启动得如此轻易迅捷。没错，这是魔法。他开着加德纳伯父的劳斯莱斯，就好像这车是他自己的；当他开出旅馆车道时，他看到对面一辆车里的司机瞪着他和他的车，带着赤裸裸的嫉妒。

这会儿在路上。阳光灿烂，交通顺畅。劳斯莱斯如同一艘又小又完美的快艇，毫不费力地穿行于平滑的水流中。拥有这辆好车太令人陶醉。看着，摸着，闻着劳斯莱斯都是感官上的享受！为什么他，莱尔·金，一辈子都要当清教徒呢？在这样一个满是奢侈品的世界里却要做一个如此盲目而自命不凡的傻瓜，对一切都不感兴趣；仿佛禁欲和纯粹的无视是美德。在高速公路上驾驶劳斯莱斯往高街大桥的方向开，他们要从那儿穿过黑河一路往北，到伯母居住的康特拉克尔富人区，莱尔像被挑选出来担当特殊使命一样激动。他想要冲着车窗外面大喊，*看！看看我！这是我新生命的第一天的第一个早晨。*

自从亚拉斯托早晨打来电话，莱尔一次都没有想起——什么？那叫什么来着？毒伞蘑菇，它的拉丁名字是什么？最后莱尔松了口气，他忘记了。

亚拉斯托一边温柔地追忆他们在老康拉特克尔世界的童年时代，一边从酒瓶里小口喝酒。那个看起来持久永恒的世界，如今快速消逝，消失在新兴的美国中。很快，所有老一辈金氏家族的人就都死了。“还记得我们小时候吗，莱尔？我们过得多开心？我承认我有时候有点混蛋——我很抱歉。真的。我只是很恨你，你知道。我的双胞胎兄弟。”他的声音温柔，又有些嘲讽。

“恨我？为什么？”莱尔笑起来，这种可能性仿佛太牵强了。

“当然是因为你在我生日那天出生。骗走了我的礼物。”

这辆令人生畏、难以驾驭的车比莱尔记忆中的更高，他僵硬地向前坐，抓紧优雅的红木方向盘，仿佛看不清似的眯眼看着挡风玻璃外面。车子强劲的引擎难以察觉地震动着，像是他滚烫奔腾的血液。尽管有些焦虑，他仍大笑着说：“但是亚拉斯托，你难道巴不得我没出生？就为了那些礼物？”

一阵尴尬的沉默。当车祸发生的时候，亚拉斯托正在思索该怎么回答。

莱尔在接近高街大桥的陡峭斜坡处突然无法聚焦视力，猛踩刹车，但那不是刹车，是油门。一辆仿佛凭空从隧道里冒出来的喷着气的柴油卡车正在过桥。莱尔没有注意到，直到劳斯莱斯以可怕的速度冲上斜坡，撞上卡车迎面而来的保险杠。刹车声，喊叫声，一声尖叫，卡车和轿车撞在一起，扭曲的金属和碎了一地的玻璃。两辆车一起越过低矮的护栏，从斜坡摔到了路堤上；爆炸，火焰；莱尔知道的最后一件事，是他和他尖叫的哥哥一起向前，跌入了无尽的黑暗。

尽管柴油卡车的司机伤得很重，他还是从燃烧的废墟里爬了出来；而劳斯莱斯的主人则被困在摔毁的车里，或许已经在撞车时身亡。等到火熄灭以后，紧急医护人员会在残骸里发现两个烧成炭的白人男性，差不多一样的身高和年纪；撞击，焚烧，他们毁得太严重，不可能精确地辨认出谁是谁。他们像是从极高的高度或者以极快的速度被一同抛出，黏在一起，难分难解。大家只知道这是金氏兄弟的残骸，亚拉斯托和莱尔，这对双胞胎兄弟到下周日就要满三十八岁了。但是哪具尸体是谁的，那些烧焦的器官、骨头、血液属于谁，法医都无法判断。

援　手

一

当她觉得生命就要终结的时候，他出现了。

他不是那间慈善旧货店的义工，而是雇员。看得出来，在这个阴沉的十一月下午他别无选择，只能在这间生意惨淡的店里工作。

新泽西残疾老兵援手商店——从马路上看，这间商店比街铺大一些。她费了些功夫才在特伦顿市南弗斯路上的居民区里找到这间遭受风吹雨打的褐砖建筑，这儿的房子都像是碎裂脱节的脊椎——拉着百叶窗的小店、当铺、酒馆、肋棚屋，宽阔的砾石遍布的空地，如同劫后的废墟。

这就是特伦顿，新泽西首府！距离默瑟郡法院、新泽西州法院，以及俯瞰特拉华河的金顶新泽西州政府只有几个街区的距离。

街铺的窗户污渍斑斑。陈列着不成套的家具、男人的衣服和靴子。褪色的海报上画着一双握在一起的手，上面有一行字，援手，以及一个笑出鱼尾纹的蓝眼睛年轻军人，穿着美军军装，用令人窘迫的率真神态打量着路人——感谢你们的付出！曾为你们服务的老兵甚觉荣幸。

“感谢！”——海伦娜感到一丝嘲讽。因为这个微笑的士兵估计是个残疾人。

或者，这种蝎螯似的嘲讽是她想象出来的，本意并不如此？

她犹豫地推开沉重的门，还以为门是锁着的，因为里面昏暗的灯光像是暗示着援手商店没有开门。

她怀里抱着几个绑得整整齐齐的塑料袋，里面装着整洁的旧衣物——（袜子、内衣、她丈夫过去的T恤）——笨拙地推开门挤进去，指望有人能看到她这番努力以及努力背后的好意，快来帮她一把。

他仿佛没注意到她：那个商店深处的身影，站在柜台后面，她几乎看不到。

“你好？营业吗？”

一只袋子开始从海伦娜的怀里滑落，沉重的手提袋的带子挂在她无力的手腕上——海伦娜艰难地走进乱哄哄的商店，而店员站在商店深处齐腰高的柜台后面，依然没看到她。

援手商店坐落在特伦顿市南弗斯路821号，既是一家旧货店，又是一个捐助残疾老兵的投放点。这个地方漏风，不宜居住——与其说是一家商店，不如说是一间储物仓库。头顶是高高的锡制天花板，时间久远，油漆剥落得像是麻风病人的皮肤。光秃秃的地板上随意铺放着地毯和残破的油布，像是散落开的拼图片。还有那股气味——灰尘、污垢、某种酸味、辛辣的药味混合着外面特伦顿多沙的化学烟雾空气——它刺痛了她的鼻子。把丈夫的贴身衣物带来这个废品墓地她真是懊悔死了：沙发像是用扫帚拍打一下就会扬起一团灰尘；台灯上罩着歪歪斜斜的脏灯罩；卷起来的地毯堆在墙边，像被抛弃的尸体；一箱箱堆得满满的鞋子和靴子，和纳粹集中营解放后拍下的可怕照片里的一样；一排（男人）衣服从电线衣架上垂下，挂在医用轮床般的支架上，像蜷缩在救济站门口排队的人。

柜台后面的收音机轻声放着音乐。这儿是个舒适慵懒的角落，有人像动物似的为自己搭建了小窝。落地灯映出温暖的光晕，一个留着深色胡茬和深色长发的男人坐在松软的皮椅里面懒散地读着一本——欧里庇得斯的戏剧。

胡茬男人慢吞吞地抬起头，带着一丝刚刚可以察觉到的歉意，也有可能是恼怒。

“夫人！我来帮你。”

他恭敬地匆忙放下书——书页朝下，也不在乎书脊会不会折断——弓身从皮椅里站了起来，快步走到柜台前面。他走起路来——一瘸一拐的——像是装着假腿似的往前拖着步子。

“对不起！坐在那里面，没看到你进来。”

他快速一笑，露出了有些不整齐的小小牙齿，黑色的那块地方有一颗牙不见了。

他从寡妇的手中接过扎得整整齐齐的塑料袋。很显然，他在援手商店的工作让他能分辨出寡妇，失去亲人的女人。单身女人。

胡茬男人小心翼翼地把她的袋子放在桌上，仿佛里面的东西弥足珍贵。海伦娜想解释说她只是带了些小东西过来——她还没有开始整理丈夫的大件物品——但是她声音颤抖说不出话来，最后她只能尴尬沉默地站在那儿盯着袋子。在她生命中发生这场大灾难之前，她跟陌生人说话就像跟朋友说话一样利索——如今她的声音却莫名其妙地发抖，常常不知道自己在说什么。现在她突然担心丈夫的旧衣物不如默瑟郡黄页上援手商店广告里要求得那么整洁——或者不够干净；她担心这个胡茬店员查看了她的捐赠物以后会拒绝。

但是他语气温柔，像是察觉到了她的悲伤："你可以给援手商店打电话。我们会安排人去你的住处拿东西的。"

住处。他为什么不说家。

他可能只是引用了援手商店手册里的话，但是他没有说家对于海伦娜来说却意义重大。

她现在没有家了——只有一幢她和一个已经死去的男人共住了二十多年的房子。

"我——我不想劳烦你们开车过来。那么大老远的——"

她的声音低了下去。最好不要说自己住在哪里。因为普林斯顿附近的郊区小镇和新泽西的特伦顿太不一样了，它的发音会给这个阴沉的地方带来一丝嘲讽的意味。

“这是我们的工作，夫人。大部分是我的工作。”

尽管店员的声音粗砺沙哑，但是语气欢快。微笑一闪而过，消失不见。

海伦娜寻思着：这个男人也是退伍老兵吗？残疾人？

他比第一眼看起来更老。可能至少有三十五岁。他右侧脸颊凹凸不平，疤痕组织起伏，皮肤上有柔软的浅色小坑。他的眼睛很小，石色，警觉而明亮。深色的头发夹杂着银丝，仿佛用手指粗粗梳理过，像皮毛一样盖过他的领子。胡茬让他看起来有种孩子气的攻击性，戏谑的自以为是。你看得出来他私底下觉得自己很了不起。他对女人总是很恭敬，明亮不安的眼睛打量着她，急切地想要讨好她。

他穿着件铁锈红的人造山羊皮运动外套，对他窄窄的肩膀来说太大了，一件高圆领米色毛衣，一条裤脚拖到地板上的华达呢“正装”裤子——衣服完全不搭，一定是从离他不远的援手商店的衣架上拿的。他脚上那双淡黄色的远足靴让她想起她丈夫的那双——更高级，保养得也更好——她二十五年前在明尼苏达大学初遇她丈夫时，他常常穿着那双靴子。

“今天天气很糟啊。尤其是在特伦顿。”

特伦顿这个词被稍带讽刺地加以强调。

他斜瞥了寡妇一眼，能觉察到她不稳定的情绪就像是山坡上一堆摇摇欲坠的石头——轻轻一推就会坍塌。

“我——我想要看看你们的总店。我读到有关援手商店的文章，我以为……”

以为？她以为什么？在那个不眠之夜后产生的痛苦晕眩中，她翻阅电话本中慈善机构的目录——被那双紧握在一起的手吸引，内心燃起嫉妒、渴望和信念。

她知道她丈夫希望他的东西都被送走。他死的时候捐赠了器官，眼睛。

她回想起几年前他在他们律师的办公室里签署器官捐赠协议时，他嘲笑了她的不安。他们在那儿填写了意愿。

海伦娜不想签署那份协议——至少当时不想。她的丈夫嘲笑了她，尽管并不冷酷。

你死了以后留着你美丽的棕色眼睛、你的肾脏、肝脏和心脏又有什么用呢？

她发抖。他亲吻了她。

纯真地大笑——无知？——那已经是很久以前了。

事实上她开车到特伦顿是因为她太想离开那幢她和她丈夫深爱的房子，他们在一起快乐地生活了那么久——对她来说，她往任何一个房间看一眼都不安全：当她这么做的时候，她看到丈夫幽灵般的影子，坐在起居室的椅子里，或者坐在书房的桌子前；进卧室更可怕，她会看到——几乎看到——他在他们床上的身影，在被子下面一动不动，就如同他们把她叫去医院的时候，他一动不动地躺在病床上……

还有楼梯上他的脚步声，以及他已经模糊的说话声，不再像过去那么活泼，所有的玩笑都伴随着死亡而停止了。

我在哪里，发生了什么……海伦娜！

她发抖。她清晰地听到丈夫声音里的恐惧。

“这儿不是我们的‘总店’，夫人。纽瓦克有我们的办事处。”胡茬店员正仔细地打量着她。

“嗯？什么？哦，是的。纽瓦克。”

她的脑子一片空白。纽瓦克？

“能麻烦你填写一下这些表格吗？我们存档用。”

她接过表格和一支圆珠笔。胡茬店员帮她腾出一块地方来写字。

这儿对寡妇来说有点陌生。这个地方。但是现在所有地方对她来说都很陌生。

一阵轻风，一场大雨。一种剧烈而无法描述的非现实感涌上来，像黑暗的水一样将她淹没。

她像一个被截肢的人，却并不知道哪部分肢体被切除了。

“夫人，不好意思？”

圆珠笔——廉价，黑色塑料——上面有一双烫金的握紧的手——从她的指间滑落到了地板上。胡茬店员闷声呻吟——仿佛他的背或者僵直的腿弄痛了他——弯腰替她拾了起来。

“谢谢你。”

她柔声说，感觉泪水刺痛了眼睛。现在就连最微弱的善意都能打动她。最近，他人都对她不那么友善，或者有耐心——她过分谨慎地开车上公路，他们在公路收费站斜坡上对她按喇叭，她在邮局没有意识到前面还有人，无意中插队，他们粗鲁地瞪她。她在默瑟郡法院安检处排队，装着丈夫的遗嘱、死亡证明和其他文件的包掉在了肮脏的地板上。

夫人！请往前走！

夫人，你需要帮忙吗？你需要叫家人来帮你吗？

没错，她本可以找个帮手。但是她不想要帮手。她很固执，坚持要独自去特伦顿。她有能力自己处理这些善后事宜。

她害怕怜悯！甚至连同情也是怜悯的一种。

她害怕随悲伤而来的可怕的亲密。她受到了伤害，希望能自己待着，舔舐伤口，而不是与其他人分享。

本质上没人能帮我。没人能靠近。

她最后终于开始清理丈夫的东西，丢弃和“捐赠”——给那些有需要的人，她死去的丈夫再也不需要这些东西了。这是一个必须要完成的仪式——（是吗？）——除了遗孀之外没有人能做。

有多少人死了，他们的衣服被带来援手商店！整架子整架子挤在一起的衣服，成堆随意叠放的衬衫、毛衣、睡衣……很难相信任何人会从这个废品墓地得到帮助，更不用说是那些残疾退伍老兵。

至少她丈夫的衣物都保存得很好。有些衣服还是新的，或者几乎是新的；大部分质量很好。有些有点旧了。有些还在干洗袋里。海伦娜没有把那些带来，现在她还舍不得把它们送走。

她清空了她丈夫五斗橱抽屉里的袜子（整齐地成双叠放在一

起)、内衣、T恤以后,带着陌生凝固的微笑注视着空荡荡的抽屉,像是要跃入深渊的人。她心想,但是为什么呢?为什么我要这么做?把丈夫的东西清空到床上,这样她就可以把它们放在口袋里送给退伍老兵,这真是太疯狂了;把不需要清空的抽屉清空了真是太疯狂了。

她不能动摇信念,她已经签署了丈夫遗体的火化协议,她侵犯了他俩之间最深刻最亲密的纽带:她贪图方便,摧毁了她丈夫的尸骨。

她丈夫当然希望火化。就事论事,不带感情,就像是他们所有的朋友一样,这是他明确表达过的愿望。

"夫人?我来帮你吧。"

海伦娜花了好几分钟才填好表格。在这个寡妇的余生,时间本身变得断断续续。

胡茬男人瞥了一眼表格。海伦娜注意到他在看她,监视她的举动,仿佛他知道这件小任务对她来说有多困难。

他像哮喘病人一样用嘴呼吸。她心想这是不是由于他受伤造成的——残疾。还有他倾斜的肩膀,稍稍弯曲的背——他挪动身体时小心翼翼的——这代表疼痛,或者对疼痛的焦虑预期。

但他还是比海伦娜高了几英寸,仿佛能保护她。

她想他也受过伤。他当然能理解。

然后她松了口气,心想,或许这是注定的——我今天会在这个悲伤的地方结识一位朋友。

海伦娜所有的朋友——亲戚、邻居——都认识她的丈夫：她不想看到他们，看到自己的悲伤映射在他们脸上，就像是看着一面残酷的哈哈镜。

胡茬店员挨她很近。他可能是无心的，但海伦娜不这么想。她能闻到他的衣服，他的头发——他得洗洗了。他身上散发着咸咸的汗味——这个穿着皱巴巴二手衣服的男人——她没有感到不愉快，却觉得宽慰。

她洗澡太频繁，皮肤擦得红肿，一碰就疼，在医院熬夜的日子里，她每天都要洗两次澡，想要洗净医院的气味。然而在海伦娜的臆想中，她的头发里依然沾着医院的气味——她可怜的头发，不到两个月之前还又浓又亮，浓重的赤褐色，现在却不断脱落，变得稀疏……

她看着店员熟练的眼睛迅速掠过这张表格。她感到一阵满意，或者理解的战栗——现在他知道她实际上开了很远的路，她住在奎克高地。

“夫人——‘海特太太’？谢谢你！”

她犹豫了。如果没有了海特先生，那么海特太太是不是准确或者合理？

“‘海特太太’——没错。但是请叫我海伦娜。”

“海伦娜，这名字真美。”

一股暖流从她的喉咙蔓延到她的脸庞。她困惑地笑起来，像是一个紧贴镜子而看不清的人。

“很高兴认识你——‘海伦娜’。”

胡茬店员握住她的手大力摇了起来，让她大吃一惊。他的手指既强壮又果断，她不得不抗拒抽回手的本能。她没有听清他的名字——尼古拉斯？杰林斯基？*泽林斯基？*

“就叫我——‘尼古拉斯’好了。”

“尼古拉斯。”

这对她来说也是个好听的名字。她很肯定以前从来没有听人这么说出过。

“下次给我们打电话，海伦娜。每三个星期我们都有人去奎克高地收衣服。”

没错，她在小区里见过收衣物的货车——特伦顿援助队，救世军，好心人——甚至可能是新泽西残疾老兵援手商店。可怕的经济衰退时期，有很多穷人、流浪汉。这场战争闹剧持续到第九年，美国公民几乎已经不再相信战争，但它还是像巨轮一样以机械的滚动将无辜的人碾碎，制造了很多残疾人。

“好的，好的。我会的……”

“你可以找我帮忙，好吗？我叫‘尼古拉斯’。”

“好的，尼古拉斯。”

他们之间有一种危险的亲密。海伦娜觉得如果胡茬男人再碰她一下，她就要晕厥了。

现在我得走了。就现在。

但是她却听见自己用清亮好奇的声音问：“我看到你在读欧里

庇得斯……”

“试着读。”

他有点尴尬，是吗？——突然害羞起来。

“‘欧—里—庇—得—斯’——你是这样念的吗？”

“是啊，‘欧—里—庇—得—斯’。”

她想告诉尼古拉斯她曾经在明尼阿波利斯一所小型文理学院教过希腊悲剧的入门教程——她教过欧里庇得斯的《酒神的女祭司》和《美狄亚》。想起已经失去的旧日生活，一阵晕眩向她袭来。

但她不想听起来自吹自擂。“你是个——学生吗？”

“现在不是。”

“但是你过去是——在哪儿？什么时候？”

“我服役前在罗格斯大学。退伍以后又读了几个月。”

“你参过军。”

“我参过军。”

他的微笑痛苦，眼神闪烁。他说出来的话像是海伦娜的回声——她希望他不是在愚弄她。

但是她坚持问：“你——打过仗吗？”

“是啊，夫人。‘打过仗’。”

这个男人很显然是在嘲弄地重复海伦娜尴尬的问话。

打仗是指——什么？阿富汗？伊拉克？还是在那之前的——第一次海湾战争？

还有之前的越战——但是尼古拉斯太年轻了，不可能参加过越战。海伦娜努力计算日期,年份……她思索着:他们之间的亲密那么快就产生裂缝了吗?还是在他们对彼此强烈的警觉中加深了呢?

她感到血往脸上涌,这是自她丈夫去世以后,她第一次感觉到情感,不是生硬无情的悲伤,而是更好更有希望的东西。

"我——我很抱歉,尼古拉斯。我并不是有意要——"

她柔声说,他不得不温和起来。

"没关系,夫人。只不过是——有些事情我现在还不想说。"

"我理解,当然。"

当然。他受伤了。残疾。

他的眼睛!

她无意间冒犯了他。她看到他僵硬的嘴角,挂着一丝痛苦的微笑。

她知道她必须走了。她在这个地方逗留了太久。(幸运的是,她进来以后就没有人来过。电话铃响过一次,但尼古拉斯没接,这显然是对她示好。)

自从她的丈夫去世以后——距离这个昏暗的十一月下午整整七个星期零五天——海伦娜发现自己一直处于一种词不达意、判断错误、选择失误的余生中。她常常不能确定自己有没有说出声,因为她只在心里说话,控诉、绝望、警告——*为什么我在这儿,是什么把我带到这儿?这个荒凉的地方——为什么?*

即便是在她丈夫去世之前,在医院里度过不眠不休的九天,他的医生向她保证说他正在稳步“好转”，这些话也刺痛她。

现在他去世了，答案变得更直接，残酷——*为什么不是这儿？这儿跟其他地方一样好。*

确实如此：寡妇没有理由要待在这个地方而不是另一个地方，因为所有的地方现在都是一样的：距离她失去的家一样远。

“你要收据吗，夫人？抵税用？”

夫人。为什么他不说*海伦娜*。

“谢谢你，不用。没有这个必要……”

她摸索着博柏利风衣松在腰间的腰带。她所有的衣服现在都变松了，就连这件外套也是。

寡妇在余生中害怕失足跌倒，如同害怕太过靠近高楼或者悬崖的边缘——哪怕犯下一个错误都是不可挽回的。她听到了警告，*现在就跟他说再见。你不能再进一步使自己难堪了。*

“你肯定吗，夫人？这是我的工作。我很高兴这么做。”

她肯定！这个男人以为她会为了这么微不足道的一笔捐赠要求减税——她从表格上估算了一下，只值四十美元——这是在侮辱她。

她冷静地跟他说再见，转身离开。现在他们之间不可思议的亲密粉碎了，像被扯破的蛛网，海伦娜想快速逃离。她希望尼古拉斯能理解她也受到了冒犯。

怎么离开这个地方！尽管海伦娜是自己走进来的，现在却几乎找不到出去的路。没有其他选择，只能经受一排镜子的考验：足有六面镜子，靠在家具和墙壁上：像差劲的拉片电影一样，反射出寡妇一连串模糊而不连贯的笨拙影像。

她在门口听到喉咙沙哑的店员在她身后说了一句姗姗来迟的再见。然后又说了一句，谢谢你，夫人。

她恨这个词——夫人。

像是尊重，其实是冷酷。

她并不是很老——是吗？四十六岁不算老。

对一个寡妇来说太年轻了。那么年轻就失去了丈夫。

但是他那么年轻就死了！真是个悲剧。

她正在拉该死的门，因为一开始打不开。她像是没听到那个男人的话，因为那话敷衍而无情，她已经受够了援手商店。

海伦娜走到外面，一时想不起来她是在哪里——楼房破败的陌生街区，拥挤杂乱的马路——她把车停哪儿了？——寡妇犯强迫症似的搜索她的手袋，害怕弄丢了钥匙。

如果寡妇丢了钥匙，损失会达到两倍、三倍——流离失所、徒步而行。

海伦娜之前没有注意到马路对面有一座经历风吹雨打的石头教堂。从大小和建筑物外墙显赫的砖石来看，这曾经是座辉煌的教堂，但现在它的正门被漆成了刺眼的亮黄色，还有一块与之相配的黄色标牌，上面用消防红的字母写着兄弟互助会——这也是一家慈善机构、救济所或者救助站。六个人——深色皮肤的男人，从外表来看都是无家可归的流浪汉——聚集在台阶上，等待开门。

美国的流动伤口。他们会看到她，海伦娜感到既内疚又害怕。

她突然反感这样的地方——互助会、援手商店。残疾人。

她快步走向自己的车。从援手商店令人窒息的屋子里走出来，即便是特伦顿污染严重的空气闻起来也很新鲜。头顶十一月的天空点缀着暴风云，像是弄脏的装饰品一样吸引她往上看，她感到既轻松又高兴。

“再也不这么做了！但是这次做得很对。”

她不可能说得出为什么如此高兴。如同一个刚刚脱险的人。

日落前，她夹在一号公路往北缓慢移动的车流中，回到了奎克高地。

二

不是第二天，也不是之后一天，而是第三天。

前一天晚上在睡梦中发生了神秘的转变——寡妇醒来时，起初晕眩、迷惘、不知道自己在哪里——（为什么一个人）——她冒出一个新的念头，完全成形，不容辩驳。

“是啊。当然！”

从早晨到下午早些时候，她都在疯狂地整理丈夫的衣物，打算选一部分出来带去特伦顿市南弗斯路：一些衬衫，一捆领带，一件冰岛编织毛衣，米色的羊绒外套实在是太美了，她简直没法把它从柜子里拿出来。

当她摸到这件外套时,心都撕裂了。她把脸贴在上面。然后想到,但是它能让其他人快乐。这也是他想要的。

“有人吗?”——这回海伦娜大胆造访这间昏暗的旧货店,她事先就知道门很重,需要把她瘦弱身体的重量压上去才能推开。她笑得气喘吁吁,因为两只胳膊上都挂着笨重的衣服口袋,它们太长了,拖到了地上。

他非常意外,震惊地认出她来——“夫人?是海特太太吗?”

海伦娜很高兴自己的再次到访令尼古拉斯·泽林斯基如此吃惊。

而且他竟然还记得她,真是太好了。

他一瘸一拐地飞快朝她走来,从她手里接过沉重的衣服口袋,放在桌子上。

“你又来了!是——‘海伦娜’?”

“海伦娜。”

尼古拉斯看着她。她看到了并非一闪而过的、近乎傲慢的微笑,那是另一种相识的微笑。

以及相识的亲密:在杂乱昏暗的援手商店里,他们彼此坦诚。

“是啊——我想——多带些东西来。我……”

海伦娜的心脏宽慰地猛跳,尼古拉斯·泽林斯基没有忘记她。因为自从那天下午之后,她常常想起他。

她在拥堵的车流里沿着一号公路从奎克高地开到特伦顿,

十八辆大卡车和无数 SUV 从她左边的车道超车，把一道道的烟尘溅在她的挡风玻璃上，但她没有被吓到；到了市场路出口她没有犹豫。一种欢快，或者轻率为她引路。荒蛮的居民区里迷宫般的单行道也没有困扰她。

而令海伦娜失望的是，尼古拉斯这天下午不是一个人——他在同伴的帮助下陈列小地毯，那是一个结实的黑人。他俩正费劲地对付一些尺寸古怪的地毯，打算在地上和一面差不多三英尺高的墙上以覆瓦式铺成扇形；他们的脸上闪烁着汗水。没有一块地毯称得上好看，而且海伦娜感觉这两个男人合作并不顺利，他俩都很欢迎她的打扰。

尼古拉斯把海伦娜介绍给他的同事吉迪恩——（吉迪恩的姓是一个非洲的多音节词，在海伦娜听来就像一只批着华丽羽毛的鹦鹉）——告诉他海伦娜昨天刚带了些捐赠衣物来过援手商店。

“不是昨天——是星期一。我是星期一来的这儿。”

但是海伦娜只是稍稍表示抗议，这点太微不足道了。

尼古拉斯比那天看起来整洁了不少。他瘦削的下巴刮得很干净，或者近乎很干净；他的头发像是刚刚才清洗并且梳理过，从额头往后梳，像一只蓝松鸦的头冠。脸颊上起伏的疤痕看起来也不那么红肿。浅石色的眼睛警惕而明亮，当它们掠过海伦娜时，她一阵晕眩。

“海特太太——海伦娜——住在很远的奎克高地。你开货车去过那里，吉迪？——是吗？”

尼古拉斯近乎夸耀地说。“海伦娜”的名字用他嘶哑的声音说出来显得特别刺耳。

吉迪恩耸耸肩，像是在说没错。他盯着海伦娜的目光有些过分直接，仿佛他并没有多想奎克高地的事。海伦娜发现他的目光落在她的脚上——她的意大利皮靴，不新了，但是显然很贵——又抬头看她的脸，皮肤紧致的白种女人的脸，淡淡的微笑像是安装上去的。吉迪恩比尼古拉斯大了几岁，身板结实，腿短，穿着一件脏兮兮的灰色汗衫，上面印着红色的字母——新泽西老兵援手商店——下面是紧握的双手的标志，在海伦娜看来相当醒目。

尼古拉斯再次见到海伦娜仿佛很高兴，这令她感动。她希望他会有这样的反应——但是她并不能肯定。

但是不要怀疑我。我是你的朋友。海伦娜。

当尼古拉斯告诉吉迪恩今天没他什么事了以后，发生了一段神奇的插曲：海伦娜把丈夫的衣物从口袋里一件一件拿出来，陈列给尼古拉斯看。她希望她的手没有发抖。她从自己的声音里听到一种陌生而热切的轻快。

“我觉得我还能再带些东西来援手商店。因为现在没人会再穿它们了……”

她顿了顿。她无意要说出这样的话。

没人。再也没人了。

机敏的尼古拉斯听到了，但是没有说话。

机敏的尼古拉斯肯定也看到海伦娜手指上的订婚和结婚戒

指，最近几个星期都变松了。但是他很在乎她的感受，所以没有说话。

“……这些衬衫是布克兄弟的，你看都还很好。这件还在干洗袋里，从来没拿出来过。还有这件……”

是那件冰岛羊绒衫，几年前她送给丈夫做生日礼物的。漂亮的厚毛衣，和大衣一样暖和，石楠色，配着玳瑁扣子。

“这件衣服你喜欢吗，尼古拉斯？‘冰岛羊绒’……”

泪水模糊了她的眼睛。她的声音发抖。尼古拉斯站在她身边。当海伦娜摸索着从口袋里把沉重的毛衣取出来时，尼古拉斯接了过去。

海伦娜急切地问尼古拉斯想不想试试？

尼古拉斯四处张望了一下，像是不太自在。但是店里除了他和海伦娜没有人：吉迪恩已经从后门走了。

“夫人，我不知道。这件衣服可能——很贵。”

“是啊，但是——它非常暖和。我觉得它很适合你。”

“是吗！”

“事实上它几乎没怎么穿过。他——前主人——有很多好看的毛衣……”

“我们不能就这样把东西据为己有，夫人。我们有记录要存档。”

海伦娜把毛衣从尼古拉斯手里拿回来，举起来在他的胸前比画。这是一个冲动的姿势——一个亲密的姿势——但是在这种情况下又合情合理。“这件衣服完全是为你量身定制的。颜色也很——精妙。我现在把它放在边上吧。放在这儿。”

接着，海伦娜从衣物袋里掏出那件套在特制木衣架上的米色羊绒外套。

“还有这件，我觉得你该试试，尼古拉斯。”

“夫人，谢谢！但是——”

“请叫我‘海伦娜’。你知道我的名字。”

“‘海伦娜’——是的。”

在丈夫死后的那几天，现在已经是几星期了，海伦娜常常发现自己站在打开的衣柜前，往里看。每当这种时候，她的动作缓慢从容，完全依靠意志力，仿佛她的四肢是以最简陋的方式连在身体上。只不过是看看，就需要付出这般努力！她抚摸着丈夫漂亮的衣服，把脸埋在里面，呼吸着它们特殊而微弱的气息，感到彻骨的失落、悲伤，接着倦怠袭来；她的大脑像是缺氧似的卡在那儿，惶惑许久，动弹不得。

但是她发现了援手商店，以后再也不会如此。

她对每个问起的人说，*现在我要为了其他东西而活。我受够了过去自闭的生活。*

悲伤不过是自怜。现在她必须超越。

她丈夫的衣服都质地优良、品味不俗，她不由得感到近乎女孩气的期待和兴奋，以及一种残余的自豪。

尼古拉斯拿起羊绒外套。残损的脸上露出痛苦的神情。他穿着一件法兰绒格子衬衫，一条灯芯绒长裤，脚上还是那天那双磨损的徒步靴。

在海伦娜的鼓励和帮助下，尼古拉斯把胳膊伸进了外套的袖子。海伦娜扯了扯对尼古拉斯的长胳膊来说有点短的袖子，而肩膀在他的窄肩上又显得有点宽。

“这儿有镜子。过来看看！”

尼古拉斯几乎害羞地站到一面镜子跟前。他破旧的灯芯绒长裤和这件夺目的外套反差实在太强烈了，他不由得笑起来。

“哦，但是这件外套太适合你了，尼古拉斯！或许可以叫裁缝改改袖子。”

尼古拉斯注视着镜子里自己的影像，既局促又愉快。海伦娜看着镜子里他深深的眼窝、稀疏的睫毛；眼睛上方隆起的骨头让他看起来永远愁眉不展。他的目光和海伦娜的交织在一起。

“是很不错。但是可能不适合我。如果我拿了这些东西，会陷入大麻烦。”

“你不是‘拿’，尼古拉斯——是我‘送’你。它们是我的。”

海伦娜说得飞快，担心尼古拉斯会脱下外套，把它放在冰岛毛衣旁边。

她丈夫的漂亮衣物被他拒绝了。

海伦娜例行公事地把其他衣物从袋子里拿出来——短袖衬衫、运动衫、手肘处打着皮革补丁的羊毛衫、领带。她的心被撕裂了——每条领带都那么好看，每条都有一个小故事，现在只有海伦娜知道了，没有其他人对此感兴趣。她没有直接把这些东西交给尼古拉斯，尽管她希望他能发现它们是多么特别、多么珍贵。

寡妇看到她带来旧货店的衣物比店里其他东西都要高档很多很多，并未感到虚荣。

然而，尼古拉斯仍脱下了羊绒外套。他很周到地把衣服挂回衣架上，放到了一边，和冰岛毛衣放在一起，而不是海伦娜带来的其他衣物。

这是不是意味着——他会留给自己？

海伦娜感到奇怪的是，尼古拉斯没有问起过她的丈夫，或者任何她生活中的境遇，是什么让她来到了援手商店？

她想他当然知道。他凭直觉知道。

她想这个男人懂得她的内心。

尽管事情都还没谈妥，海伦娜还是觉得她该走了。十一月的下午迅速变得昏暗，她从商店肮脏的窗玻璃看出去，南弗斯路已经临近黄昏。一辆亮着大灯的车缓缓地开过。

海伦娜很少用稍微强硬的口吻跟丈夫说话，因为在他们的关系中，她丈夫更强势，年纪更大。但是现在在跟这个陌生人交谈时，海伦娜却听到自己语气里的坚持，带着反常的热情：“尼古拉斯，我希望你至少能留着外套和毛衣——它们是给你的。否则我不会带来。”

尼古拉斯僵硬地站在那儿，从镜子里固执地把脸扭开。

她半哀求地说：“你该得到这些，尼古拉斯，你是位退伍老兵——不是吗？我想你受过伤——是吗？”

尼古拉斯耸耸肩。“是吗！”

“我的意思是——你参过军。你为国家服务过。”

为国家服务过——多么平庸的话——然而海伦娜找不到其他词语。

“你的经历，很少同胞才有。”

事实上海伦娜一个都不认识。她丈夫的大家族没有，在富裕的奎克高地，也没有任何朋友、熟人或者邻居的家里有。

至少，没有入伍士兵。或许有些家里有高级军官。但是海伦娜连这都没有听说过。这些圈子常常谈论战争——伊拉克战争和阿富汗战争——但只是作为政治：而不会涉及类似尼古拉斯·泽林斯基这样的个人。

没有人认识老兵！更没有人认识残疾老兵。

海伦娜感到一阵羞耻和愤慨。她非常想弥补这个清苦的男人所遭受到的不公。

“没错，你可以这么说，”尼古拉斯缓慢地说，语气里有种谨慎的中立，“我有过那样的经历。”

柜台后面的电话响了。尼古拉斯缓慢地移步过去接听，明显拖着他的左腿。

他当然受过伤。但他太骄傲了不愿提起。

他跟我一样不需要同情。

海伦娜看到柜台后面挤满书的架子上，在一大堆破烂的平装书里，有一本肮脏的皮面旧书，《欧里庇得斯：戏剧》。

其他书的书名，那些尼古拉斯仿佛一直在看的书，或者从捐赠的书堆里挑出来正打算看的书，海伦娜都看不见。

这个电话无足轻重，不是私人电话。海伦娜尽量不去偷听。

打电话来的人要收衣服。尼古拉斯正在记地址。

从奎克高地来特伦顿的时候，海伦娜关闭了手机。又或者是海伦娜的手机到了特伦顿就用不了。奎克高地的朋友和散居在中西部的亲戚在她丈夫去世以后常常给她打电话，关心她；担心她像过去一样不再接电话；但是海伦娜不想跟这些人讲话，他们只会告诉她，他们也很想她的丈夫，为他悲伤，替她感到非常难过——真的非常难过；除此之外，他们对于她该如何生活下去说不出任何有价值的话。她怀着挑衅的欢快，心想，够了！我不再需要你们的同情。

“平常会有很多人来店里吗？”

尼古拉斯笑起来。“很多？没有。但是来的人都非常——特殊。”

“我们很特殊吗？”

“有些被带来店里的捐赠品，就比如你昨天带来的那些，被归类为‘必需品’，它们通常不在这里出售，而是分配给这个地区的老兵和他们的家庭。我们和默瑟郡的‘福利’机构合作。”

“那么——你感到满足吗？值得吗？”

尼古拉斯看着海伦娜，仿佛她在说俏皮话，但是他没有笑。

满足，值得——这些词语不对劲。海伦娜有点慌不择言。

“你——你到这儿多久了？”

“太他妈久了。这就像是——我真正的生活被撕裂了——我想要的生活——有个‘黑洞’把我吸了进去——现在我爬不出来了。”

海伦娜想问那么你真正的生活是什么样？

海伦娜迫切地想问你需要帮助，重返你真正的生活吗？

他说复员以后他就得到了援手商店的工作。那是在新不伦瑞克的退伍军人管理局医院——复员诊所。一年，十八个月之前……

海伦娜想起自己的丈夫，他在五十二岁生日前不久去世。他是一个和善、礼貌、周到的男人——寡言少语，在高度专业的不动产法律领域里非常杰出——但是在基本生活方面，却又很不成熟；他们从来没有孩子来逼迫他们成熟。海伦娜的丈夫也没有经历过风险、生理危机或者危险——他生命中所有的探险、登山、出海、在东欧像大学生一样背包旅行，都是可选择的，听从个人意志的。而这个尼古拉斯·泽林斯基——他年轻的生命被剥夺了。

海伦娜想问问尼古拉斯他有没有结过婚，或者现在有没有结婚。他有没有孩子。

她太想问了！但是她不敢。

于是她假装平常地问：“尼古拉斯，店关门了，你去哪儿呢？”

“你是说——倒闭了？”

讥讽的微笑一闪而过，像是在奚落她。

“不——今晚关门以后。”

“‘关门’以后——今晚——我会去——你觉得我会去哪儿？”

海伦娜犹豫地笑了。这个男人是在挖苦她吗，或者这是他开玩笑的方式？亲热的玩笑？

“好吧——我不知道：回家？”

不是那么容易说出家这个词语。海伦娜怀着一种残酷的孩子气的天真，希望尼古拉斯没有家。

“说对了一半，夫人。”

一半？海伦娜不懂。

某种一半的家？

“那么——你家在哪儿？”

“东特伦顿。”

“你——开车吗？”

“我搭公交车。”

“公交车！我明白了。”

“我走路去布洛德路，从那儿坐公交车去利伯提路。过了利伯提路就到了。”

尼古拉斯这会儿说得更起劲了。仿佛他的生活环境荒谬、滑稽——或者确切地说，不属于他自己。

“你有——家庭吗？”

“不再有了。”

海伦娜想要同情地把手放在尼古拉斯的手腕上。但或许这个男人不需要陌生人的同情？或许没有家庭是他自己的选择？

"如果你——你想要——搭个顺风车的话——我想我正好顺路。"

她的心脏跳得飞快。像是——跑上了一段楼梯!

实际上海伦娜不知道她该往什么方向开,回一号公路。她只知道布洛德路是特伦顿的主干道,很可能和一号公路交叉。

海伦娜相信尼古拉斯会告诉她——冷冷的——这会儿店还不会关门,或者他不需要搭顺风车。但是他说:"好的。"

外面天已经暗了。海伦娜瞥了一眼手表,吃惊地发现已经很晚了——将近六点。

尼古拉斯说关门前还有一点事情要做。

"不着急,"海伦娜说,"我能等你。"

为什么是这儿。这个可怕的地方。

但是不然,又在哪儿呢?现在所有的地方都距离家一样远。

当海伦娜开车穿过市中心的时候,尼古拉斯在她车里说:"把我带到公交车站就好了,已经很远了,谢谢。"——但是海伦娜坚持要送他回家。她听从他的指挥在晚高峰的车流里沿着布洛德路开了一两公里——吃惊地看到特伦顿有很多人搭公交车;有那么多公交车!——而在奎克高地很少能看到公交车,因为每个人,即便是青少年都有自己的车。尼古拉斯不舒服地变换着两条长腿的姿势,说:"我实际上有一辆车。我不太开,它是需要动动了。"看得出来尼古拉斯喜欢海伦娜的车，这车曾经是她丈夫的，一辆崭新的银色讴歌豪华轿车，但是——出于男子汉的骄傲？——他什么都没说。

海伦娜的脑子飞快地转动。有太多问题想问这个男人了！……太多话想告诉他。她可以问问他有关退伍老兵的慈善机构，以及她怎么样能够更多地亲自参与进来。她可以问问他大学的事，他为什么辍学；还有他在中东的战争经历……她太想告诉他，我很孤独。我觉得我要死了，我太孤独了。

他们已经到了利伯提路和布洛德路的交叉口，那么快！

海伦娜看到一条都是连排房屋的街道。和南弗斯路一样，马路上停满了车——有些已经废弃了，瘪瘪的轮胎盖在金属轮毂上。

“我就不请你进去坐了，你不介意吧，夫人。”

海伦娜还没有来得及回答，尼古拉斯就拉过她的手，把他的嘴——饥渴潮湿的嘴——贴在她受惊的皮肤上。下一秒他已经关上车门，一瘸一拐地走远了，都没有回头看一眼。

当她的生活仿佛终结时，进入她的生活。

三

“天哪！太可笑了。”

早晨震惊地醒来——当被镇定剂弄得昏昏沉沉的大脑继续工

作，可怕的消沉感——而且几个小时都不会停止——她非常非常清楚，她绝对不能，她绝对绝对不能再次回到特伦顿了，回到南弗斯路上的老兵旧货店。

“再也不去了。”

废弃物的墓地，破损污秽的家具、丑陋的机织地毯，没有一样东西海伦娜会放在家里，哪怕是放在通往车库的后门也不行；没有一样东西海伦娜会放在车库里。她一想起援手商店的气味和特伦顿肮脏的空气就抽了抽鼻子；而想起他的味道让她一阵战栗——邋遢的男人身上亲密的气味，他的衣服、他的头发。

他的嘴碰到她手背时的触觉；不是一个吻，你不会觉得那是一个吻，只是唐突地把他的嘴唇、牙齿、舌头按到她的皮肤上，后来那块皮肤简直像被烫伤了。

“太可笑了！不能再这样了。”

萨维尔街定制的西装、帅气的黑色羊毛外套、很多鞋子——“正装”鞋——寡妇把这些东西留下来。还没有“捐赠”出去。

因为太多、太快不是一个好主意。

在接下来的日子里，她的生活继续着。

这是寡妇被截短的生活：与已故丈夫的生活的残余。寡妇是亡者的妻子。要交付很多遗产税，这一切都要扯到死亡证明，这是寡妇最害怕的一份文件。

因为死亡证明是最绝对最不可违犯的事实。

死亡证明是一份毫无人情味的文件，证明了可怕的死亡是多么无情、多么寻常、多么乏味、多么陈腐，痛失亲人的人怀着这般感情哀悼。

海伦娜在想他——留着胡茬的男人，这是她起初看到对她毫不在意、彻底冷漠的人：不在意她是活着还是死了，或者是否存在。但她随后又想起尼古拉斯·泽林斯基真诚的微笑；她很肯定，那是真诚的。当她以一种亲密的甚至妻子般的姿势把冰岛毛衣比在他身上时，他虽然尴尬，但肯定也被打动了。

他注视她的目光里有某种欲望：她肯定。

浅色的眼睛注视着她，这个有钱人的妻子，已经过了美貌的第一次绽放，但也并不比他老太多，如今尽管面容憔悴、眼神荒凉，但是那一抹紧张明亮带着希望的微笑改变了她的容貌，你可以看到——你几乎可以看到——那个曾经生机勃勃的年轻女人；依然保留在她内心最深处。

我们没有在合适的时间相逢。但是现在——也可以是合适的时间。

在海伦娜过去的生活中，几乎没有操心过钱，现在在寡妇的余生中，她焦虑不堪。走夜路时会害怕自己忘记支付账单——她知道哪些账单要付，在什么时候——（比如说奎克高地的财产税单，每季度要付差不多九千美元）；害怕家里的公共服务不经警告就被切断——燃气、暖气、水、电。她丈夫的电脑是个空白的黑屏，她没有办法进入他的电子邮件账号。她听说过萎靡不振的女人不愿意打开信箱，没有付清贷款和税单，结果失去了她们的房子。她发现自己不再拆开信件，任其堆积在厨房的柜台上。她胃部痉挛，就像是被贪婪的寄生虫从内部吞噬一空。她轻易哭泣，她的情绪像在风中颤抖的小旗子一样失控。在会计师的坚持下，她疯狂地检索丈夫的经济记录。因为所得税必须同时付给联邦政府和新泽西州。她不清楚自己找到的是什么——投资报告、从美林证券打印出来的文件、几百页厚的小册子。这是一场噩梦，除了昏睡不醒，没有摆脱的办法。会计师来到他们家，在海伦娜丈夫的书房里与她见面，这个中年男人没有什么明显特征，之前海伦娜几乎没有正眼看过他：她从他靠拢的双眼中察觉到危险倾向，尽管他无辜地称呼她海伦娜，担忧她的——“专业性”。

开给美国财政部和新泽西税务局的支票——面值很大——寡妇麻木地就他的遗产签了字。

我必须拥有可信任的人。

只有在爱情中才会有信任——即使是信任的可能性。

会计师不爱她——她又怎么能信任他呢？

她心想谁会爱她。

谁？

她在手袋里找到一张小卡片——新泽西特伦顿残疾老兵援手商店。她肯定是从旧货店拿的，但是她想不起来了。

她打了电话。找“尼古拉斯”。

一个口音很重的声音回答她：“他今天不在。”

她感觉到一阵失落。抓着话筒，双手颤抖。然后她苦笑着想，这是件好事。不能再这样了。

之后，她想找那张小卡片，找不到了。就连废纸篓里都没有。于是她再一次从黄页里找援手商店的号码。

她看到自己用红笔圈出来的四分之一页广告，像是一个感叹号。那双用线条勾勒的紧握的双手吸引住了她的视线，无法抵挡。

黄页里列了很多“慈善机构”。她本可以选择特伦顿援助部门、新泽西社区儿童之家、慈心事业、默瑟郡大哥大姐、入门基金、救世军、紫心军令，这些都跟援手商店差不多，但是没有那双扰动她心的神奇的双手。

他出人意料地抓过她的手。她握着方向盘的右手。

当他在布洛德路和利伯提路的交叉口打算下车时，他突然抓过她的手，亲了一下。她几乎晕厥地回忆起他的嘴唇轻抚她的皮肤，而不是像动物嘴巴般给人饥渴潮湿的压迫感；她记得自己的惊慌，之后温暖的感觉弥漫在她心间。

一路开回奎克高地，回到那幢占地三英亩，栽种着橡树、白松和红枫，用木头、卵石和灰泥粉饰建造，拥有五间卧室的殖民地时期建筑，那个吻在她心里燃烧。

四

他低声说话。

轻轻对她吐露心事。

在特拉华河上一间旧旅馆亮着烛光的餐厅里。在角落靠近火炉的桌边，炉子里燃着浪漫的火焰——仿真煤气——影影绰绰却没有温度。

"……当我还在罗格斯念书时死了……一年级……我有一份奖学金……想学习历史，还有法律……或许古典文学……我喜欢写诗……我所认为的'诗'……死于'迅速恶化的胰腺癌'……我不得不退学……我的脑子一片混乱……不得不工作……染上毒瘾……更糟糕的是……如果你放弃了，世界依然继续向前……如果你受伤……残疾……不能回到对你来说有意义的生活……飞快地越过你，永不回来。"

他安静地诉说。他不是痛苦地诉说。他说话的时候，浅色的眼睛掠过海伦娜的手，海伦娜漂亮的手紧握在一起放在桌布上，烛光里的白色亚麻桌布上。这是个梦吗？我太高兴了，我害怕了。

这个男人如此亲密地对她敞开心扉。对于一个孤独的寡妇来说，这是多么大的胜利！

他一直在说他的母亲。他母亲的过世。很明显——（海伦娜觉得很明显）——尼古拉斯很爱他的母亲，责怪她去世以及离开他。

这个男人内心极为悲伤，也极为愤怒。他像一个不习惯讲话的人一样用磕巴而向前跳跃的声音跟海伦娜说话时，身体散发着热度。

男人身体的存在和亲近。海伦娜愣在那儿，像是她从未——此生从未——经历过如此的亲近，都快要把她压垮了。

她说让我请你吃晚饭吧。她说至少我还能为你做些什么。

这是一种非私人姿态的感激。她希望他能理解。你为这个国家服务过。你在履行职责的过程中“残疾”了。

十一月下旬的夜晚，离开特伦顿，过了特拉华河，在宾夕法尼亚州历史悠久的华盛顿将军旅馆餐厅里。墙上挂着无数一七七六年十二月特伦顿战役场景的复制品：革命军朝穿着红色英军制服的黑森军人开火。壁炉上挂着一幅著名的《乔治·华盛顿将军穿越特拉华河》的复制品。海伦娜想带她的新朋友去一个特别的地方，不是那种普通的特伦顿餐馆，因此她把他带到这个当地很有名的旅馆，其他食客都近乎谄媚地偷偷看他们。

服务员也一样。恭敬周到的同时，大胆地凝视他们。

因为他们是神秘的一对，尼古拉斯·泽林斯基和海伦娜。他们不像是夫妻：不仅仅是因为他们的年龄不符，还因为这个伤疤脸的男人急切地对女人说话，挨她很近，目光几乎无法从她身上挪开；而这个女人，听得那么认真，目不转睛。

他们也不像是亲戚：他们的出生背景和社会阶层明显不同。

尽管尼古拉斯稍微有些不舒服地穿着那件米色羊绒外套、一件长袖白衬衫，系着海伦娜送给他的意大利丝质领带。

他们刚刚坐下的时候，尼古拉斯从镜子里看到自己的影像，露出一个痛苦的笑容。海伦娜把手放在他的腰间，宽慰他说——“你看起来很英俊，尼古拉斯！不要皱眉头”。

一杯红酒，第二杯，尼古拉斯皱巴巴的脸开始舒展。

他们在晚饭间谈论欧里庇得斯。尼古拉斯正在读《酒神的女祭司》。海伦娜回想起那个生动的、悲惨的结局——（凡人）底比斯国王被献祭给了（神）狄俄尼索斯。

一群疯狂的女人，狄俄尼索斯的随从们，疯狂地把那个男人的身体撕成碎片，砍下他的头。他自己的母亲提着他的脑袋，在幻觉中以为那是野兽的头。

太不可思议了！尼古拉斯惊叹道。

“如今在舞台上可不能这么演——大家会笑场的——或许在电影里可以：一个女人提着一个男人被砍下的脑袋。这个女人还是他的母亲。”

尼古拉斯说，据他所知，古希腊人和如今的美国人完全不同。在“神”的影响下他们身上会发生可怕而不可思议的事情——“神”总是罪魁祸首——而他们从来不质疑。

海伦娜说，没错，希腊人很虔诚，但和美国人的虔诚不一样：他们觉得生命是悲剧,唯一的回应就是接受苦难。“希腊人不相信有一个爱他们的至高无上的上帝,或者为他们而死的救世主。他们不相信“善有善报”,甚至不像基督徒一样拥有“信仰”。该发生的总会发生。这是你的命运——就像底比斯——哪怕这不是你“应得”的。

尼古拉斯在椅子里扭来扭去。脸上现出痛苦的表情。海伦娜心想是不是有关希腊“命运”的讨论太触及他的内心。他无意识地揉搓着左腿上无力的肌肉。

尼古拉斯大吃大喝;不出几分钟他就吞下一份十二盎司的牛肋排、烩土豆和几大块面包;喝了第三杯酒。他的脸变得通红,眼睛里闪烁着愤愤不平的憎恶:“我母亲去世以后我的生活就崩溃了。我生了病。事情发生的不是时候,就像我那混蛋酒鬼爸爸在我刚开始在一所新学校念九年级时离家出走一样……他总是把他孩子的生活搞得一团糟。而她……”从尼古拉斯的叙述中得知,他念的是罗格斯大学纽瓦克分校,不是在新不伦瑞克;之后他好像在当地的社区大学里念书,商业和计算机;不是很清楚尼古拉斯是否完成了学业——他总是在辍学,哪怕已经读到高年级。

海伦娜思索着,为何如此。

一生命定倒霉。

接着他犯了最大的错误,尼古拉斯激烈地说,他应征入伍。二十六岁,渴望人生能有一个目标。他最终参加了沙漠风暴行动——一九九一年——由美国和英国沙漠风暴行动组织领导的联合国军队，沙蚤，可怕的高温，鬼知道他们在那个鲜为人知的地方——“中东”——干吗。他目睹了队伍中有些人受重伤，还有一个人死了。他被打中过——别人以为他死了——半张脸被炸掉——弹片打进了他的头骨。最糟的是，他很肯定联合国“盟军”得对此负责——“友善的交火”——像个恶劣的玩笑。他无法证明，但是他清楚得很。不管怎么说，这一切都发生得太快。他在某间肮脏的医院醒来。在某地某间肮脏的医院里一直醒着，直到有人告诉他，你可以回新泽西老家了——回到新泽西新不伦瑞克的退伍军人医院。不知道他是如何在毫不知情的情况下被送回了家。像是被摔破的东西，碎片晃动，坏得更厉害了，他在毫不知情的情况下被四分五裂地送回了家。而康复则是个更拙劣的玩笑，他花了很长时间才能一瘸一拐地走路，用嘴而不是用漏斗吃饭，用正常的方式拉屎，不让眼睛像是脑袋里松了一颗螺丝似的晃来晃去。他的左腿少了一半肌肉，剩下的就像是一串深色鸡肉。

海伦娜被深深地打动了。她想发誓说，我不会这样的，尼古拉斯。我不会抛弃你。

“你被运出去送死。当你被毫不知情地运回来时，你是死的。”

尼古拉斯尖声大笑，然后咳嗽起来。他涨红的脸现在更红了，愤怒的眼泪从眼角流了出来。

海伦娜在想：如果尼古拉斯想要继续学业的话，她可以帮他支付学费。他显然很聪明，他可以参加大学入学考试，重新入学。对于退伍老兵，特别是残疾的退伍老兵，肯定有特殊政策……

"……瞧，他们欺骗了我。他们欺骗了每个应征加入他妈的美军的混蛋。你现在看到的不是我。是我的残余。他妈的，我要去投诉他们，但这只会让情况更糟，没有人想听一个残废混蛋说他很痛苦，他的脑袋很痛，每三十天我就要去'输血'，好不让我的血腐烂。他们说我的'T细胞'太高或者太低——我的'免疫系统'完了。看到了吗，我是个死人，但是我还没有死。"

海伦娜把手放在尼古拉斯的手腕上。"你当然没有死。我会帮你的——尽我所能——帮你重返生活。"

这会儿周围桌上的食客都公然看着他们。尼古拉斯的声音透着多么强烈直白的委屈，他的呼吸变得愈发嘶哑和吃力！海伦娜做出像是要把他潮湿的头发从额头往后梳的姿势，他突然僵住了，像是在退缩；然后他用颤抖的声音说："你是个美丽的女人，海伦——海伦娜。一定是上帝派你来的。"

他喝醉了，他的嘴巴怪异地扭曲着。眼睛里盈满了泪水。海伦娜看到米色羊绒外套的袖口沾上了牛排的血水。当尼古拉斯想要站起来的时候，他下面的左腿发软了。他胡乱地抓住桌布，差点把桌子都掀翻了，他们的服务生赶紧带着一副极为警觉的神态跑过来。"操你们全家"——寡妇后来很确定她没有听到。

心怀内疚，以及其他比内疚更亲密的情绪，寡妇无法入睡。

她要雇残疾老兵尼古拉斯：她要慷慨地付他薪水。

或许尼古拉斯可以当她的司机。当她需要去纽约或者费城的时候，她就雇他。

他忠诚，可信任。他会为她全心奉献。

海伦娜相信不管他在援手商店的工作是什么，他都可以在她家照样做。帮她维护她现在独居的这幢五居室房子；她想起来有一个看门人曾经住在地下室里，为之前拥有这幢房子的一对老年夫妇看门。

当然，四十六岁还远远不算老。但是这幢昂贵的房子和土地的维护，不是海伦娜一个人能胜任的。

她是个有钱的寡妇，尼古拉斯是个稍微年轻些的男人，聪明、敏感、尊重她。尼古拉斯以他的方式受过教育——或者将会如此。

他们会去纽约大都会歌剧院。他们会参观博物馆，去欧洲旅行。他们会去罗马、佛罗伦萨、塞纳河、威尼斯。他们会住五星级酒店，他们的房间挨在一起，(或许) 中间还有一扇门相通。

不难想象：尼古拉斯·泽林斯基会变成她的伴侣。

他的年纪正好当她的表弟或者弟弟。他穿上她送的衣服，看起来就不那么绝望了。她会确保他接受最好的医疗——不是新不伦瑞克的退伍军人医院，而是纽约的专家。

在纽约医院里接受特殊手术。他受伤的腿、后背。

补牙，那颗缺失的牙让他笑起来有一副动物的贪婪神态。

作为她的护花使者，他可以陪她去那些她没法忍受独自出席的活动。天气糟糕的时候，他会把她送到大楼的入口处。他会把伞举过她的头顶。他是她忠诚的小弟弟。他是大学老友。他是她已故丈夫的单身汉朋友,在这位寡妇丧失亲人时站出来保护她。

过一段时间,这位值得信任的伴侣或许可以料理海伦娜的生意。复杂的财务,无数投资项目,细致乏味的账务。

海伦娜?我们得跟你谈谈。好吗。

海伦娜——我们能过来看看你吗?好吗。

或者——你上我们这儿来?

过来看看我们!住在我们家!好吗。

太久没见了。

你知道我们都很想他。我们也在哀悼他。

海伦娜把这些留言都删了。

“你们找错人了。那个女人不住在这里了。”

但是接着她受到了打击。她给援手商店打电话找尼古拉斯,一个慢吞吞/带着鼻音的新泽西口音告诉她:“今天不在。”

第二个电话打过去,那人说:“‘尼可拉斯’?这儿没人叫这个名字。”

她平静地说:“我找‘尼古拉斯·泽林斯基’——援手商店的。我有他的名片。”

“没有,夫人。这儿没有‘祖-林-斯基’。”

“他叫‘尼古拉斯·泽－林－斯基’。他肯定在你们那儿。”

“这儿没有人叫这个名字，夫人。”

她很沮丧。她焦虑不安，无法入睡。她饿坏了却什么都吃不下。她的心脏在萎缩，像那个受伤男人的大腿肌肉。你能把手指伸进这样的伤口，就如同伸进基督受伤的身体。

临近这年最黑暗的日子，会计师再次来到位于奎克高地伯南伍德庄园的房子里。狡猾的斗鸡眼会计师来的时候是早上，寡妇前一个晚上没有睡着。她给他倒了咖啡——（海伦娜是个永葆优雅的女人，生来懂得招待别人）——但是没法专心听他讲话。当他把准备好的支票拿给她签名时，她的手抖得太厉害，没法签。

“我能相信你吗？我怎么能相信你呢？这有什么意义呢？哦，上帝啊——那么多钱我该怎么办啊？”

她思索着：尼古拉斯是被援手商店解雇了吗？

她上一次见他的时候，他很愤怒。在华盛顿将军旅馆吃过晚饭之后，他就突然消失了。她让服务生帮她把尼古拉斯抬进她的车里——她给了那男人二十美元小费。他瘫坐在副驾驶座上挥舞着拳头，忧伤地喃喃自语和大笑，然后他张着嘴睡着了，散发着一股红酒的气味，他把红酒洒在了衬衫前襟上，到了利伯提路，她想要把他从车里拉出来，他笑着打着呼噜半醒过来，拉住她，抓她打她，抓住她的脑袋，拉过来，把他滚烫潮湿的嘴按在她的嘴上，海伦娜挣扎的时候，他抓得更紧，用舌头扰动她的嘴唇，探进她的嘴里，海伦娜把他推开——“尼古拉斯！不要这样——住手。”

这个男人眼中的怒火，嘴巴野蛮的扭曲——她感到一阵恐惧，但是又兴奋地想他是我的朋友。他不会真的伤害我。上帝把我派给了他。

最后她给援手商店打了个电话，在语音信箱里留了条信息。

像是背诵一首诗一样平静。

这条消息是给尼古拉斯的。

请到奎克高地伯南伍德庄园28号来。我有东西给援手商店——保存完好的男人衣物。还有其他器具、家具等。

请尽快过来。

我是海伦娜。

这条消息是给尼古拉斯的。

五

他终于还是来了她家。

一个明亮的十二月早晨，前门的门铃响了起来。海伦娜飞快地下楼开门，看见车道上停着一辆货车——金属灰色，边上用红色字母写着新泽西残疾老兵援手商店，底下是一个紧握的双手标志——尼古拉斯和他的同事吉迪恩站在门口。

“哎呀，你们好啊！我没有想到……”

海伦娜看到尼古拉斯站在她家门前大吃一惊——太突然了。他朝她微笑，称呼她“海特太太”——老练圆滑，因为吉迪恩在场——解释说援手商店取件不及时，但他们希望她还留着捐赠物品。

“……当然。请进吧。”

“谢谢，夫人！我们能穿着靴子吗？”

“靴子？当然……”

浅石色的眼睛打量着海伦娜，又越过她望向豪华房子的内部，既亲密，又谨慎、冷漠。你不可能发现——（面色阴冷的吉迪恩不可能知道）——援手商店的工作人员和伯南伍德庄园28号的海特太太之间有什么关系，更不用说情感纽带了；你们猜不到海伦娜的心脏跳得飞快，她觉得自己快要晕倒了。

她给援手商店打过几次电话，留下哀怨的消息。几乎过去两个星期了，她已经接受了再也见不到尼古拉斯的可能性，除非——再一次！——她带着更多丈夫的衣物开车回特伦顿南弗斯路，她不能允许自己这么做。

不能贬低自己。必须注意！

她告诉自己她会再次听到尼古拉斯的消息。除非他出了事，否则他会回到她的生活中来。

男人们抬头注视着这幢大房子——用大卵石、砖头、木材和灰泥搭建的殖民时期风格建筑，有数不清的格子窗户、几根烟囱和一个巨大的石板屋顶——尽管不如伯南伍德居民区其他那些定制设计的房子大。

车道很长——上坡——绕过房子前的一片苏格兰松树，继续往侧面，通往从前门看不见的三车位车库。

站在房子里面的门厅和走廊上，你可以望过美丽的客厅，看到一扇从地板到天花板的落地格子玻璃门，门外面是一片长长的斜坡草地，点缀着轻薄的雾气，挨着一片湖，有白天鹅在里面端庄懒散地游动，像是田园画里的场景。

当海伦娜带着两个男人走向房子后面的厨房时，他们都遮遮掩掩地四处张望。

她痛苦地看到尼古拉斯拖着左腿，走得很僵硬。他穿着一件肮脏的防风夹克，工作裤，头上戴着顶羊毛帽子，看上去像是从援手商店的某个垃圾箱里掏出来的。他最近没有刮过胡子，脸颊上隆起的伤疤直泛红。他深灰色的头发往后梳，在脖子后面扎成一根小辫——海伦娜从未见过尼古拉斯扎小辫，这让他有种大摇大摆的海盗气质。他穿着厚重的徒步靴，在地板上留下潮湿的碎叶。

“这房子真漂亮，海特太太。好大！”

尼古拉斯的脸上飞快掠过一丝微笑，他缺了一颗牙的下颚的洞隙闪现了一下。

厨房炫目明亮，地上铺着墨西哥瓷砖，闪亮硬木制成的中心料理台，八个灶台的卢克索炉子，铜锅挂在头顶的钩子上；橱柜很大，洁白无瑕。房间里有一片早餐区域，装着一台电视机，从格子吊窗望出去，能俯瞰倾斜的后草坪和湖。

“你觉得怎么样，吉迪？你以前见过像海特太太家这样的房子吗？”

尼古拉斯赞许地说，并没有挖苦的意思——海伦娜很肯定。但是这个穿着援手商店牛仔夹克的粗鲁黑人嘟着下嘴唇说着什么，当然，我以前来过伯南伍德。

海伦娜解释说她有一些要捐赠的衣服，还有一些器具和家具，都在楼下的地下室里；他们能用地下室的门，这样不用走楼梯到厨房就能把东西拿出去了，但是他们有一个人得把货车开到车库那儿。

尼古拉斯派吉迪恩去开车。他单独与海伦娜待在厨房里，有些害羞地走来走去，不太舒服似的扭动着肩膀。他的眼神不安，躲闪。他的嘴巴抽动。他假装对墙上镜框里的照片很感兴趣——希腊和意大利的旅游照，海伦娜的丈夫很久以前拍的。海伦娜想要挨近他，摸摸他的胳膊，但是感觉尼古拉斯会皱眉闪开。她用女主人轻快的口吻问：“你怎么样，尼古拉斯？你最近——很忙？”

尼古拉斯耸耸肩说，是啊。

“我给你留了信息，我原本以为你会回电。我有点担心。你提起过‘输血’之类的事情……”

但她犯了个错误。尼古拉斯不希望海伦娜提起他的健康问题，或者任何私密、亲昵的事情。她猜想，大概是因为吉迪恩就在附近。

他们等着吉迪恩回来。海伦娜的心脏依然剧烈地跳动，她口干舌燥。如果尼古拉斯是独自到她家来的……

但是那又怎么样？又会怎么样？

现在是工作日早晨九点半。海伦娜原本没有料到会有任何快递或者零售商光顾；她以为援手商店会打电话来确定取件的日子和时间。她没有时间为尼古拉斯的到访做准备——尽管她穿着鸽子灰的羊毛法兰绒长裤、黑色的设得兰毛衣，低跟帆布鞋，本打算晚些时候出门办事。

如果她知道援手商店的人就在社区里，她早晨本该更悉心地打理一下头发，而不是草草梳了梳；她本该在瘦削黯淡的脸上化点妆，描描眉毛，抹抹唇膏。

她本该在脖子上系一条丝巾。添点颜色能让她心情变好。

而在铜锅底部的反光里，海伦娜看起来依然迷人甚至沉着；这是一张优雅的女人的脸，欢迎出其不意的访客到家里来。海伦娜忍住没有给援手商店的工作人员拿喝的——咖啡？——果汁？——她作为她那个阶级的美国女性，热情好客的本能非常强烈。

吉迪恩回来了，海伦娜带他们从紧挨着厨房的楼梯走下地下室。这儿有一段通往房子另一侧的后走廊，能够俯瞰整片广阔的树林。

打开一盏灯，往地下室走，海伦娜感到一阵恐惧——不期而至、毫无根据——心想这些陌生人可以把她推下楼梯，让她跌倒，摔裂头骨，抢劫她……

谁会知道呢？什么时候？

这当然很荒唐。如果他们中任何一个知道她这样想，她都会感到深深的羞愧。

尤其是，海伦娜并不是一个种族主义者。

她和丈夫意气相投，都不是种族主义者。

伯南伍德，更不用提奎克高地，都没有过种族隔离。

楼梯底下有两扇门：一扇通往左边，那儿是地下室已经装修好的部分，包括一间装修精良、有巨大平板电视的家庭活动房、一间健身房和她丈夫的酒窖；还有一扇通往右边，那儿是地下室没有装修、没有供暖的部分，有火炉、热水器、电箱、开关，和通往房子外面的门和台阶。海伦娜在这儿感觉不太舒服，因为这儿很冷，还有一股轻微的下水道堵塞的味道；里面的东西——火炉、开关——她都不太懂，非常担心它们出问题。大部分的空间用来储存东西，放了很多楼上长久不用的物件——家具、灯、几盒衣服、书。没有一样东西是破破烂烂或者没用的，但是多年来都没在楼上见过它们。一把柳条靠背磨破了的软垫鞋匠椅，一张顶部的玻璃有点开裂的斯堪的纳维亚金木咖啡桌，孤零零的餐椅，弹簧床垫，床头板，软百叶窗，积了层层灰的叠放的窗帘……海伦娜不想凑近看那个曾经是他们客厅亮点的白色皮沙发，或者是那几箱她丈夫不愿意扔掉的大学课本，尽管他知道自己再也不会看了。

每年这个话题都会被提起一次：他们应该打电话给慈善机构，比方说好心人，让他们过来把地下室里堆积的东西拖走，因为大部分还很好，派得上用场，甚至值点钱。但是没有人真的去做，现在这项任务落到了微笑的寡妇头上。

“尼古拉斯，吉迪恩——就是这儿！请把这些东西都拿走吧。就这个房间，不要动地下室其他地方——不要去‘家庭活动房’。所有家具、这些盒子、衣服……”海伦娜的声音低了下去。她看见两个男人都用——同情？可怜？——的眼神注视着她。她估计这对他们来说不过是例行公事，在家里有人死了之后，援手商店过去取走衣服和日用品。

在尼古拉斯看来，她不过是一件公事。而她无法相信，他们之间发生了那么多事情。

“你们可以从这扇门出去，我帮你们开着。”

海伦娜用力推开门。生着苔藓的石台阶向上通往外面。有一股寒冷潮湿的泥土味。海伦娜已经几年没有用过这些台阶了，尽管家具工、管道工和电工经常使用。

尼古拉斯和他愁眉苦脸的深色皮肤同事立刻像一支熟练的队伍似的，不加思索地搬起了桌子、椅子。他们往门口走的时候，海伦娜让开了。看到他俩如此有效迅速地执行这项会从身体和精神上直接击垮她的任务，她非常吃惊。

她应该监督一下工作进程，或许跟尼古拉斯说两句，但是她感到一阵头晕以及难以言说的悲伤，她回到了楼上。

她从后窗看着男人们抬着家具穿过草坪向货车走去，她只看了一会儿。这冷漠的场景让她感觉虚弱疲惫。她心想自己是否犯了一个可怕而不可挽回的错误——既然她的丈夫已经离开，又有什么迫切的需要把地下室的东西清空呢？

他的大学课本！海伦娜感到极其痛苦，那些书会被拖去援手商店昏暗的房间，和其他别人不要的书一起扔在桶里，卖几便士。

当然：她希望尼古拉斯能来家里，她希望他一个人来。

她有些珍贵的东西要送给他——她丈夫的萨维尔街定制西装、他的黑色羊毛外套、从伦敦利伯提买的印花衬衫。

“你们想要喝点什么吗？咖啡、果汁……”

等男人们把东西都运上了货车，拿出一张印刷表格让海伦娜签字时，她从忧伤的情绪里恢复了过来；她飞快地上楼化了妆，涂了唇膏；她在脖子上系了一条粉色条纹的丝巾。从镜子里看，她惊人地年轻，甚至容光焕发。

“……你们工作得太辛苦了！走之前，我给你们一些东西吧……”

尽管天气很冷，但是劳作让这两个男人热烘烘的。尼古拉斯起初有点犹豫，但还是拉开了防风外套的拉链，递给海伦娜，让她挂在餐椅的椅背上。吉迪恩打开一块手绢，擦了擦他黝黑油腻的脸。

一开始男人们只要些冰水。然后尼古拉斯问海伦娜有没有啤酒。

“如果有的话就最好了，夫人。没有也没关系。”

啤酒！现在还不到中午。

海伦娜笑起来，从冰箱里拿来两瓶德国淡啤。几个星期来——不，是几个月来——这些瓶子都放在冰箱的后面。海伦娜不愿意挪动它们——她不想挪动任何她丈夫的东西——他特制的无花果果酱、他最爱的黑橄榄，甚至还有厚厚一块戈尔贡佐拉奶酪。海伦娜很高兴把这些啤酒拿给辛苦工作的援手商店的伙计们喝。

起初他们坐在早餐桌旁，还有些不好意思。海伦娜给他们的杯子倒上啤酒，但是他们更喜欢对着瓶子喝。她拿出一盘杂粮面包、切好的车打奶酪、黑橄榄。她走开一会儿，回来时拿着萨维尔街定制西装、黑色羊毛外套、利伯提印花衬衫，都挂在衣架上。她回来的时候两个男人都在大吃大喝。

她从尼古拉斯的眼神里看出他明白，是的，他知道这些漂亮的衣服是单单给他的；但是不，他不希望海伦娜在吉迪恩面前说任何话。

“我忘了这些。我本来想把它们跟楼下其他东西放在一起，但是……”

海伦娜把西装、外套和印花衬衫挂在厨房的挂钩上。

男人们嘟哝着说谢谢夫人！一边迅速地喝下他们的啤酒。

吉迪恩想要洗个澡，海伦娜带他来到后厅的客用浴室，那儿贴着威廉姆·莫里斯风格的墙纸，有玫瑰大理石的洗手盆，黄铜水龙头，闪闪发亮、一尘不染的浅粉色陶瓷马桶；一只大理石的肥皂碟里放着块上面打着“DIOR”印的芳香手工皂。当吉迪恩回到厨房时，尼古拉斯说想用一下洗手间。

海伦娜没问他们是否还想再要一瓶啤酒——（因为海伦娜看得出来他们坐立不安，想要离开）——她又从冰箱里拿出两瓶淡啤。这时候盘子里的面包和奶酪都已经吃完了，海伦娜切了更多的奶酪，拿出更多黑橄榄和一小碗腰果。

她很痛苦——她不希望男人们离开！她非常想让他们再待一会儿，再和她说说话——不是作为海特太太，一个他们组织的富有捐赠者，而是作为一个平等的人，一个朋友。但是当她问起男人们的生活——尤其是，他们怎么会来到援手商店，他们在军队的生活——吉迪恩皱起眉头耸耸肩，不看海伦娜的眼睛；尼古拉斯起初很沉默，然后他突然告诉海伦娜说他犯过最糟糕的错误就是加入了美军，但是——同时——军队在中东让他遭遇的东西是“天启”，他在家里永远不会有这样的经历。

“瞧，世界*就是*这样的。电影和电视里的战争不是真的，你只有*身在其中*才会明白。”

吉迪恩咕哝着咧嘴一笑。他很认同尼古拉斯那些刺耳的话。

海伦娜不安地问尼古拉斯是什么意思？她坐在早餐桌旁男人们的对面，胳膊紧紧地交叉在胸口，仿佛很冷，尽力不发抖。她坐在离尼古拉斯和吉迪恩只有十八英寸远的地方，却感到自己处于一种深远的天启的边缘，没有一个伯南伍德的邻居会知道。

她可怜的已故的丈夫也不会知道。他的寡妇现在已经远远超越了他。

“我是什么意思？你觉得我是什么意思，夫人？被运到伊拉克，训练成一名‘保卫民主’的士兵——带着来复枪——待在坦克里——从坦克里朝外面不管什么人开枪——我们当然杀人，为什么不？我们就是为此被送去那儿的。”

海伦娜非常不安，尼古拉斯冲她真诚地微笑。而他的声音却满是讥讽挖苦。

“但是你——你是个军人，尼古拉斯。你没有选择……”

“也有平民。伊拉克人。”——这个词语从尼古拉斯的嘴里说出来很轻蔑：*伊拉克儿人*——“有些是女人，像待宰的猪一样瑟瑟发抖的老人——孩子……一开始我想，天哪！这样不对，我们是美国人！——然后看到那些老家伙的所作所为，我想，有什么他妈的不可以？我有可能都回不去了，谁在乎啊。”

海伦娜避开尼古拉斯，感到震惊和愤怒。他注视着她的眼神饱含蔑视。他大口喝完了德国淡啤，大笑，用袖子擦干了嘴巴。

“怎么？你不想再听了吗，海特太太？那你为什么要问呢？你们这些人——‘平民’——总是要问，总是会后悔。你为什么要打电话叫我过来？”

“我——我打电话给援手商店——想捐东西……”

“胡扯。夫人，你是打电话给我。”

海伦娜摇晃着站起来，离开桌子。她慌乱地想——如果发生什么事情——她可以跑到房子的另一头：楼下她丈夫的书房。

她能锁上门。拨打911。

吉迪恩说他要走了，就离开了房子；尼古拉斯待在那儿吃完了剩下的食物。他贪婪而自傲地用手指吃。不一会儿他就像是喝醉了，高兴而狂躁的醉意，令海伦娜很厌恶。他炫耀地告诉她那是一种什么感觉，在“美国法律”制裁范围之外——“你可以为所欲为，而你的兄弟们根本不会管，所以他们才被叫作*兄弟*。”他看到海伦娜的神情，凑近过来告诉她他在新不伦瑞克住过的那间康复医院并不只是治疗“身体创伤”，还治疗“精神疾病”：“事情是这样的，夫人——吉迪和我，我们都已经*死*了。你以为从货车里出来的是*活着*的老兵，但是我们都已经*死*了。”

尼古拉斯大笑着摇晃着站起来。“再见，夫人！谢谢款待！再见！”他草草抓起她丈夫漂亮的西装、外套、印花衬衫，仿佛它们只是些平常的废弃衣物，甩在胳膊上，离开了房子。

他那快步跑过房角去开货车的同事，把车开到了环形车道上，尼古拉斯爬了进去，两人扬长而去。

海伦娜处于震惊中，好一会儿都移不开步子。然后她去检查了客用浴室：马桶没有冲。架子上的毛巾被粗暴地使用过，又脏又湿扭成一团。水池台面上少了什么东西吗？——大理石肥皂碟？昂贵的迪奥肥皂躺在水斗里，像是被丢弃在那儿。

一定是吉迪恩干的，而不是尼古拉斯。海伦娜无法相信如此喜欢她的朋友会这么干。

冲马桶，离开。

然后她飞快地下楼检查没有装修过的地下室——所有的家

具、所有的衣物和其他东西都不见了。尽管这是海伦娜的指示，但她看着空旷巨大的地下室还是受到了更大的打击，水泥地如此肮脏！能看到在这儿摆了多年的物件留下的轮廓；轮廓里面的地板只比其他地方干净一点点。

通往外面的门随意敞开着。海伦娜跑过去关好锁上。

海伦娜离开没有装修的地下室，本来应该上楼去，但是她心血来潮地打开了装修过的地下室，“家庭活动房”——难以置信地发现这个房间也被清空了。

男人们拿走了沙发、椅子——咖啡桌——甚至地毯；他们还想办法把四十二英寸的平板电视从墙上取下来拖走了。他们带走了健身器材——跑步机、爬楼机——都已经几年没用过了。酒窖的门开着，海伦娜不用进去看就知道援手商店搬空了她的葡萄酒酒架。

海伦娜站在空荡荡的房间里发抖。房间像被龙卷风席卷过一样，地上都是破损的东西——陶器、小台灯、放着干草和干花的花瓶。她目瞪口呆不知道该做什么。心想这一定是个误会——不是吗？这不可能是故意的。

她再次看到那个男人眼睛里的嘲讽——这就是我被派去那儿的目的。你为什么要问呢！

六

她开始在居民区里看到那辆货车。

她从楼上的窗口看到那辆侧面有红色字母的金属色货车——援手商店——经过她的车道拐进了邻居家的房子。

还有奎克高地伯南伍德的其他地方——这辆子弹头形状的车缓慢而坚定地沿着蜿蜒的林荫道一直开。援手商店的红色字母在优雅的殖民时期的房子、法国诺曼底风格的房子、仿爱德华七世时期建筑的房子,仿乔治王时期建筑的房子间穿梭,再从桉树道、野鸠坡、鹿坡道、朝圣巷、老磨坊和伯南伍德这样的路上折返。每天奎克高地起伏的山坡上都有装载着草坪修剪工、木匠、房顶工、油漆匠、危地马拉女佣的车辆——连续不断的服务车辆——援手商店的货车混迹其中,跟其他车看起来也没有什么太大的不同。

海伦娜看见这辆车,感到一阵情绪波动——警觉、害怕——还有些嫉妒。因为他可能是去另外一个女人的家,而不是她的。

她没有拨打911报失。她无法发誓说她是否能完全说清楚她不想让他们进装修好的那部分地下室——援手商店的人可能会这么说。这是个误会——或许。

一天晚上她看到一辆救护车开进了邻居家房子前的车道,就是早晨援手商店的货车到访过的那家人。警报鸣声把她从服用了镇定剂的睡眠中惊醒。在伯南伍德环路和福克斯克劳福特巷的拐角处有一幢铺着显赫石板屋顶的大卵石庄园,比海伦娜的房子还要大。她想起来——那房子里住着一个寡妇。一个年纪更大的女人,大概六十多岁,她的丈夫死得比海伦娜的早,去年春天。那时候一个六十多岁的男人的离世对海伦娜来说多么遥远!一个六十多岁的寡妇！海伦娜和那对夫妇不太熟，但她隔了几天带着一株盆栽过去拜访了那位刚刚失去亲人的女人；女人对海伦娜很礼貌，但是心烦意乱，很显然她更想要一个人待着。

海伦娜有点害怕知道维德里夫太太怎么了。

七

你为什么要问我。你为什么要叫我来。

在她卧室昏暗的灯光中，他出现在她跟前。他的脸隐在阴影里，她只看得到他一闪而过的牙齿和眼睛里的闪光。她记得他的气味：不会错。她的身体紧张。她的心脏跳得都快要爆炸了。她的肩膀，她的背，她的屁股，她绷紧的脑袋，都被他身体的重量钉在床上。他的手放在她的喉咙上，手指掐紧。*你打电话给我，你叫我过来的。这就是你想要的。*整个房间里只听得到心脏沉重的跳动声。楼下门廊里的老爷钟几星期前就停止了它肃穆的滴答声。在海特家里，是海伦娜的丈夫负责照看他家这台祖传的斯蒂克里钟。海伦娜意识到她已经没听到过钟声——多久了？时间的鸣响就这样停止了。

这就是死亡——时间的鸣响停止了。

而男人没有掐死她。他的手指松了下来——再次掐紧，接着又松了下来——掐紧，放松：他让她呼吸是对她的仁慈。呼吸的恩赐是男人给与她的，而不是她要接受的。

她虚弱地推搡男人，他粗糙的皮肤擦着她的皮肤，伤疤累累的麻子脸，胡茬，嘴巴像一种吮吸的食肉鱼。他的一条腿萎缩了，大腿肌肉坏死得厉害，但他还是很强壮，把她压在床上，毫不理会她的哭泣、哀求和绝望，她不想这样，她想要把男人当成朋友，当成伙伴，当成一个爱她的爱人——她不想这样。他用手扇她嘴巴，不让她出声。他粗糙的手又咸又脏，不让她出声。她的头撞着床板，像是在用指关节敲门——直到最后——给了，破了，门开了，她摔倒了。

八

这个寒冷的早晨，寡妇家前门的环型车道上停着侧面有红色援手商店字样的金属色货车。

她蹲在门里面，喘着气。光着脚，头发散在脸上。她看不清是谁在开车——阳光从挡风玻璃上反射回来，令人目眩。

她不会再这么干了！再也不会了。

脑袋上的洞

太蹊跷了！——尽管布莱德大夫医治病人的时候总是带着乳胶手套，从不直接接触他们的皮肤，当他把薄薄的乳胶手套脱下来扔进检查室的废料箱时，他的手上还是沾到了淡淡的铁锈红的条纹——血？

他举起手来，张开手指查看。他的手就跟他这个身高和体重的普通男人差不多，尽管手指比一般人稍微长一点，而且指尖呈明显的锥形。他的指甲剪得很短，并且一直非常干净，然而——这怎么可能？——乳胶手套里面被干燥的铁锈红物质弄得皱巴巴的，他不得不认为是血。他想，一定是手套有缝。一道口子。

这不是第一次发生了——这种蹊跷事。近几个月来的发生频率令人不安。卢卡斯想过把用过的手套从垃圾堆里拾回来检查，看看他能不能从乳胶里找到最细小的裂缝——但是他想想就觉得恶心。

卢卡斯·布莱德在紧挨着办公室的卫生间里猛力洗手。铁锈红的水打着转消失在下水道里。这是桩神秘事件！很少有病人在他办公室里“流血”。布莱德大夫是位整形外科医生，他在诊所进行的治疗——注射骨胶原和瘦脸针、微晶焕肤、硬化治疗、激光（去除皱纹）、化学嫩肤、电波治疗——几乎不会令人失血。更复杂的外科手术——面部提升、鼻整形、去红血丝、抽脂——都会在一家配备麻醉师的当地医院里进行，并且至少有一名助手。

布莱德大夫的病人在手术台上会出很多血——面部提升尤为血腥，因为面部和头皮都需要做深层切割——但是这很寻常——没什么是布莱德大夫无法用常规医疗办法止血的。但是这个！——乳胶手套里神秘的血痕！——他百思不得其解。乳胶手套一定有瑕疵。

他要让接待护士克罗伊向供应商申诉——要求调换整盒次品手套。这已经不是近几年来医疗用品供应商第一次试图把次品强行派给卢卡斯·布莱德，随着美国经济衰退，质量和商业道德也都显著退步。卢卡斯不愿相信最近听到的有关某些整形外科医生同行被迫签下医疗失当协议的传言，这意味着，医学道德从某方面来说也在折损。

非常时期，非常办法。不管是谁说的，反正不可能是希波克拉底。

水斗上方的镜子里浮现出一张他熟悉的脸——迟疑的微笑在左边脸颊旋成酒窝，眯起眼睛，仿佛如此近地看着卢卡斯·布莱德，他不知为何无法相信自己所看到的。

这是我？还是我成为的那个人？

他是卢卡斯·布莱德，医学博士。四十六岁。他是位整形外科医生——专擅鼻整形手术。他很以自己的工作为傲——工作的某些方面——他业绩优秀，没有因为医疗事故而被起诉过。在过去的八年里，他在威尔兰德斯后面的一楼租下一套办公室，一间用不规则的玻璃、花岗岩、灰泥建的医疗中心，坐落在纽约达奇斯郡哈得孙河边黑泽尔顿郊区风景优雅的山腰上，一条私人小径的后面。深冬黑暗缠绵的雨季——愈演愈烈的经济危机，整个国家抵押品赎回权取消，“国货危机”——而在美国国境线之外几千英里那场荒谬而没完没了的“自由之战”已经进行到第六年了——卢卡斯·布莱德和其他在威尔兰德斯的内科住院医生只受到稍许影响。他们的客人大多很有钱，如果国家之船沉了，他们注定是能自由漂走的那群人。

此外，布莱德大夫的客人几乎只有女性，她们极其地，或者也可以说是强烈地，专注于自己的健康：脸、身体、“生活方式”。她们是有钱人的妻子、前妻或者寡妇；有些是有钱人的女儿；还有引人注目的一小部分是高薪职业女性——一心想要在冷酷的竞争环境里重获青春和自信。卢卡斯不时在黑泽尔顿的当地报纸，或者《纽约时报》的社会版上看到他客人们的照片——奢华的服饰、耀眼的微笑，总是比她们实际年龄看起来年轻——不由得感到一阵骄傲。*那张脸是我的。*

总的来说，他喜欢她们。她们也喜欢他——忠于他。她们都是漂亮女人，或者曾经是：她们的财富有赖于永恒的魅力。

这些金发白肤的女人都已经四十岁出头，过了她们最美丽的年纪，在室内要戴墨镜，晚上要涂昂贵的保湿霜和厚厚的乳液。没有什么整形手术能缓解她们担忧自己看得出年纪的焦虑。卢卡斯无法想象任何丈夫——任何男人——在晚上抱着其中一个女人；她们一定坚持独自睡觉，如同当她们还是小女孩时独自睡觉一样。（卢卡斯的妻子现在不跟他一起睡了，但不是因为想要维持美貌。）他的病人都是笑容热切的神经质女人。要不就是很少笑的焦躁女人，害怕在脸上留下笑纹。她们眼睛湿润——角膜矫正手术破坏了她们的泪腺。注射肉毒杆菌和面部提升手术使她们的脸蛋紧致光滑，有的像面具一样无瑕。但是她们的脖子！——脖子太难“提升”。还有她们的手，以及上臂松弛的肉。她们满怀希望想变得比实际年龄看起来更年轻，想要跟过去一样美丽，或者更加美丽——其实她们并没有——她们变得幼稚、绝望。布莱德大夫往她们的皮肤里注射越多的胶状液体——骨胶原、肉毒杆菌、玻尿酸、X公式——她们就越渴望更为激进的治疗：化学嫩肤、皮肤磨削术、整形手术。她们像有些人害怕胎记一样害怕细如汗毛的皱纹。她们害怕眼睛底下柔软干皱的肌肤，害怕面颊和下巴轮廓松弛，如同世界上其他地方的人害怕麻风病。

她们对于疼痛高度敏感，为了让她们缓解紧张，布莱德大夫用长长的透明针头给她们注射时，让她们捏着小小的硬橡皮球；他提供给她们温和的麻醉乳液，让她们进诊室前擦在自己的皮肤上；他给她们镇定剂，或者有时候只是安慰剂；他的病人对疼痛的反应如此失当让他觉得好笑，甚至恼怒——有时候他还没有真的把针头刺进她们的脸呢。最微妙的操作是给病人的额头注射肉毒杆菌、玻尿酸或者 X 公式，如果布莱德大夫不是万分小心，针头不小心碰到了骨头，所有迹象都表明这会非常痛。(布莱德大夫自己从来没有注射过这些溶液，不知道感觉如何，也完全不想尝试。)他的病人忠于他，但是她们紧张、情绪化，像孩子一样——谁会对孩子发火？

他向她们保证说，*我的手法不可思议！我能带给你们幸运。*

他很喜欢——爱——他的工作——他在威尔兰德斯的业务——但有时候想到他将永远做他现在所做的，又会感到一阵厌倦的恐惧。

那么就离开。放弃。做其他医疗行当。你做得到吗？

他的妻子不理解。她正派的姿态里有一种固执的费解。他试图解释——尽力——但是她不理解。他得接更多的病人——他得说服病人升级她们的治疗——这个财年的余波对于所有人来说都是毁灭性的。卢卡斯只想维持他的收入——他的投资——而不是损失更多的钱；有些投资他不得不瞒着自己的妻子，她对此一无所知。奥德丽的签名很好弄——她签法律和财务文件时根本不仔细看，或者压根不看；她太信任他了，卢卡斯有时为了避免牵扯到她的麻烦，自己签她的名——她大大的女学生字体。他没有对任何人吐露过他的财务问题，因为没有人可以倾诉。他也没法与人分享那个更振奋人心的消息——他正在试验一种独特的胶状物质，和肉毒杆菌的医疗效果相似，但是便宜很多。会有一些过敏症和化学“灼伤”的微小风险——他明白，而且非常小心谨慎。这种被取名为X公式的神奇物质，布莱德大夫可以在自己办公室的实验室里配制，能够节约制造肉毒杆菌所需要的惊人成本。

或许有一天布莱德大夫可以完善X公式，获得专利，与一家制药公司做笔大买卖——尽管以此来赚钱并不是他的目的。

“我要做了。”

神经外科医生这样实事求是地说，你不会觉得他是在自夸。

卢卡斯·布莱德念医学院原本是想成为一名神经外科医生。但是课程太艰巨，太昂贵。而他的同学们——百分之九十是从大都会纽约地区来的犹太人——太野心勃勃，太无情，太聪明。他的导师对他的关注也少得叫人吃惊——仿佛他只不过是数百名医学生中的一个，和其他人没有什么两样。卢卡斯在达尔文主义的噩梦中挣扎求生，却没能存活下来，他被凶残的竞争者吞噬，他是只落脚小猪。

他曾经是位医学院学生，多么令人陶醉，然后是实习生，最后成为纽约里弗代尔区哈得孙神经外科医院的住院医生——太令人嫉妒了——观摩最权威的医生自信满满地打开人类的头盖骨，触碰大脑——活体大脑。他渴望赶上他们——渴望被这个精英部落接纳——即便在更为现实的时刻他知道自己无法承受，一想到这情形他就虚弱犯晕——在头盖骨上切一道口子，钻一个洞，把活体大脑暴露在外面。

他历历在目地记得在医院当住院医生的两年间的若干片段。这些记忆他从未与任何人分享，尤其是他娶的女人，她对卢卡斯·布莱德的评价很高，他不想冒险损坏形象。

每天工作十到十二个小时。晨昏不分。他辅助手术——一天一到三台手术，一星期六天。他接见病人，帮病人做准备。他检查X射线断层扫描图。有一次，他拿着扫描图，盯着大脑海绵状物质里错综复杂的动脉和静脉，他所知道的关于大脑的一切都如蒸汽般消失了。这是一种恶毒的生命形式——深不可测的奇怪物体。他尝到恐惧的滋味如同嘴里黑色的胆汁。他超过二十四个小时没有睡觉，筋疲力尽，靠咖啡因和安非他明支撑，既兴奋过头又昏昏沉沉——他的思绪像弹球般乱撞，流动漂浮于他的理解力之外。不知怎么的，他把眼前这张透亮的大脑图片与自己的大脑混为一谈……他没发现脑干胶质细胞瘤，这种像蛇一样缠在病人脑干上的凶险噩兆，外行人看不出来。“一般来说，这样的肿瘤没法手术，”神经外科医生说，“——但是我要做了。”卢卡斯颤抖起来。他永远也没勇气说出这样的话。他永远不会对自己有这样的自信。做。

与其说他害怕造成不可挽回的伤害，或者杀死病人，不如说他更害怕公众对于此类失败的反应，害怕其他人可怕的评价。

他确实通过了住院医生考试。在有些方面还做得特别好。但是他知道，他周围的每个人都知道，他不会成为一名神经外科医生。他第一次辅助环钻手术，或者颅骨切除手术时就发生了令他蒙羞的事情——他负责钻开颅骨——这是一个活人的颅骨，一个准备手术的中年男人——有人交给他一把沉重的电动钻头，直截了当地说：“动手吧。”他担任住院医生期间已经观摩过无数次颅骨切除手术——他观摩过无数次大脑手术。他知道人类的颅骨是所有自然物质中最耐用的，像矿石一样坚硬。想要刺穿它真的得用钻头、锯子、暴力。他在医学院的解剖室里用过这种钻头，但是这回的脑袋是个活体脑袋，颅骨里装着的大脑是活体大脑，这个事实吓坏了他，而且他认识这个病人，他们交谈过，他与这个焦虑的男人相处得很好。现在这个男人像食尸鬼连环画里接受拷问的人那样被摆成坐姿，强行摆成这个姿势；对于这个被迫要在他头上钻洞的住院医生来说，幸运的是，病人被安置在器械台底下，用无菌布和毛巾遮得严严实实。卢卡斯要面对的只有男人的后脑勺，以及神经外科医生用橙色记号笔标记的卢卡斯要钻的开口的形状。“动手吧。”——年长的男人重复了一遍。病人的头皮已经被切开，鲜血横流，又被擦去，现在一块头皮掀起，颅骨——骨头——暴露在外面。平静地——他确信自己显得很平静——卢卡斯把电动钻头对准骨头——但是仿佛无法扣动开关，直到被人不耐烦地催促：“继续。”于是他盲目地按下——猛地一按——开关；一阵刺耳的电钻声；钻头缓慢地转动起来，可怕地钻进颅骨。卢卡斯的眼睛被泪水迷住了，看不清楚。他盲目地把钻头摆准位置，这家伙在他冰凉的手上又沉又笨，仿佛是它自己的内在生命在运作它。颅骨如此坚硬，牢不可破——但是不锈钢钻头更强劲——骨头刨花和血混在一起从颅骨流出来——血污刨花——钻头钻穿颅骨时陡然停止，防止继续刺穿下面的硬脑膜，那是一层缠绕着血管和神经的深粉色坚韧薄膜。卢卡斯闻到了烧焦的骨头和皮肉——他正在呼吸骨头粉尘——他开始窒息，头晕作呕。但是没时间停下来歇歇——他得在颅骨上再钻三个洞，构成一个梯形，一开始用大钻头，随后换成更精准的小钻头。骨头和皮肉烧焦的气味难以抵挡、极其可怕——他屏住呼吸不想吸入——现在用钳子一样的工具撬开颅骨——喘息，绝望——把几个小洞变成一个开口。他心想这不是真的。这一切都不是真的，却那么绝妙，"颅骨"渗出血来，现在立刻被血浸透的手术海绵填进了颅骨上的大洞。然后他对其他人说——他平静而实事求是地说——工序完成，下阶段的手术现在可以开始了——他确定就是这样了，他完成了所有要求他做的，而且他一个错误都没有犯，然而不知怎么的，瓷砖地板向上倾斜，朝他压来——所有人都看到这个年轻的住院医生膝盖发软——神经网萎缩不见了，而它原本还支撑着他，使他不至于崩溃，溶为地板上一摊无助的血肉。

是因为过度劳累。咖啡因，速度。工作压力。他人的目光。起初他头晕目眩不知道自己在哪儿——手术室外面的走廊——不想问发生了什么，只问了病人没事吧，他是否成功完成了颅骨切除手术，他们告诉他是的，完成了。

十九年以后他成为了纽约哈得孙河黑泽尔顿的一名整形医

生。他把他的业务搬来市郊声名远扬的威尔兰德斯也已经八年了。布莱德大夫作为一名保守的医生，避免一切涉及病理学的手术，除了那些最熟悉、常规并且昂贵的——面部提升是最赚钱和最保险的。手术过程就像性施虐者的幻想一样恐怖，脸部皮肤被“提起”并“延展”的时候特别血腥——钉在头皮上——但是没有人死于面部提升——至少布莱德的病人一个都没有过。这些手术非常相似，因为人类的脸不管是否迷人，皮肤下面看起来都差不多。

他当然知道——并且感到愤怒——在那群内科和外科医生名流们看来，卢卡斯·布莱德大夫毕生的事业都相当卑微、可鄙。他自己也同样卑微、可鄙。他知道，但是试着不去知道。他试着不要愤愤不平。*他心想换做是我，我也会以这种态度看待自己。*

黑暗缠绵的雨季。雪花像结块的黏液一样在金属薄片般的天空中打转。四点十五分的病人是德鲁迪太太，他在她蜡黄松垂的脸颊上注射X公式——缓慢，小心——用无菌纱布抹去鲜血——脸上的汗水让他直发痒——她开始不安，焦躁。德鲁迪太太上一次在圣诞节前拜访布莱德大夫的时候，做了化学嫩肤；现在继续注射填平脸上的细纹和皱纹，大部分都很常规，除了布莱德大夫用他自己的X公式替代了玻尿酸——他相信这是一种完全合理的替代品，用无牌的药物代替昂贵的品牌药物是合理的——但是他给她的微量镇定剂仿佛并未见效，每注射一针，她看起来都更疼。“捏球。捏这两个球。”——布莱德大夫嘱咐她。他的态度平静和蔼。即便他被深深惹恼,你也无法从他平易近人的微笑中察觉出来。

“哦!太疼了。”

德鲁迪太太从未如此怒气冲冲地跟布莱德大夫说过话——出乎意料。卢卡斯警觉地发现女人脸上注射过X公式的地方有很重的淤青;骨胶原和玻尿酸也会造成淤青,但不像这样。而且他知道女人一侧嘴边鞭痕似的印记不会那么轻易消去。

一般来说注射以后淤青会持续三到五天。这次很有可能要持续超过一个星期。

德鲁迪太太问他往她脸上注射的是不是什么新玩意儿——“感觉跟过去不一样。又痛又灼热。”

卢卡斯迟疑了一会儿,向她保证说这跟她在他诊室里进行过的无数次治疗一模一样。

“我不记得过去这么刺痛,还有烧灼感。我都不敢看自己现在的模样……”

这个女人五十七岁了,她还指望什么?奇迹?即便有可怕的淤青,过去多年间布莱德大夫的治疗效果还是给与德鲁迪太太三十五岁女人的外表,或许——如果你不仔细看她那双湿漉漉的、狂热的小眼睛。

她是个有钱人的妻子,或者前妻。布莱德大夫很确定曾经在黑泽尔顿报纸上看到过德鲁迪太太的照片。黑泽尔顿公共图书馆书友会女会长。黑泽尔顿医院年度春季联欢会女会长。一头引人注目的黑发和无瑕的脸蛋让德鲁迪太太和她女儿那个年纪的女人们平起平坐。她和布莱德大夫之间例行公事的会面通常更顺利。

布莱德大夫没有办法，只能把小镜子放到德鲁迪太太跟前。这是老规矩；他几乎无法避免。德鲁迪太太起初突然倒吸一口气，像是被人扇了一巴掌似的——然后她抚摸着自己脆弱受伤的皮肤——出人意料地笑起来——“好吧！感觉比这更糟！归根结底我这是自讨苦吃。”她停顿一下，用一种轻佻悔恨的口吻说，“大夫，这可怕的淤青要持续多久？”

即便是现在，这个女人依然渴望信赖布莱德大夫。因为女人都渴望信赖男人——所有女人，所有男人。而布莱德大夫想要相信这一点，没错，他是一个值得女人信赖的男人。

“通常来说——三到五天。除非你非常焦虑紧张——你知道压力会加重淤青。”

“是的——是的！——压力。”德鲁迪太太忏悔般地说。克罗伊拿进来一包冰块让德鲁迪太太带回家，只另外收取一点点钱——这是布莱德大夫办公室的标准程序，很受病人们欢迎。

他非常希望这个可怜的女人赶紧走。他不耐烦地脱下乳胶手套——“记得尽量把冰袋放在脸上。这样做——你知道的——你的脸会恢复得更快。”乳胶手套仿佛粘在他的手指上，他匆忙脱下来，像是要窒息了。德鲁迪太太把冰袋贴在发红肿胀的脸上，像个晕眩醉酒的女人似的走出诊室时，布莱德大夫冷静地想，*我再也不会见到她。她再也不会打电话来了。*

五点十五分的病人是今天最后一个，德雷克太太，这是他另外一位老顾客，结果更棘手。德雷克太太爬上检查台的时候就牢骚连连，僵硬地躺下，让克罗伊帮她调整好位置；她没法像布莱德大夫指示的那样放松脸上用神奇牌记号笔标记过的将要注射的位置；当布莱德大夫开始注射时，她没有捏布莱德大夫给她转移对疼痛的注意力用的球，而是突然坐起来，摸着脸说——“太疼了！太烧灼了！这跟上次感觉不一样。”

卢卡斯平静地向她保证说这是同一种溶液——肉毒杆菌——跟他过去给她注射的一模一样——“你今天肯定是太紧张了。紧张会让你对哪怕很细微的不适都更加敏感。”他手里握着针头有两英寸长的针筒，微微颤抖——尽管德雷克太太没有注意到。

“大夫，你是在怪我吗？”

女人语气激烈，卢卡斯大吃一惊。他已经习惯于女病人们的温顺；她们痛得畏缩时都会抱歉地低语。但是艾丽娜·德雷克是达奇斯郡最高法院法官的妻子，一个声音刺耳、眼神锐利的女人。她整头的栗色头发都变浅了，她曾经透亮洁白的皮肤现在仿佛正在干枯，尽管她还不到五十岁。卢卡斯几年前“提升”了德雷克太太的脸，之后每三个月都要处理一次；病人和医生之间有一种类似调情的融洽，不像社交场合中那么具有性意味，不像布莱德大夫想象的那样。这会儿德雷克太太疼得往后缩，尽管他根本没怎么碰到她。

他用的是X公式，在德鲁迪太太脸上做过试验以后，他决定把它稍微稀释一些。卢卡斯很肯定这种溶液不可能引起“烧灼”的感觉——一定是神经过敏的女人想象出来的。但是当他开始给她的额头注射时——自德雷克太太六个月前上一次注射以来，那儿已经形成了细小的浅色皱纹——卢卡斯感到针头一滑，碰到了骨头——眼睛上方的硬骨。德雷克太太尖叫着推开他。“布莱德大夫！你肯定是故意的！”

“我——我当然没有。”

“你就是！你故意要伤害我——惩罚我！”

“德雷克太太——艾丽娜——我为什么要伤害你？——惩罚你？请尽量冷静下来——深呼吸，慢慢放松……”

“你喝酒了吗，布莱德大夫？”

“喝酒？当然没有。”

在两个病人之间他只有二十分钟休息时间，下午两点。他一边在办公桌旁吃一顿晚午饭，一边与为他准备纽约州税务文件的会计师打电话，他只喝了两口藏在办公室柜子里的尊尼获加威士忌，之后他用李施德林漱了口。他当然没有喝多。完全没有喝多。这个神经质的女人不可能从他的呼吸里闻到酒精味。

“那么你就是——嗑药了。你肯定是在用什么。我看过电视纪录片——像你这样的医生。你伤到我了——看着我。”

德雷克太太皱巴巴的额头上有一块像胎记似的鲜亮红疹。就是他非常小心地注射微量X公式的地方，用来填充皱纹，“冻结”神经，阻止不好看的沟壑。这些都是常规程序，或者说几乎是——但还是很麻烦，病人的脸在注射了几针之后摸起来滚烫红肿。

“布莱德大夫！我要向郡医疗协会告发你——我要告诉我丈夫。他会知道该怎么做。我现在要走了，我是不会为这次治疗付钱的。”

“但是，艾丽娜——我还没有完成注射。连一半都没完。克罗伊可以拿冰块来敷在你脸上，我们继续之前你先等几分钟——”

“不。我受够了。让我出去。”

“你可不能就这样走了——”

“当然，我可以。我现在就要走。”

德雷克太太像发怒的孩子一样把盖到她下巴的白纸撕下来，扔在地板上。纸上有层层叠叠蛛网般精巧的花边状血迹，卢卡斯之前从来没有注意到。

“你签了弃权书，德雷克太太。开始治疗前，你和我签过弃权书。”

“‘弃权书’！我当然‘签过弃权书’——否则像你这样的医生不肯治疗病人。但是如果我能证明你的疏忽大意，这样的弃权书在法庭上还站得住脚吗？治疗不当？如果我有受伤的脸的照片？我很怀疑。”

“你的脸——没有‘受伤’。肿胀和淤青都是完全正常的，你肯定知道……”

布莱德大夫被这个女人前所未有的敌意弄得目瞪口呆。在他十九年的行医生涯中，从来没有哪个病人这样跟他说过话。变化几乎发生在一夜之间；他不觉得这是专门针对他的，而是时代本身——骤落的经济，不间断的战争，冗长冬季的萎靡不振。他心想我必须得制止这个疯女人。总得有人制止这个疯女人，但是要想拦住德雷克太太就肯定会有拉扯，一想到这个就令人不快。如果他试图阻止她离开——为了能和她理智地交谈——她会尖叫反抗，克罗伊会听到。

"再见！我再也不会回来了！还有——我不会付钱的。"

德雷克太太愤愤不平地离开了检查室，踢了一脚她扔在地上的纸。她暴怒的脸上有骇人的淤青，像是异想天开的古怪文身师留下的作品。

"布莱德大夫？"——克罗伊担忧地注视着他。

"没事的，克罗伊。德雷克太太不得不突然离开。"

"但是——"

"我说了没事的。"

"但是——我要不要给她寄账单？还是——"

"不要，不要给她寄账单。把她的名字去掉。"

对卢卡斯来说，他的接待护士不时表现得像是爱上了他，令他既高兴又不安；卢卡斯太彬彬有礼，不想占她便宜，尽管自从他与妻子分居以来，克罗伊对他的柔情蜜意更明显了。现在他本想不耐烦地转身离开，而克罗伊竟然像个大姐姐似的拦住了他——"布莱德医生？我帮你擦一下。"——她弯腰用纸巾帮他擦去了袖口的什么东西——一块潮湿的深色污迹？血迹？然后当克罗伊直起身来的时候，她注意到布莱德大夫白衬衫的袖口也有一块相似的小小的污迹，她又飞快地用纸巾擦去了。

“滴了什么东西，”她嘀咕着，有点尴尬似的皱着眉，不太敢看她雇主的眼睛，“——湿的。”

他曾哀求他的妻子说请相信我！

“‘颅骨钻孔术’——你知道这是什么吗，大夫？”

“是啊，当然。”

“我想，这是一种——有争议的医疗方案？”

“不是有争议。这根本不是‘医疗’方案。”

斯蒂恩女士是位陌生人，她打来电话说要与布莱德大夫进行一次“紧急会面”商榷事情。他估计那个女人是想要探讨可行的整形方案，使她那张看起来过早干枯的皱脸能够重现青春容颜；若非体重显著不足，她很苗条，穿着运动裤和上面装饰着闪亮绿字的运动衫——和谐土地，美好世界。在布莱德大夫的表格上写着她五十六岁。她断然在所有表明性和婚姻状态的小方框里都打了叉，像是反对刺探私人生活。

斯蒂恩女士用纠正无知医生的口吻反驳说：“大夫，这不是医学治疗，这是精神治疗。”

真是出乎意料，并且令人恼怒。布莱德大夫的另一位老顾客有一天也问起他有关颅骨钻孔术的事，克罗伊说还有若干打来办公室的咨询电话。最近电视上一定报导了有关颅骨钻孔术的事情，在某档早上或者下午针对女性观众的采访节目里。布莱德大夫礼貌地说："钻孔不是'精神'治疗，它更接近于物理治疗，斯蒂恩女士。这是中世纪的伪科学，在头骨上打洞来减缓压力，让'疾病'或者恶魔从那儿逃逸。这彻底是危险的骗术——如同驱魔。"

斯蒂恩女士固执地说："这不是'中世纪的'，大夫。它早于智人的历史——有证据表明原始人就在实施颅骨钻孔术。整个古代世界——东方、埃及——到处都在实施颅骨钻孔术。一九九九年它再次在世界各个地方同时复兴。然而我国还没有从业者。我在想——"

"斯蒂恩女士，没有一位值得尊重的大夫会为病人实施'颅骨钻孔术'。这不可能。这不符合医学目的，而且你也能猜想到这很危险。我不知道你为什么来找我……"

斯蒂恩女士不算难看，但她的声音让卢卡斯的神经濒临崩溃，如同一张砂纸摩擦着另一张砂纸。她异常贪婪地盯着他，像是她确实有约见他的理由，而他一点也不想知道。"我过来问问你有没有可能为我进行这种治疗，大夫。这很简单——只要钻开一个洞就好了。建议在这个部位钻开直径四分之三英寸的洞"——女人异想天开地准确地指着右眼上方几英寸处的一块头皮。

布莱德大夫唐突地说："我很抱歉。不行。"

"就这样——'不行'？为什么啊？如果你做'面部提升'——抽脂——这些出于虚荣的治疗——为什么你不能做为了精神的治疗？"

因为没有“精神”这种东西存在。因为你是个疯女人。

“恐怕不行，斯蒂恩女士。而且我不建议你再去找另外一位‘医生’为你做这种可笑的‘治疗’。”

说到这儿咨询突然结束了。布莱德大夫带着勉强客气的微笑把斯蒂恩女士送到门口。他的脸生疼，像是戴了一副钳得太紧的面具！尽管斯蒂恩女士对他职业操守的冒犯使他愤愤不平，他还是对她表现得很恭敬；这个女人直到现在还是不情愿离开他的办公室，仿佛尽管大夫已经把话说得很清楚了，他还是可能改变主意，把她叫回来。

克罗伊抱怨说斯蒂恩女士没有付咨询费，就这样粗鲁地走出办公室了。布莱德大夫安慰她说没关系的，反正咨询的时间也不长——“把斯蒂恩女士的名字从我们的记录里划掉吧，就当她没来过。”

黑暗绵延的雨季！仿佛无休无止，有阳光的时候却又猛烈刺眼，布莱德大夫外出时不得不戴上墨镜，并且被迫开车——银色的捷豹SL——他异常专注，担心发生车祸。他被哈得孙河边黑泽尔顿富人区不断出现的房屋出售标示弄得心烦意乱，甚至连威尔兰德斯也是，那儿的租户曾经得排着队等，现在却有将被清空的办公室了。他震惊地发现黑泽尔顿颈椎诊所已经粗暴地从邻楼宽大的套间挪走了。

还有更多麻烦。布莱德大夫的病人不断取消预约，常常没有新的预约，或者付不起账单。一个病人搬去了亚利桑那——“没有转寄地址！”克罗伊哀叹——还有一个据说在一次自杀未遂以后被送进医院治疗。这些女人欠布莱德大夫的钱好像不太可能偿还——过去六个月里未支付的病人账单累计高达一万九千美元。布莱德大夫迟疑着无法做出把这些债务转给讨债公司这样绝望的决定：即便讨债公司接下来，他也只能收回一部分钱。

文明是脸面，“外貌”：当这些不复存在，文明也随之崩塌。

他今天的最后一个病人。星期五的傍晚，事实上这是布莱德大夫这个星期的最后一个病人。

“‘颅骨钻孔术’——你听说过吗，布莱德大夫？”

女人的声音激动而低沉。她明亮狂热的眼睛盯着卢卡斯的脸。

“大夫，我知道——这是一种有争议的治疗。是——不正规的。”

卢卡斯惊愕地看着这个女人。这是什么残酷的玩笑吗？他想象着一群食腐鸟围着地面上一具还没死透的尸体打转的画面。

艾尔玛·西格弗里德，与黑泽尔顿一位有钱的生意人离婚了，她是卢卡斯·布莱德的老客人。在过去的十年中，她对他诚心诚意——骨胶原注射、肉毒杆菌、玻尿酸——面部提升，“眼睑提升”——鼻整形；现在，让布莱德大夫气恼的是，她竟出人意料地来咨询这种不同寻常的治疗方法——颅骨钻孔术。

卢卡斯知道艾尔玛忠于他;然而他也有理由怀疑,艾尔玛不时让其他整形医生动她的脸,尤其是她在棕榈海滩或者加勒比海过冬时。这个女人漂亮、单薄、干燥的皮肤——衬托着她自然的,有些褪色的浅金色头发——是那种做再多保养也依然会过早衰老的皮肤,因此艾尔玛天真的女孩模样和孩子气的魅力在几年前还挺有效的,现在却与她的外表愈发不符。她眼中受伤害的、略带谴责的闪光触到了卢卡斯的心——*帮帮我大夫!只有你有这个能力。*

起初艾尔玛·西格弗里德还用理性的口气哀求做颅骨钻孔术。她不是那种病人——像是爱争论的斯蒂恩女士——直接挫伤她的大夫的职业智慧,甚至操守。艾尔玛告诉他,她正遭遇生命中的"精神僵局"——在这个仿佛无休无止的冬天,布什政府执政的最近几个月,她严重质疑基督教的上帝是否存在——"大夫,我投票给了布什——我们一家人都是共和党,但是现在"——她用颤抖的声音告诉卢卡斯她得出了结论,只有"激进的"——"革命性的"——精神意识的改变能够拯救她:颅骨钻孔术。

卢卡斯问她对于颅骨钻孔术到底知道多少。他尽力掩饰自己的震惊和反对。

艾尔玛说她从书上还有网络上看到——"新世界颅骨钻孔守则"——她上个星期才意识到自己在根本上需要的就是这个。"当然不是每个人都适合。但我知道这对我行得通。我需要释放可怕的精神压力,以及'有害的记忆'——而且很多人都做了颅骨钻孔术。"

“真的？什么人？”

“网络上——他们现身说法。我和其中一些人交流过——像我这样的女人——‘朝圣者’。我签了一份协议建立‘基金会’——新世界颅骨钻孔守则——总部在瑞士日内瓦。导师‘受过医学训练’——他教诲说我们生活在一个恶劣的‘榜样时代’，需要激进的方法来自我救赎。颅骨钻孔术很简单：在颅骨上钻个洞。”

卢卡斯轻蔑怀疑地听着。这个女人如此漫不经心地说出这些话——*在颅骨上钻个洞*。

“大夫，我知道这很‘危险’——当然！我们生命中无畏的东西都是‘危险的’——甚至‘莽撞的’。我来找你是因为我了解你，我信赖你。你为我做的一切——布莱德大夫，你已经为我做了很多——但都无法与我现在需要你为我做的相提并论，只要你发自内心想要帮我！如果你不愿意，我只能去找那种不懂医学的术士——除非我飞去日内瓦——那里有在网络上讲解的*钻孔师*。据说整个过程是无痛的——几乎是——但如果让不专业的人操作会有感染的危险。如果硬脑膜被刺穿而引起出血，情况就会非常严重。但是在最近的梦里……”

更奇怪的是这个女人提起硬脑膜那副就事论事的态度，好像她真的知道自己在说什么似的，这样一个不小心造成的伤口，哪怕不致命，也会致残。

同样奇怪的是，卢卡斯竟然在认真听她说，没有突然终止他们的谈话。如果他得罪了艾尔玛·西格弗里德，他或许就再也见不到她了，他必须得冒这个险。他的职业操守！他的常识！然而很难打断艾尔玛，她怀着天真的希望想要在自己的头上钻个洞释放自她童年起累积的“有毒”想法、情绪和记忆——“就像一口被慢慢污染的井”。

艾尔玛·西格弗里德来拜访布莱德大夫时穿着优雅，令人动容——奶油色开司米毛衣，绕在脖子上的珍珠项链，闪亮却不俗气的戒指。然而当她像个犹豫的孩子似的，语气开始变得更加强硬时，却使人为难，她指责布莱德这样的内科大夫毕生致力于“身体”，而忽视“精神”——在她脸上动的手脚都是“临时措施”，无法满足“精神需求”。

她又是怎么知道的呢？——她自从新年以来做了“数不清的梦”。

“大夫，我不快乐——无法再感到快乐——徒有‘外表’。面部提升、注射——造出一张‘假脸’——为了超越‘堕落’的自我，我们必须回归‘最初的脸’——‘最初的灵魂’——没有被世界玷污过的孩童的灵魂。你知道，颅骨钻孔术在很多文化里面都是一种祭祀仪式——早于耶稣之前，像埃及文明一样古老——原始人在史前时期就开始操作。‘钻孔的’头骨可以证实这一点——我在网络上看到过证据。这就是诗人们所说的‘缕缕光芒’——‘记忆’——回到纯洁的孩童自我。我记得我的‘孩童自我’，大夫——我那时候很快乐！然而这么多年过去了，那孩子几乎已经不是我了。”

“这或许是真的，艾尔玛——有点意思”——卢卡斯在说什么，他真的相信这些鬼扯吗？——“可是颅骨钻孔术不是解决办法。没有哪位值得尊敬的医生会为你实施这个‘祭祀仪式’——我很肯定。”

他为这个激动的女人，也为他自己动了感情。很多年过去了！他在缅因州卡姆登的童年，现在已经在深渊之底，属于一个他无法回忆起的男孩。

“大夫，如果你有这样的手术技术，却拒绝我——我就不得不从网络上找一个陌生人。我可能还得独自飞到日内瓦——偷偷地，因为我家里人不同意。请答应帮帮我吧，布莱德大夫。”

“我不能‘帮’你！这种手术很危险，而且没用——它不可能有‘帮助’。没错，像脑叶白质切除术和电击治疗这样激进并且曾经臭名昭著的治疗最近又复苏了——但只是在其他办法都失效的极少数例子里。没有正当的医学理由施行‘颅骨钻孔术’——在一个健康人的头上钻个洞。”

卢卡斯说话的时候，艾尔玛·西格弗里德都在听，或者是做出在听的样子；但她如同一个朝圣者，狂热的信仰无法被他人的理性浇灭。“布莱德大夫，我当然会付你钱——双倍面部提升的钱。这是‘精神提升’——这能救我的命。”

“艾尔玛，我不觉得我们应该再讨论下去……”

然而布莱德的声音里有了些不确定——非常微弱，几乎察觉不到。艾尔玛·西格弗里德靠过来，露出洁白精美的小牙齿，展现可怕诱惑的微笑，像一只狗察觉到人类声音里无法掩饰的恐惧。“大夫，我不会告诉任何人的——当然！这完全是我们之间的秘密！我在手术之前就付钱——你甚至都不用给我账单。这儿，我带来了——一张画——‘圣三角’——”

艾尔玛摸出一张纸。上面有一个像是小孩用尺画出来的三角形。“三个很小的洞，就在发际线上方——这儿。”艾尔玛把头发往后拨拉，指示洞的位置，就在被称为额叶的区域——尽管她对此一无所知，她更不会知道额叶所控制的关键功能。艾尔玛察觉到卢卡斯勉强的兴趣，决定不要错失，她再次说起她如何从“集体无意识”广阔的蓄水池里梦见“圣三角”——这是早在埃及史前就存在的古老标记；她梦见这是她命中注定的符号。

布莱德大夫严肃地聆听。紧绷的友善的微笑始终挂在他的下半张脸上。

太疯狂了。你知道这个女人疯了。

没错，但是她有钱。她会付钱给你。

我需要钱吗？有多需要？

这个女人的眼神充满渴求！卢卡斯曾经在无数人眼中看到过这样的渴求，让他感到既厌恶，又有一些高兴和骄傲——就像一个牧师在主持宗教仪式，忏悔礼，宽恕和祈福时所感受到的。

或者是一次死刑，一次祭祀。

卢卡斯想——这要紧吗？如果他钻了，或者假装在这个女人的头皮上钻了几个很小的洞，几乎不刺穿颅骨的硬骨？这差不多就算是一次发际线上方的整形手术；他会当心不刺穿硬脑膜。他下巴上的微笑绷得更紧了。

“布莱德大夫？你——”

卢卡斯犹豫了。他的心脏像节拍器一样咚咚响。然后他听见自己带着无尽宽慰说：“艾尔玛，不行。我想还是——不行。我很抱歉。”

女人的眼睛里盈满了眼泪。咨询陡然结束。

卢卡斯摇晃着走进隔壁的盥洗室。他把冰凉的水拍打在自己滚烫的脸上。他差点就要犯下可怕的错误！——但是他及时纠正了。

不。我们不行。这将是我们犯下的最悲惨的错误。

在照片里——你能看到孩子的大脑被毁坏了。某种产伤。眼睛无法聚焦。一副白痴的神态……

我们不能冒这个险。我们不能卷进去。我们已经被提前警告过了——这些俄罗斯“孤儿”……

不行。不行。不行。绝对不行。

这怎么会是他的错？——几年来他的妻子都在服用生育药。非常昂贵，一个专家鼓励她这样做。卢卡斯对此并不乐观，尽管他和她一样非常想要一个孩子——当然。他很快就发现强劲的荷尔蒙添加剂对她的反作用——她想要一个孩子的执念，她不稳定的情感，情绪的波动。她对他作为一个男人的仇恨。直到最后——几乎不敢相信——她三十九岁的时候真的怀孕了，但是超声波发现胎儿心脏和大脑都有严重的缺陷。

奥德丽，你得相信——没有其他选择。

这不是杀婴！这是不让它受苦。在胎儿出生前就帮它摆脱痛苦。

随之而来的是绝望。奥德丽瞒着卢卡斯给了一家网络领养机构他们的信用卡号。他在软弱的时刻答应了她，我们可以领养，我们可以试试，但是之后他意识到自己的错误。这个女人永远没有原谅他的错误。

I.S.——他在私人日程记录上用铅笔轻轻写下这两个大写字母。这样克罗伊就不会知道。

手术非常简单，他不需要助手。

她会作为他诊室的门诊病人。他将亲自准备手术。

计划是：病人于晚上七点过后到达布莱德大夫的办公室——克罗伊那天肯定已经走了。她在晚上六点服用镇定剂，到了以后，卢卡斯会给她更强效的止痛药；如果有必要，他还可以开一些微量麻醉药。

颅骨钻孔术——多么初级的手术，几乎都不用事先练习。

布莱德大夫会很小心地钻进这个女人的头皮——浅浅地钻入颅骨。他相信他能做到。示意图上显示需要开三个小洞，形成每条边为四分之一英寸的等边三角形。艾尔玛坚决要预付给卢卡斯一张一万两千六百美元的支票。

大夫，谢谢你，我很感激。大夫，我的生命都是你的——我崭新的生命。

艾尔玛的牙齿轻轻打战，她太激动了。她躺在布莱德大夫检查室的床上，像是因为寒冷而发蓝的眼睑紧闭着，瘦削的手紧紧地握在小而柔软的乳房下。尽管她的皮肤在刺眼的荧光灯下蜡黄，眼角起了细小的白色皱纹，但艾尔玛依然很迷人，而且看到她刚刚洗过头发，并且在脸上涂了乳液和粉底还是很心动。珊瑚色的唇膏加深了她嘴唇的颜色。她脖子上细细的金链子上挂着一只小小的金十字架，当她躺下来的时候就滑到脖子后面。

大夫，谢谢你。我会永远感谢你的。

病人很快就睡着了。她的嘴巴像婴儿似的下垂张开。卢卡斯决定小心一点——他不希望病人突然醒过来——他把一块浸了麻醉剂的布放到她的鼻子底下，数到三。

卢卡斯戴上乳胶手套。他急切地想要开始。他感到一阵病态的欢欣，几乎称得上是晕眩。新生命！我的新生命是你的！他拨开女人健康、柔软、雀色的头发，夹到一边。用消毒药水擦拭了她的头皮。刺痛的感觉让她抱怨地轻声嘟哝。他用一把小手术刀在皮肤上切开一道口子——掀起头皮，没有他想象得那么平稳——因为他的手在抖；他应该把暴露在外面的湿漉漉的骨头擦干净，但是感到一阵恶心袭来——他得停一停，喘口气。那个小小的伤口已经在流血了——烦人。现在——钻孔！

如果卢卡斯能有时间来更彻底地为这次不正规的诊室手术做准备，他应该去牙医用品商店买一个小的牙钻；但他太匆促，做出决定只花了一个晚上，所以他用的电钻——在北山商场的五金店买的——是一把八英寸不锈钢的强力钻。这是工人的工具，毫不掩饰。马达尖利的突突声，钻头可怕的旋转，不锈钢的光泽——卢卡斯冰冷的手指颤抖了。

“艾尔玛？你睡着了吗？”尽管女人显然是完全失去了意识，她发蓝的眼睑却颤动个不停。她的呼吸又慢又深。闻起来甜甜的——漱口水，薄荷——而在这背后有一股更辛辣，稍微有点酸味的动物不安恐惧的气味。*她知道！——她沉睡的自我知道。有危险。*

他轻轻地把钻头抵在女人的头皮上——鲜血立刻如激流般涌出来——比他想象的更多，这样的伤口一般来说不会流那么多血——他准备用海绵擦拭——然而失去知觉的女人痉挛着啜泣着，血流得太快了，卢卡斯立刻把钻头从她的头上拿开。他的心脏跳得飞快，恐惧涌入喉头。他等待着，直到女人平静下来，继续深深地呼吸；他再次把钻头放到她的头皮上——鲜血再次吓到了他——还有骨头烧焦的味道——恶心，厌恶。这回病人仿佛快要醒过来了——她的眼睑颤动——她的嘴唇发抖——他能看到她的眼白，无法聚焦的眼睛让他想起僵尸，或者昏迷者的眼睛。*把她的眼睛合上。她的嘴。保护她。防止癔病。*

这个忠告仿佛是从卢卡斯身体之外而来的。他试图辨别这个声音——医院里一位上级——但是做不到。

他谨慎的步骤。预防措施。这不是什么紧急情况,但是你永远也不知道——在急诊室里紧急情况瞬间爆发。此刻的状况——颅骨钻孔术——仿佛尽在掌握。乳胶手套和胶带沾了血以后很滑,但是他还是毫无困难地绑住了女人的眼睛和嘴巴,并且毫无困难地把病人捆在检查台上,不过纸已经烂了,沾满血迹——那么快。瓷砖地板上也都是血——大夫的胶底鞋留下一个个明显的脚印。

卢卡斯举起电钻。现在!——他深吸了一口气。沾血的乳胶手套让钻头稍微有些打滑。这是一件沉重简陋的工具,应该待在五金商店里,而不是外科医生的手上。

要不是因为大夫太紧张了,颅骨钻孔术本来可以进行得更顺利。晚上他在接待护士离开以后给自己倒了一小杯威士忌,然后吞了三分之二毫克他放在办公室里供容易激动的病人短期服用的镇定剂。他立刻感觉好了些。在这个紧张的时刻,他考虑再吞三分之一毫克镇定剂,但是不行。需要清醒。清醒的头脑。勇气。

卢卡斯俯身于瘫软在检查台上的女人,如同俯身于陡坡,她毫无意识,昏昏沉沉——破了的头皮血流如注,凋谢的女人的脸此刻一片死白,被牢牢缠绕在她脑袋上的胶带弄得变形。他遮住了她的眼睛和嘴——但记得留出鼻子来让她呼吸。女人快速、轻浅、不规则地呼吸着。卢卡斯举起电钻,把锋利的螺旋钻对准血淋淋的头皮。他看到头发和皮肤的血块沾在钻头上,当他启动时就被甩飞出去。他像是隔着很远的距离注视着这一切,这不是卢卡斯·布莱德博士。这是另外一个人在做颅骨钻孔术。

在几次失败的尝试之后，他完成了第一个小洞——颅骨钻孔术不是那么简单的，不像医学专家想得那么初级。不刺穿硬脑膜还是需要技巧的。电钻现在在他手里更稳了——尽管依然是件笨拙沉重的工具——卢卡斯开始钻第二个洞，离第一个四分之一英寸远，房间里满是钻头的突突声，像放大的尖叫。出血还是很烦人——在他诊室里熟悉的区域，他还不习惯如此大量的出血——如果一个病人的脸出血，布莱德大夫或者克罗伊只要用海绵简单擦去就可以了。现在病人头上的伤口出了那么多血，海绵根本来不及擦。他看不清楚刺穿头皮的钻头尖端——一阵轻薄的血雾蒙住了他的镜片——在手术进行到一半的时候怎么擦干净眼镜啊？——除了摘掉别无选择。现在卢卡斯也开始后悔没有花时间在病人的头皮上用橙色墨水做记号——他有理由认为毕竟颅骨钻孔术不是神经外科手术，无需特别指示。他不是"打开"颅骨做脑部手术，只需要钻穿它，让它透气。

像一口被慢慢污染的井。

新生命。

他同行中的怀疑论者——臭名昭著的保守派"医疗协会"——如果卢卡斯向他们提出建议说颅骨钻孔术作为一种非传统的医疗手段也不是那么离奇，他们一定不会认同；从童年时代起，卢卡斯自己就感觉到"灵魂"缓慢的渗漏——他的人格被颅骨的骨骼枷锁限制和毁坏了。

当然卢卡斯也是怀疑论者，起初嘲弄奚落——但是他足够开明,在送走艾尔玛·西格弗里德以后又考虑了她的要求,把她叫了回来。

他花了一整个晚上——他最近开始喜欢这样失眠的夜晚,让他从服用了镇定剂以后不省人事的睡眠中得到喘息——在网上查找颅骨钻孔术。让他吃惊的是,他不得不承认只要找一个有技术的人操作,这种古老的习俗既无益也无害。几世纪以来,成百上千的人在颅骨上钻孔,这些孔都愈合了;带孔的颅骨说明在原始人中,颅骨钻孔术是常规手术,就像拔掉感染的牙齿一样。

卢卡斯想,这儿有一个道德问题。正如执照医生是做堕胎手术的最佳人选,执照医生也是做颅骨钻孔术的最佳人选。出于纯粹自私的理由拒绝绝望的人,不管在哪种情况下看都有些昧着良心。

你可以说文身要比一次熟练的颅骨钻孔危险多了,因为针头很容易感染,而“文身师”几乎都不是执照医生。

正如网上证据显示的,或许有一个平行于西方医学的平行世界。认为受尊重的西方医学高于其他一切是一种偏见。

电钻的突突声很刺耳,他不得不以别扭的角度举着越来越重的电钻。卢卡斯开始感觉头晕眼花。烧焦的头发和肉,以及流个不停的血都让他不舒服。

他把一块块纱布填入流血的伤口,但它们很快就被血浸透,根本不管用。他太累了,需要保持精神的高度集中,却没有人协助他,帮他擦擦脸,或者擦一下眼镜的镜片;外科医生不习惯独自工作。卢卡斯心想他或许可以停几分钟——他应该停一会儿——测一下病人的脉搏——她的心跳——因为病人看起来已经不再用她张得大大的鼻孔呼吸了——但是他起了不管不顾的念头，叛逆的情绪——他已经走到这一步了，回不了头。

自从卢卡斯启动电动工具，才过了没多久，但是时间就像在加速电影里一样倏然而过。

他会小心地清洗，包扎伤口。他会警告女人不要把伤口给其他人看，不要说起颅骨钻孔术。因为这是一个神圣的仪式，应该保密。他估计女人醒来的时候会有些不适——有点疼——不是大脑疼，而是头皮、颅骨和硬脑膜感觉到疼——他会给她开些止痛药——首先她会感觉空虚，奇妙——一种悬浮感；卢卡斯几乎有些嫉妒她；因为变得天真和信赖他人值得嫉妒；再次成为一个孩子值得嫉妒；至于他，卢卡斯·布莱德，从来都不是一个彻底的孩子，总是被他长辈们的期望局限和囚禁。卢卡斯怀着这样憎恶的念头，以一个危险的角度握着电钻，感觉到电钻开始滑落——乳胶手套的手指上都是湿滑的血——或者，更有可能的是，卢卡斯好像昏厥了片刻。而接下来事情发生得太快了，他根本没有清晰地意识到发生了什么——他的手打滑，旋转的钻头一定是深深刺透颅骨，刺进了硬脑膜——这场灾难发生在一瞬间——女人的身体痉挛，抽搐——她的膝盖蜷缩，腿在绑带里乱蹬——卢卡斯很庆幸她的眼睛被蒙住了，使他免于与这个受难的女人有眼神接触——他听到一声尖叫——压抑的尖叫——从嘴上的胶带里传出来。

不可能，这不可能。女人还没有清醒过来。这不可能，尖叫声一定是卢卡斯狂热的幻觉。

抽动的身体很快变得无力。挣扎停止了，压抑的尖叫也停止了。布莱德大夫筋疲力尽地摇晃着。这比他在众人面前做八小时的手术更累。他摸索着护目镜，想不起来把它丢哪儿了，镜片依然蒙着血雾，几乎是不透明的。他脑海中冒出来的想法像是安慰剂，*你帮她解脱了。真不幸。*

布莱德医生不得不处理病人的尸体，摊手摊脚的，血污的女性身体。

他没有助手。他独自一人。卢卡斯·布莱德的灵魂总是如此。

最明智的计划是等到威尔兰德斯熄灯以后才开始打扫残局。晚上八点二十八分，还是有一些零散的街灯亮着。

他花了四十分钟试图唤醒病人。

他花了四十分钟试图将空气吹入病人衰败的肺，他捶击她的胸部，哀求而愤怒地冲她叫喊。他出色的医学训练现在看来毫无用处，人死了就是死了。

笨拙地——不耐烦地——因为他从未处理过这样的事情——卢卡斯撕开黑色垃圾袋，尽他所能把尸体包在里面。病人越来越冷的身体衣衫不整，暴露在外面的身体上还粘着破损的满是血污的纸。卢卡斯看着自己把昂贵闪亮的戒指从病人的手指上拿了下来，*因为不管是谁干的，他们都会偷走戒指。*

他屏住呼吸。皮肉和头发的焦味与动物恐惧的恶臭混合而散发出一股刺鼻的气息。这个女人在死亡的剧痛中玷污了自己。

克罗伊会知道该怎么做。克罗伊会哭着说,哦,大夫——发生了什么?我来帮你。

克罗伊不在现场令卢卡斯感到一阵宽慰。克罗伊没有回到办公室来看看他。哦,大夫——我看到灯还亮着——我看到你的车——

他的心脏像个节拍器。如果他也不得不杀了她。可怜的爱着他的克罗伊。

他心想,我幸免于此,感谢上帝。

他是个好人,一个慷慨的人。克罗伊会站在他的立场上证明。每个他雇过的女员工都能证明。

这很好——他得记住这点——但是当他看到这个臭烘烘的房间还有那么多地方需要用纸巾、热水和消毒剂来清理就开始焦虑。

没有时间了。他得实际点。这些琐事他可以之后再做。

要紧的事情是处理尸体。他想象着一片遥远的树林,或者一条河——夜晚深邃奔流的哈得孙河——月光下散开的雨云——然后他会回到办公室。接着打扫必须清理的东西。

不会留下一丝痕迹。如果有需要,他可以用好多乳胶手套。他可以往地板上倒消毒液和漂白剂。

有一个问题——这个病人到底是怎么死的?

事情不总是像看起来那么明显。

额头上方颅骨上的钻孔无法解释死亡原因,因为那些伤口微不足道。很多人都经受过这样的额叶伤，都活了下来。

头部的重创、留存在大脑里的子弹和弹片、颅骨断裂都会让大脑像疯了的气球一样肿胀——这些伤口很稀奇。但不足以造成死亡，验尸官会注意到的。

卢卡斯·布莱德认识达奇斯郡的验尸官。不是很熟，但他们彼此认识并尊重对方。

只有尸检能弄清原因。这是常识。

可能是心脏停搏。惊吓造成的血压骤降。

说卢卡斯的一个动作就造成了病人的死亡实在是不合情理。硬脑膜才刚刚被刺穿。

他一直很小心。过分小心。这个要求很高的女人要求把“洞”钻进她的颅骨，但是他当然不会钻“洞”，只是弄一些小小的伤口。

是电钻搞砸了。

这个电钻有问题，不是吗？——外科手术的电钻在刺穿颅骨以后都会自动关闭。但是从商场五金商店买的电钻不会关闭。

他是用现金买的。没把信用卡给营业员。

在这种可怕的时刻要保持冷静，如同那些医疗职业行为——立场，甚至“尊严”——被记录下来的人。卢卡斯俯身用黑色塑料垃圾袋把尸体包裹起来，放在走廊的储物柜里。

“艾尔玛？你……”

他把几个垃圾袋剪开，层层叠叠裹成一个大口袋，尸体在里面抽动了一下。尸体比想象中更重，这具四肢瘫软的女性垃圾像是在蔑视和嘲弄。被蹂躏过的脑袋上还缠着肮脏的胶带，盖住了她谴责的眼睛，卢卡斯知道，还有她谴责的嘴。

“艾尔玛。上帝啊——我很抱歉。”

是吗？——并不确定。布莱德大夫厌恶麻木地动了动嘴唇，但是他还是自然表现得很恭敬。

他的女病人喜欢他。他的接待护士喜欢他。他的妻子不再喜欢他了，一想到奥德丽，他的心中就燃起怒火，再次颤抖起来。

等到这些邋遢的垃圾袋被解开，尸体看起来该有多古怪啊！一头灰白色血迹斑斑的头发上缠着脏兮兮的胶带，他（记得）缠的时候很小心，但是看起来疯狂、胡乱。仿佛死者是个疯女人，出于什么疯狂的理由、念头或者期望把自己的头缠了起来，谁知道呢？

他还想起来：乳胶手套，肯定是破了；溅上血迹的手术服、鞋子，甚至袜子，也必须都处理掉。他心想可以都装在同一个袋子里。扔进垃圾桶。如果他们找到一个，他们也能找到另一个。

他不能完全理解这种逻辑。却本能地觉得这是可行/合理的步骤。

他找到了女人的钱包，一个深色软皮的昂贵皮夹。他得从里面取走钞票、信用卡、钥匙——因为不管是谁对这个女人做了如此残酷的事情，都会取走这些东西的。

开车开得远远的。离开威尔兰德斯。在夜晚达奇斯郡的深处找一个偏僻的角落。

如果没有垃圾桶，那就找一个乡下的垃圾场。垃圾填埋场。

卢卡斯可以把其他垃圾袋拖到上面，掩盖它。他眼前出现一幅场景，地面上一个冒着蒸汽的大坑，通往地狱。但如果他离坑的边缘远远的，他就能安然无事。

思索着达奇斯郡某处这样一个地方让他感觉宽慰，就如同思索着要做的事情，然后一瞬间这项艰巨的任务就完成了。

幸好他在办公室里有替换的衣服，卡其布裤子、法兰绒衬衫、跑鞋。内衣和袜子。

等到一切过去之后他会回到能俯瞰哈得孙河的寓所。那会儿他很有可能已经饿了，他要吃点东西。冰箱里储存着备用晚餐，都是之前几个晚上的外卖，黑泽尔顿好胃口餐厅上好的布里奶酪，还有松脆的丹麦薄饼。

不：这是错误的。这不对。之后他得回到威尔兰德斯。还有几小时的打扫工作等着他，他不能忘记关键的计划。

现在是晚上九点十九分。威尔兰德斯那些他之前密切留意过的亮着灯的窗户还是亮着，于是他想，*那儿没人。不过是亮着灯罢了。*他松了口气。这意味着自由。他弯腰把尸体沿着地板——顺着走廊——拖到后门——这是货物门，不是病人进出用的。尽管他抖个不停，他还是汗流浃背。他冲动地把部分地卡在门框上的尸体留在地板上，回到办公室，拨打了他从前家里的电话，他事先就知道自己会失望的，但还是怀着坚忍的屈从等待电话铃响，却非常吃惊地发现电话铃甚至都没有响，只有一个呆板的录音女声说，*你拨打的号码已停机。无法接通。*

他永远不会原谅奥德丽抛弃他。背叛他。他永远不会原谅他们任何一个人。

最后——威尔兰德斯终于空无一人。停车场里只有三辆车——卢卡斯的车，一辆估摸着属于他的病人的车，以及停车场远端的一辆商用旅行车。卢卡斯把装在垃圾袋里的死气沉沉的尸体拖出黑暗的门道，它重得像一块混凝土板。他的肩膀和上半段脊椎都痛得厉害。

他这会儿才想起女人的外套——这个有钱女人来他的办公室肯定穿着外套——很可能正挂在会客室里等着克罗伊早上发现。这桩要紧的事情他之后也得记得。

晚上的空气多么冰冷、新鲜、生机勃勃！卢卡斯感觉一股希望涌来。别人太指望整形医生了；毕竟他没有被训练成一位牧师……聪明的策略是尽快把女人的尸体从事发地点挪走——他拖着它上坡穿过停车场，直到威尔兰德斯地界之外的荒芜地带，那儿没人去。往东一公里是黑泽尔顿公路，往北半公里是纽约高速；在被称为福克斯克罗福特丘的声名在外的新住宅开发区，和新造的福克斯克罗福特人工湖之间，小路交会处有一片未开化地带，相比之前几十年间开发的郊区，这儿不太可能有人来。

没有人会发现它。她。

卢卡斯的脑海中有一个淡淡的印象，他曾经从停车场注意到，穿过高高的野草——有人在阴凉处为威尔兰德斯的员工放置了一张野餐桌——治疗师，秘书。卢卡斯从来没有看到有人在这张桌边吃着午饭俯瞰沥青停车场，他也说不清楚桌子在哪儿，或者曾经在哪儿，但是他汗流浃背地拖着尸体往这个方向去。太烦人了，停车场周围散落着掉下来的树枝；跟暴风雨的残骸搏斗着把尸体拖到这儿来费了不少工夫，让他的任务变得更艰巨了……

他突然冒出一个念头，她的车！

当然——这个女人的车。卢卡斯得处理掉她的车。

如果他没法把女人的车从威尔兰德斯停车场挪走，第二天早晨就会被发现；别人会追踪她到威尔兰德斯医疗中心，继而找到卢卡斯大夫。他的大脑飞快地运转——当然，他不仅要处理掉女人的尸体，还得处理掉她的车。

出于逻辑考虑，为了节省精力，他最好把尸体放在车里。

后备箱！他得把尸体放在后备箱——当然——他要把女人的车开出威尔兰德斯——二三十英里——开过乔治·华盛顿大桥一直到新泽西。

一旦下了付费公路到达新泽西的偏僻处，他就把车和放在后备箱里的尸体丢弃。他会把车开到哈得孙河上陡峭的悬崖边，或者其他水域，或者某处采石场或者砾石坑。他仿佛知道新泽西是安全地带，只要他到得了那儿。他会在最后关头跳出车子，然后车子就会跌落，如同坠入地狱的坑穴……卢卡斯·布莱德安全了，因为他没有在女人的车里留下任何自己的东西。而车和尸体永远都不会被发现。

但是：他没有办法再回到威尔兰德斯。没有办法再回到他停在威尔兰德斯后面昂贵却泥迹斑斑的捷豹 SL 里面。

他没想到这一点。这个念头显而易见，像刚刚差点把他绊倒在破破烂烂的垃圾袋上的树根。

他快速地调整计划。他的大脑像机器一样迅速转动。把女人的尸体拖到威尔兰德斯上方的树林里并不实际，把女人的尸体拖进她自己的车里再运到新泽西也不实际：因此他得把尸体拖到他自己的车里，塞进后备箱——他一边喘息咒骂，一边挣扎着抬起这个笨重的玩意儿，它的重量像是在奚落他，气味让他窒息。他的胳膊很疼，体力透支。最后他终于把该死的尸体抬进了后备箱，把角度奇怪的四肢塞进了备胎和千斤顶底下逼仄的空间里。不得不俯身抬起这具如此死气沉沉如此麻木的玩意儿对他来说实在太可怕了；他得抱着它，把它塞进后备箱，然后把车盖盖上，但是他太匆促太不小心了，一截破了的垃圾袋露了出来，像女人的黑色丝衬衫一样在后备箱外面飞舞。

大夫，太感激了。我的新生命。

他担心有些不可避免的液体——血、尿液、粪水——正透过塑料材料渗漏到他至今为止还从未被玷污过的后备箱里。但是他想到后备箱是可以清洗的。*到洗车的地方。里里外外洗个干净。*

如果洗车的地方没法彻底给后备箱消毒，他就往里倒消毒液和漂白剂。死人肠子里丰富的剧毒细菌对于活人来说是致命的。

接着他爬进车里。这太奇怪了！因为一切都如此普通和寻常。他发动了引擎——有时候捷豹发动起来很慢——这次马达却立刻启动了，雨刷动了起来，收音机调到了 WQRS 频道。他毫无困难地驶出威尔兰德斯停车场，沿着威尔兰德斯私人车道驶入了更繁忙的马路。他会沿着这条马路开到与十一号公路的交叉口，然后往南走，继续开几公里驶出哈得孙河黑泽尔顿，穿过德拉蒙德，沉睡谷，里弗代尔的乡间小镇；经过崔恩堡公园的出口；从乔治·华盛顿大桥的出口出去，按计划将放在后备箱的尸体带去新泽西，他要在那儿弃尸，当出口出现在他车灯前时，他会知道该扔在哪儿。这个念头非常生动，仿佛他在思索的瞬间就已经执行过了。然后他会开着捷豹调头，开过乔治·华盛顿大桥——他去的时候从桥的上层车道走，那他回来的时候就从下层车道走——这样的细节很残酷。如果没有任何延误，午夜他就能回到威尔兰德斯，他会把女人的车开到不出两三英里远的黑泽尔顿小火车站，悄悄停在那儿，那里常常有过夜的车。不会引起任何人的注意！这是个好主意。等他把女人的车在安全隐蔽的地方停好，他就在火车站台上等下一班火车；然后他就混在乘客中间，在楼梯底下拦一辆出租车。

你去哪儿，先生？

你知道河那边新建的独户公寓吗？就去那儿。

就在乔治华·盛顿大桥出口的斜坡上车辆开始绕行。这儿停着警车、救护车，闪着刺眼的大灯。交通堵了好几英里。

卢卡斯探出车窗，焦躁得要命。他摇下车窗，叫住一位在雨中指挥交通的警察——发生了什么？为什么他们被堵在这儿？多久了？——但是这位年轻的警察粗暴地忽略了他。路上都是刺眼的闪光，锯木架挡住了道路。他身子又往车窗外探了探，又叫住一位警察，这回他微笑着——记得微笑——他紧张和善的医生式的微笑——因为如果将来要提供证词或者做证的话，布莱德大夫希望这些执法人员知道他表现得很平静；在这个紧要关头，卢卡斯·布莱德的情绪温和、清醒、理智；当然也有一点急躁，不耐烦，任何司机碰到这种情况都会这样。

很显然有一起车祸。两辆车——三辆车。救护车顶令人目眩的车灯转个不停。警笛声简直要刺穿他的耳膜。卢卡斯飞快地摇下车窗玻璃。“先生？你们需要帮助吗？我是一名医学博士。”

卢卡斯被礼貌地告知不需要，被告知待在车里。并不需要或者不想要他提供医疗救助，因为现场有一辆救护车了。请待在车里，先生。不要离开你的车。卢卡斯看到撞毁的车像断裂的身体般倒在地上，人行道上躺着可怜的女人和闪光的玻璃，卢卡斯被刺耳的警笛声弄糊涂了，他打开捷豹的车门，走到车道上，但是又被警告，这次警察朝他严厉地大喊，命令他回去。他努力保持和蔼、理智——“我觉得你没有听到我在说什么——我是个医生——神经外科医生。我可以检查一下受害者——我可以看看她有没有脑出血。”一个上了年纪的警察走过来要求检查他的驾照。卢卡斯胡乱应允。他显然没有喝醉或者情绪激动。但他的手抖得厉害——这可能是痉挛。可能是帕金森症。他卡其色的袖口有血迹，但是闪烁的红光照不出来。他外套的前面也有来历不明的血渍——因为他把笨重的尸体塞进垃圾袋时非常小心，肯定没有擦到。但是确实有一片像翅膀一样的血渍。他的手上也是。除非这是今天早些时候留下来的干血渍，这是漫长的一天，从黎明前一场昏暗缠绵的雨就开始了。

“但是我想要帮忙，警官。请让我帮忙。我是个医生——这是我的责任。”

他们顾不上他。他的请求被驳回。他被粗暴地要求回到车里，像其他司机一样等待。桥上的交通管制终于疏通了。车流终于开始挪动。可怕的昏暗的雨变小了，现在从河底深处弥漫起一股股像细胞外质一样的薄雾。这是什么河，卢卡斯无法立刻说出来，尽管他知道它的名字，正如他知道自己的一样。他加速开上了桥。选择了上层车道。迷雾中远远的河岸和长长的大桥都变得很模糊。宽广的河边闪烁着游离的微光，这是生命的迹象。他启程，去往更远的对岸。